A. L. Kennedy
Was wird

Quart*buch*

A. L. Kennedy
Was wird

Erzählungen
Aus dem Englischen von Ingo Herzke

Verlag Klaus Wagenbach   Berlin

Inhalt

WAS WIRD

Das Kino war winzig: zwölf Reihen tief von der schwarz behängten Wand und der verdunkelten Tür bis zur leeren Leinwand, die inzwischen anfing, ihn zu beunruhigen, eine Art hängende Abwesenheit.

Wie konnte man mit so einem kleinen Kabuff überhaupt Geld verdienen? Selbst wenn es ausverkauft war?

Und das war es nicht. Ganz im Gegenteil. Er war nämlich der einzige Besucher. Der Junge an der Tür hatte extra für ihn das Licht anknipsen müssen, und Frank hatte ein schlechtes Gewissen bekommen, vielleicht sollte er nicht darauf bestehen, einen Film ganz allein sehen zu wollen, er könnte genauso gut nach oben gehen, in den größeren Saal, der sogar eine Empore hatte, wahrscheinlich auch Beinfreiheit, der mehr nach Kino aussah, professioneller. In einer halben Stunde würde oben eine Komödie laufen.

Oder er könnte zu einem Multiplex fahren: In der letzten großen Stadt, als er die Küste umrundet hatte, war eines gewesen – ein riesiger Block aus Glas und Metall, sah aus wie ein Flughafengebäude: Da hätten sie bestimmt auch Publikum, sogar mehr als genug.

Aber das war nur geraten, vielleicht war das Multiplex auch leer. Die Bar, die Theken, wo man vorgefertigtes Essen verkaufte, die Toiletten, die Gänge – vielleicht lag das alles verlassen. Frank hoffte es.

Und er hatte nichts gesagt, als er seinen abgerissenen Karten-schnipsel zurückgenommen hatte und durch die Tür gegangen war, hatte sich nicht entschuldigt oder unsicher gezeigt. Er war einfach in diesen anscheinend stillen, aufmerksamen Raum ge-treten, während der jüngere Mann unauffällig verschwand und ihn allein ließ.

Vier Sitze nebeneinander, dann der Gang und noch mal vier, das war's. Der Raum war nicht viel breiter als sein Wohnzimmer und erinnerte Frank an einen Bus, irgendein breites, langsames Fahrzeug, das sich langsam in ungenannte Richtungen in Bewe-gung setzte.

Er hatte sich nicht gleich einen Platz ausgesucht, war ein biss-chen herumgewandert, die Einsamkeit gefiel ihm, ein ganzes Kino für sich – was man sich als Kind vorstellt, was einem Spaß machen würde. Er überlegte: Wenn sonst niemand mehr auf-tauchte, wollte er nachher beim Film die Plätze wechseln, ein biss-chen Amok laufen, das Handy anlassen, damit er rangehen konnte, falls jemand anrief.

Dann war von hinten ein Grummeln männlicher Konversa-tion zu hören, eine undeutliche Beschwerde über die Kälte, dann ausbrechendes Gelächter und Schritte – ein schweres Stapfen kam näher und ein leises Schlurfen, wurden leiser und ver-stummten.

Frank war bereit zu glauben, dass Leisefuß der junge Karten-abreißer war: Schlaffe Haltung und schmutzige, schief abgelau-fene Converse All Stars – das Produkt eines achtlosen Zuhauses, einer wenig förderlichen Umgebung – wahrscheinlich war er aus irgendeinem Grund hinter Frank wieder hereingetappt und dann wieder raus ins Foyer – so klang es jedenfalls, aber man wusste nie so genau.

Mindestens eine Person war immer noch da, lungerte noch herum, und einen Augenblick lang war das beinahe verstörend. Frank ganz allein im Kino, das war in Ordnung – allein im Menschengewirr im Kino war auch in Ordnung – aber bloß man selbst und ein, zwei andere hinter einem, während das Licht langsam verlöschte und der Soundtrack jedes Geräusch übertönte – das war vielleicht nicht so gut. Blöder Gedanke, aber er hatte ihn.

Einen Augenblick lang.

Dann konzentrierte er sich auf seinen Ärger über die Störung seiner schönen Privatsphäre, die sich doch gerade noch so weit erstreckt hatte, bis dicht an die schwarzen Wände, die zerschmolzen, wenn man sie genauer betrachtete, in den schwarzen Teppich verliefen und einem bloß das gedämpfte rote Leuchten der Sitze übrig ließen und das Gefühl der eigenen Haut, der eigenen Bewegung, des Lebenszuckens.

Aber alles war gut. Er bekam keine Gesellschaft. Die schweren Schritte zogen sich zurück, schlossen sich, riet Frank, im Vorführraum ein, von einem nachdenklichen Lachen begleitet. Darauf setzte ein regelmäßiges, schlappendes Flappen ein, er nahm an, das Geräusch eines losen Stücks Film am Ende der Rolle, er konnte sich bloß nicht vorstellen, wieso es immer und immer weiter herumflappte.

Er wartete, das Flappen ging weiter, seine Füße und Finger wurden langsam kalt. Anscheinend lohnte es sich nicht, für einen Besucher die Heizung anzuschmeißen. Auch wenn es unsinnig war, ihn für kälteunempfindlich zu halten.

Er war immer noch ein Mensch und immer noch da.

Kleine Luftschlitze knapp unter der Decke atmeten und flüsterten gelegentlich, aber das war sicher nur der Wind draußen, der sie bedrängte. Draußen tobte schon die Nacht, und es würde noch schlimmer werden, der Regen peitschte in dichten Schwaden übers Pflaster, darunter lag eine bittere Kälte, die einem an den Zähnen, im Denken wehtat. Die Wärme war aus seinen Schienbeinen gesickert, wo die Hose durchnässt war, und der Mantel, in den er sich mummelte, war nur einen Hauch trockener.

Frank setzte seine Mütze auf.

Das lose Filmende flappte weiter. Und er glaubte, ein Kichern zu hören, dann ein Husten. Frank konzentrierte sich auf seinen Kopf, der sich wegen der Mütze geringfügig wärmer anfühlte. Gutes Stück: flache Schiebermütze, echter Tweed und gar nicht billig. Seiner Ansicht nach sollte ein Mann eine Kopfbedeckung haben. Ab einem gewissen Alter steht ihm das und verleiht ihm Gewicht, wird ein willkommener Rahmen seines Gesichts, fast ein Markenzeichen. Die Leute sehen seine Mütze, die an der Stuhllehne hängt oder an der Garderobe oder an der Ecke seines Schreibtischs liegt, und unwillkürlich denken sie: *Frank ist also da. Das ist seine Mütze. Seine gute alte vertraute Mütze.* Im Laufe der Zeit kommt es zu einem kleinen emotionalen Transfer: Leuten, die ihn mögen, gefällt auch seine Mütze, sie sehen etwas darin – das Symbol seiner Atmosphäre, seines Stils; und sie freuen sich daran.

Seine eigenen emotionalen Transfers waren größtenteils negativ. Zum Beispiel verabscheute er seine Reisetasche zutiefst. Heute Abend würde sie im Hotelzimmer auf ihn warten, neben seinem Bett hocken wie ein Wachhund in einem fremden Haus. Sie lag immer neben seinem Bett, egal wo er schlief, ordentlich gepackt, falls er weggerufen wurde, sie mit seiner Zeit füllen und tragen musste, so wie er gern getragen, über jedes Hindernis gehoben werden würde.

Nie hätte er gedacht, er würde sie privat benutzen – die Tasche. Würde sich von allen davonstehlen und wegrennen.

War nicht seine Schuld. Er hatte das nicht gewollt. Sie hatte es erzwungen.

Er war in der Küche gewesen und hatte Suppe gekocht. Jeden Freitag kochte er für sie beide einen großen Topf Gemüsesuppe: Bohnen, Blattgemüse, Kartoffeln, Sellerie, Linsen, Tomaten, ein paar Nudeln, Zutaten nach Saison, das Beste, was sich finden ließ. Jede Woche war sie ein bisschen anders – weniger Kohl, ein Stück

Butternuss-Kürbis, Tamarinden-Paste – aber die Suppe selbst war eine feste Einrichtung. Wenn er Freitagabends zuhause war, kochte er. Er tat es für sie. Er betrachtete es im Stillen als eine Art Opfergabe – *hier bin ich, das ist von mir, ein Beweis meiner selbst, ein Zeichen meiner verlässlichen Liebe.* Sie machte manchmal eine Flasche Wein auf und sah ihm beim Gemüseschneiden zu: Wie er das Messer wiegte, einen behaglichen Rhythmus vorgab, dann wurden Zwiebeln und Knoblauch in Öl angedünstet, und das ganze Haus roch heimisch und gemütlich, und er lächelte sie an, gab seine Zutaten in den Topf, alles geputzt und gewürfelt, und füllte mit guter Brühe auf.

Er war in der Küche gewesen und hatte geschnitten, noch niemand zum Zuschauen da. Französische Messer hatte er, scharf, gut ausbalanciert, war eine Freude, damit zu arbeiten, und sie war spät von der Arbeit gekommen, deshalb hatte er ohne sie angefangen. Die Klinge war abgeglitten. Bei Kürbis muss man sorgsam sein, weil die Schale immer hart ist und einen abrutschen lässt, zu einem Missgeschick führen kann. Aber er hatte nicht aufgepasst und bekommen, was er verdiente.

Er war in der Küche gewesen, allein. Komisch, dass er den Schmerz erst spürte, als er die Wunde sah. Erstes Glied, linker Ringfinger, eine Kerbe fast bis auf den Knochen. Blut.

Er war in der Küche gewesen, hatte die Hand gehoben, Beobachtungen angestellt, sein Blut betrachtet. Es lief rasch zum Handgelenk, sammelte sich und fiel dann unten auf die Steinfliesen, wo es große, symmetrisch gerundete Tropfen hinterließ, die auf niedrige Fallgeschwindigkeit und senkrechten Sturz hindeuteten, und jeden Tropfen umgab eine Aura feiner Spritzfäden, sternengleich. Die Fliesen waren ziemlich glatt, störten aber seinen Lebenssaft doch genug, dass er feine flüssige Grate bildete. Glas wäre besser, wenn er den Finger dicht über Glas hielt, würde er vielleicht vollkommene, kleine Kreise bekommen: Das Blut bildete Kugeln, wenn es ihn verließ, und die Breite jedes Tropfens beim Aufprall würde dem Durchmesser der Kugel entsprechen. Darauf konnte man sich verlassen.

Er war in der Küche gewesen, mit dem Blut. Er hatte zugelassen, dass sich die Tropfen um seine Füße versammelten, zusammenliefen und auseinanderspritzten, ein Muster das andere überlagernd, bis es nach einem erheblichen Verlust aussah. Etwa zwanzig Tropfen für jeden Milliliter, und sie erzählten die Geschichte einer Person, die stand, verletzt war, aber nicht allzu schwer, weder kämpfte noch flüchtete.

Er war in der Küche gewesen und hatte eine Spur bis zur Terrassentür gelegt. Winzige Spritzer benetzten eine Steckdose in der Fußleiste, verschmutzten die kleine Plastikabdeckung – so ein weißes Ding, das Kinder davon abhalten sollte, die Finger dorthin zu stecken, wo sie nicht hingehörten. Es gab natürlich keinen Grund für die Abdeckung, ihr Haushalt brauchte sie nicht – Schutz vor einer Gefahr, die sie nicht heraufbeschwören konnten, einer Unmöglichkeit.

Er war in der Küche gewesen, vor der Glastür, hatte das Spiegelbild mit Blut markiert. Dann hatte er ein paar Milliliter innegehalten, ehe er den ganzen Arm hin- und herschwenken musste, sodass Blut in punktierten Kurven auf das dunkle Glas der Türen traf, die Tropfen Beine nach unten streckten, ehe sie trockneten, verzerrt von Bewegung, Richtung, Schwerkraft. Er hatte die Faust mehrfach geballt, dann versucht, mit der anderen Hand etwas von dem Fließen aufzufangen, es wieder loszuwerden, über sein Geistergesicht und den nächtlichen Garten draußen zu wischen, über die undeutlichen Schichten windbewegter Büsche, den leichten Nieselregen, dünner und weniger interessant als Blut. Er hatte die Hand oben herum und unten herum geschleudert, mit dem Handgelenk Schwung geholt, bis der Schmerz in seiner Hand sich angstvoll und misshandelt anfühlte. Dann hatte er seine feuchten Fingerknöchel über die Stirn gerieben, sie dann in die andere Hand gelegt, während sein Körper vorhersehbar reagierte, die erhöhte Herzfrequenz seinen Verlust hinauspumpte, die Beweisspuren verdichtete. Lies das Blut, dann siehst du vielleicht eine Klinge, die sich hob und herabsauste, oder den Zusammenprall von Opfer und Angreifer: Schläge und Angst und Empörung und Schock.

Er war in der Küche gewesen, und sie war hereingekommen. Hatte nicht gehört, wie sie die Eingangstür aufgesperrt hatte, auch keine der kleinen Geräuschkombinationen, als sie ihre Tasche abgestellt und den Mantel ausgezogen hatte, durch den Flur gegangen und stehengeblieben war. Er hatte sie erst bemerkt, als sie sprach.

»Herrgott, Frank. Was hast du denn gemacht. Verdammt, was machst du denn da?«

Er hatte sich zu ihr umgedreht und gelächelt, weil er sich freute, sie zu sehen. »Tut mir leid, die Suppe ist noch nicht fertig. Wird so …« Er hatte auf die Uhr geschaut und gerechnet, damit sie sich die Zeit einteilen konnte – vielleicht wollte sie vor dem Essen noch ein Bad nehmen. »Wird so gegen neun fertig sein. Möchtest du was trinken?« Er spürte eine Ablenkung, Feuchtigkeit in der Nähe seiner linken Augenbraue.

»Was soll denn das?«

Er hatte wieder gelächelt, was hieß, dass er in den ein oder zwei Sekunden zuvor traurig ausgesehen haben könnte: »Ja, ich weiß, aber so spät ist neun auch noch nicht.« Er musste sich entschuldigen und herausfinden, wie es ihr ging – das würde dem Verlauf des Abends guttun. Anderen Menschen Aufmerksamkeit widmen ist nie verlorene Zeit. »Es sei denn, du bist sehr hungrig. Hast du großen Hunger?« Ihr Haar war zerzaust, vielleicht feucht – ein Übergriff schlechten Wetters auf dem Weg vom Auto zur Haustür. Die Haut bleicher als üblich, die Wangen stark gerötet, als sei ihr kalt. Sie hatte das schokoladenbraune Kostüm an, dazu diese metallic-blaue Bluse, eine Kombination, die ihm immer eigenartig vorkam, aber sehr hübsch. »Du siehst müde aus.«

Es war die Passform des Kostüms. So eng anliegend. Genau da, wo man auch seine Hände hinlegen wollte. »Möchtest du ein Bad nehmen? Zeit ist genug. Wenn die Suppe fertig ist, kann sie auch etwas stehen.« Sie hatte ihre Figur gehalten: war womöglich gar schlanker, leuchtender als bei ihrer ersten Begegnung. »Ich habe Bio-Sellerie gekriegt, das war Glück.« Aus irgendeinem Grund war er leicht außer Atem, und die Arme wurden ihm schwer.

»Und wenn ich jemanden mitgebracht hätte. Wenn die Leute das ... dich gesehen hätten.«

»Ich habe ...«, und hier war ihm wieder eingefallen, dass ihm sein Finger jetzt gerade großen Kummer machte, extrem schmerzte. Er war verwirrt. »Ich habe nicht damit gerechnet, dass du jemanden mitbringst.«

An dieser Stelle hatte sie einen kleinen Thymiantopf genommen, den er neben der Spüle stehen hatte, und in Richtung seines Kopfes geworfen, und er hatte sich geduckt, sodass der Topf hinter ihm an der Wand zerschellt war, dann auf die Fliesen gefallen und noch weiter zerbrochen war. Torf und bräunliche Tonscherben waren weiter verstreut, als man für möglich halten sollte, und die Pflanze lag vor seinen Füßen, die Wurzeln ragten aus einem Erdklumpen, als gäben sie Notsignale. Thymian war allerdings ziemlich robust und würde den Zwischenfall schon überstehen und schadlos durchkommen, glaubte er.

»Schon in Ordnung. Ich mache das weg.« Frank überlegte, ob Handfeger und Kehrblech draußen im Windfang oder in der Abstellkammer unter der Treppe lagen. »Wird alles gut.« Er konnte sich nicht erinnern, wo er sie zuletzt gesehen hatte.

»Nichts ist in Ordnung. Nichts wird gut.« Und sie kam auf ihn zu, trat manchmal auf seine Spuren, ihre Schuhe nahmen seine Blutflecken an, wiederholten sie, bis sie nah genug war, mit der Hand über seine Stirn zu streichen, über die linke Wange, die Lippen. Das hieß, sie hatte sein Blut an den Fingern, und Frank war sich dessen schwach bewusst, als sie ihm in die Augen schaute, seinen Blick festhielt, wie sie es früher getan hatte, wenn er gerade von einer Reise, einem Auftrag zurückgekommen war – so hatte sie auch da in ihn hineingeschaut, als wolle sie seine Gedanken prüfen, sichergehen, dass er immer noch derselbe war wie vorher.

Nach dem Blick schlug sie ihn. Schnell. Mit der flachen Hand auf beide Wangen. »Nichts ist in Ordnung.« Drehte sich um und ging nach oben. Er folgte ihr nicht, weil er verstört war, er schüttelte den Kopf und fuhr mit der Zunge über die Zähne und hatte das Gefühl, vielleicht akzeptieren zu müssen, dass er nicht mehr derselbe war wie vorher.

Nicht dass er jemand Besonderes gewesen war.

Und heute Abend war er offenbar noch weniger: jemand, der in einem Kino saß, dem aber kein Film gezeigt wurde.

Im Vorführraum war es still geworden, das Flappen hatte aufgehört. Vor einer Weile hatte es ein paar undefinierbare dumpfe Schläge gegeben, dann Schweigen und das Gefühl, beobachtet zu werden. Frank war sicher, der Vorführer hatte beschlossen, den Film nicht zu zeigen, und wartete jetzt darauf, dass Frank aufgab und ging.

Aber das würde nicht passieren. Frank würde bekommen, was er wollte und wofür er bezahlt hatte. Von oben sickerte tiefes Gemurmel verstärkten Tons durch die Decke, der andere Film hatte also angefangen. Er nahm allerdings an, dass auch oben niemand zusah – er hatte nicht eine Seele im Foyer gehört.

Aber eine halbe Stunde – wenn oben die Komödie angefangen hatte, hieß das, er saß schon eine halbe Stunde hier fest.

Er nahm die Mütze ab und setzte sie wieder auf.

Jemanden eine halbe Stunde warten zu lassen, war respektlos und ärgerlich. Noch ein wenig länger, dann würde er mit Recht wütend werden und seinem Unwillen Luft machen.

Er hustete. Er legte einen Fuß auf die Sitzlehne vor ihm, ließ den anderen folgen und schlug die Füße übereinander. Er drückte die Schultern tiefer in seine Sessellehne. Das alles sollte andeuten, dass er sich eingerichtet hatte, keine Eile hatte, sondern alle Zeit der Welt zu investieren bereit war. Der nächste Schritt würde Konflikte bedeuten, Ausbrüche, Unwägbarkeiten, die schwer und unerfreulich vorherzusagen waren.

Doch dann begann ein Motor zu surren, das Licht wurde dunkler und ging ganz aus, die Leinwandoberfläche erzitterte, hüpfte, zeigte ein verschwommenes Zertifikat, dessen Schärfe hin und her justiert wurde, bevor es in schöner Deutlichkeit den Titel seines Films zeigte, der Abendunterhaltung, die er sich ausgesucht hatte. Stumm schwamm ein Logo aus der Tiefe und entfaltete sich, wurde von einem anderen abgelöst, dieses von einem weiteren. Stumm erschien eine Landschaft und entfaltete sich ebenfalls, ungeschlacht wirkende Haufen brauner Blätter, Frühnebelschwaden zwischen Bäumen, ganz anziehend. Stumm wechselte das Bild, zeigte ein Männergesicht: Ein Schauspieler, der vor ein paar Jahrzehnten berühmt und attraktiv gewesen war und sich heutzutage auf Butler, alternde Verbrecher, Großväter, Onkel spezialisierte. Stumm sah er ein kleines Mädchen an, stumm bewegte er die Lippen und brachte keinen Ton heraus. Er schien ihr Rat zu geben, etwas Wichtiges, vielleicht Lebensrettendes, vielleicht sogar das. Aber er hatte keinen Ton.

Der Film hatte keinen Ton. Was Frank zuerst für ein künstlerisches Mittel gehalten hatte, war in Wirklichkeit eine Panne – vielleicht eine absichtliche.

Er schaute weiter hin. Manchmal war er im Ausland ins Kino gegangen, hatte Filme in fremden Sprachen gesehen und der Handlung im Groben folgen können. Das war einigermaßen unterhaltend gewesen.

Aber das hier war ein Kunstfilm, sehr kompliziert. Die Leute redeten ziemlich viel miteinander, und meistens mit undurchdringlicher äußerer Ruhe. Sobald das Kind verschwand, kam er nicht mehr mit.

Also stand er auf, ließ den Sesselsitz schwach knallen, als er ihm nachklappte, und schlenderte den unsichtbar ansteigenden Fußboden hinauf, zur unsichtbaren Wand und ihrer versteckten Tür.

Draußen war die Tür des Vorführraums deutlich gekennzeichnet und stand ohnehin ein wenig offen, sodass er leicht zu erkennen war – darin surrte ein unbetreuter Projektor vor sich hin, ein dichter Schwall Farbe und Bewegung schoss durch das kleine Glasfenster wie ein Bündel beweglicher Stränge und Stäbe, die ausdünnten, je weiter sie durch den Kinosaal reisten, und sich schließlich auf der Leinwand öffneten. Er hob sich immer so deutlich ab: dieser flackernde Lichtstrang. Frank überlegte kurz, ob der Vorführer wohl rauchen musste, Talkum verstreuen oder Wasserdampf aufsteigen lassen musste, damit das so blieb, so pittoresk.

Im Foyer lehnte der Junge mit den schmutzigen Turnschuhen an einer Säule und sah schläfrig aus.

»Hat keinen Ton.«

»Was?«

»Hat keinen Ton, habe ich gesagt.«

Der Junge schien zu überlegen, ob er noch mal »Was« sagen sollte, doch irgendwas hielt ihn ab, vielleicht Franks Gesichtsausdruck.

»Ich habe gesagt, er hat keinen Ton.« Frank war nicht erzürnt, nicht im Begriff, irgendwas zu tun, dachte bloß – *keiner hilft, man fragt, es spielt keine Rolle, weil niemand hilft, ich weiß nicht, wieso.* Er versuchte es noch einmal. »Ich kann nichts hören. Normalerweise kann ich hören. Aber im Augenblick nicht. Den Film. Ich kann sonst alles hören, aber den Film nicht. Daher weiß ich, dass bei mir alles in Ordnung ist und mit dem Film was nicht stimmt.«

Der Junge sah ihn an, schien aber körperlich schwach, oder nicht in der Lage, sich unvermittelt zu bewegen.

Frank glaubte, dass er ganz ruhig war und nicht bedroht wurde. Er verlieh seinem Anliegen weiter Nachdruck. »Es gibt ein Problem mit dem Film. Der Film läuft, aber er hat keinen Ton.« Und um zu erklären, was er die ganze Zeit gemacht hatte: »Er läuft noch nicht lange, und er hat keinen Ton.« Auch wenn er dadurch vielleicht ein bisschen dämlich wirkte, denn wer würde schon über eine halbe Stunde in einem kalten, dunklen Saal warten, dass der Film endlich anfing.

»Hat keinen Ton?« Der Junge klang, als sei Frank anspruchsvoll und unvernünftig.

Frank beschloss, dass er gern sowohl anspruchsvoll als auch unvernünftig sein wollte. Wenn er schon nicht mehr derselbe war, dann konnte er sich doch immerhin aussuchen, wer er stattdessen sein wollte. »Er hat keinen Ton.« Frank schluckte. »Ich möchte, dass Sie etwas unternehmen.«

Die Situation war nicht angespannt, er hatte es geargwöhnt, aber falsch gelegen. Sein potenzieller Gegenspieler zuckte einfach die Achseln und sagte: »Ich gehe den Vorführer suchen.«

»Ja, das sollten Sie«, fügte Frank unnötigerweise an, denn der Junge hatte sich schon umgedreht und schlurfte über den Foyerteppich.

Es würde also etwas unternommen werden.

Frank setzte sich auf eine der Sitzinseln, die zweifellos für kurze Phasen der Vorfreude bereitstanden – Menschen, die auf die Begleitung anderer Menschen warteten, Gruppen, die sich versammelten, abendliche Unternehmungen, Familien, Kinder, alle freudig erregt bei der Aussicht auf große Bilder, große Geräusche, sicheres und unterhaltendes Dunkel. Die Tür zum größeren Saal stand offen, und er konnte einen Teil der Leinwand sehen, das riesige Kinn und den Mund einer Frau. Außerdem sah er auf einigen Sitzen Gestalten, Kinobesucher. Oder Nachbildungen von Kinobesuchern, was allerdings unwahrscheinlich war. Sie mussten sich heimlich hereingeschlichen haben; oder sie waren vor ihm eingetroffen, extrem zeitig. Jedenfalls hatte er sie nicht gehört und nicht damit gerechnet, dass sie da waren.

Das war überraschend. Frank war stolz auf seine Wachsamkeit und Beobachtungsgabe und mochte nicht glauben, dass sie ihn so vollständig im Stich gelassen hatten. Im Privatleben war das nur erschreckend, aber bei der Arbeit wäre es katastrophal. Im Augenblick allerdings nahm er eine Auszeit. Alle, die gesagt hatten, er solle eine Auszeit nehmen, hatten dies in bester Absicht und Kenntnis der Sachlage getan. Er brauchte ein wenig Ruhe. Doch eines Tages musste er zurückkehren, und dann brauchte er seine ganze Geistesgegenwart.

Experte. Das war er.

»Du kannst doch auch was anderes machen.«

Sie hatte nicht begriffen. Wenn man Experte ist, hat man Verpflichtungen, muss man seine Arbeit tun.

Sie hatte nichts von den Räumen gewusst, die er gesehen hatte: Räume, deren Wände in mattem Rot glänzten, beschmiert waren, mit Haaren und anderem Material; über die Fußböden geschleift, zusammengeflossen, geronnen; Fußabdrücke, Handabdrücke, Kriechen, Fleisch und Panik und Spritzer und Kratzer und Schmierstreifen und Verlust und Fingernägel und Zähne und alles, was ein Mensch nicht ist, nicht sein sollte, alles, was weniger als ein vollständiger und zufriedener Mensch ist.

Unsichtbare Räume – er machte sie unsichtbar – er dachte nach und überlegte, bis alles verschwand, außer dem, was er brauchte: die Hinweise auf Absicht, Richtung, Stellung; die Nacktheit des Falschen; wer wo stand, was tat, wie oft, wie schnell, wie hart, wie völlig hoffnungslos letztlich – was genau aus ihnen wurde.

Unsichtbar.

Und an dieser Stelle brach sein Geist, fiel in Schweigen, das Foyer um ihn herum wurde unerheblich belanglos. Eine Taubheit entstand mitten in seinem Kopf und wand sich nach außen, erfüllte ihn mit einem völligen Fehlen von irgendetwas Hörbarem. Er versuchte, seine Gedanken zurückzuverfolgen, doch sie teilten sich, zerfledderten, ließen ihn an einen ungenannten Ort fallen. Und der, der er gewesen war, das merkte er, war ganz und gar aus ihm geschwunden, und was auch immer an seine Stelle getreten war, hing hier reglos und gedankenlos.

Nicht festzustellen, wie lange. Nicht mal lange genug, es zu fassen und Angst zu kriegen. Vielleicht wahnsinnig. Vielleicht war er wahnsinnig. Gebrochen oder wahnsinnig. Gebrochen und wahnsinnig.

Dann tropfte ein Jaulen herein: eine dünnere, jämmerlichere Version seiner Stimme, und sein Geist schien danach zu greifen, beinahe getröstet.

Niemand hilft.

Fühlte sich an wie ein leichter Kopfschmerz.

Nie hilft jemand. Ich bleibe einfach zuhause, und die Glühbirnen verlöschen, die Decke bekommt Risse, alle elektrischen Geräte funktionieren nicht ganz wie sie sollen – es gibt jede Menge Störungen –, und ich rufe die Servicenummern an, und die helfen nicht, ich rufe alle möglichen Leute an, sie helfen nicht, ich verbringe Stunden am Telefon und kriege keine sinnvollen Antworten, kriege keinen Sinn – ständig gehen irgendwelche Sachen schief, unablässig, tagtäglich, und ich will, dass es aufhört, ich könnte es stoppen, aber niemand hilft, und allein schaffe ich es nicht.

Wie an dem Abend mit dem Blut – man konnte wohl kaum von ihm erwarten, mit solchen Umständen allein fertig zu werden.

Er hatte getan, was er konnte, in der Küche gewartet und die Suppe auf kleiner Flamme warm gehalten, für sie bereitgehalten. Was allerdings nicht die Hauptsache war.

Sein Finger war das wichtigere Detail. Den hatte er unterm Wasserhahn gewaschen und dann mit einem Pflaster aus dem Erste-Hilfe-Kasten versorgt. Er hatte den Verbandskasten im Flur genommen, um sie nicht im Badezimmer zu stören.

Das Badezimmer, das war wichtiger als sein Finger. Er hatte geraten, dass sie im Bad war, weil das heiße Wasser lief, das hörte er am Geräusch des Boilers, und wahrscheinlich war sie da drin, goss Badeöl hinein, freute sich am Dampf, regulierte die Wassertemperatur, bis sie hineinsteigen konnte – gewusst hatte er es nicht. Er hatte sie nie baden gesehen, diese ganzen Einzelheiten.

Das Bad hing mit seinem Finger zusammen, weil er seine Verletzung unten verbunden hatte, um ihr aus dem Weg zu gehen, und das womöglich nicht besonders gut getan hatte, vielleicht hätte er besser dafür sorgen sollen, dass sich die Wunde schloss, denn die Narbe, die sich schließlich gebildet hatte, war ziemlich deutlich zu sehen. Wenn jemand seine Hände genauer betrachtete, würde er sie bemerken – ein auffälliges Kennzeichen.

Dann – ein entscheidender Punkt – hatte er bemerkt, dass sein Hemd blutig war und er es wechseln musste, war leise nach oben getappt, das hieß, er hatte seine Pläne geändert, war also nach oben gegangen, ins Schlafzimmer geschlichen, hatte irgendeinen alten Pullover gegriffen und sich hineingekämpft.

Ihr Geruch im Schlafzimmer. Den er auch riechen konnte, wenn er sie umarmte oder sich rüber auf ihr Kissen rollte, wenn sie nicht da war. Frank hatte gesehen, wie Männer ihre Frauen umarmten, wie sie ihr Kinn auf die Schulter der Frau schmiegten und dieses Lächeln begann, so ein besonders jung wirkendes Grinsen mit geschlossenen Augen – *selig*.

Dieses eine weiche Wort, das er in keinem anderen Zusammenhang mochte oder verwendete.

Es war unklug gewesen, die Treppe hinaufzugehen – sie hätte da sein, auf ihrem Kissen liegen oder sich ausziehen und irgendwelche großen Gefühle haben können, bei denen sie nicht beobachtet werden wollte. Aber er hatte beim Vorbeigehen aufmerksam an der Badezimmertür gelauscht und sie in der Wanne gehört, das Hin und Her des Wassers, eine Art glättender Bewegung.

Irgendwie sollte man auch diesen Punkt betonen. Er sollte nicht vergessen werden, dieser Augenblick, da er sich an die Tür lehnte und einer Bewegung lauschte, die er nicht sehen konnte, und sich die Schulter seiner Frau vorstellte, den kurzen Blick von der Seite auf ihre Brust, ihre Wange, den Bogen ihrer Rippen – immer ein schlankes Mädchen – und das Glänzen des Wassers, das darüber hinablief, sich wieder verlor.

Als er seinen Pullover anhatte, meinte Frank, hungrig zu sein, also war er hinunter zur Suppe gegangen, hatte das Brot angeschnitten, das er gebacken hatte – einen feuchten Hefeteig-Laib aus Dinkelmehl, das nicht ganz leicht zu kriegen war, aber den Aufwand lohnte – und hatte sich Suppe aufgetan. Doch als er den ersten Löffel probierte, schmeckte er salzig, eigenartig, und eine Schlaffheit in seinen Armen und seiner Kehle störte ihn, und am Ende schüttete er seine Schüssel weg.

Es war nicht so, dass er nicht merkte, wie verstört sie war.

Er kannte sie und verstand.

Sie hatte niemanden mit nach Hause gebracht, und sie hatten keine Kinder, kein Kind, sie war der einzige Mensch, der ihn gesehen hatte, bloß sie, und sie waren miteinander verheiratet, seit Jahren verheiratet, das hätte also nicht so schlimm sein dürfen. Aber Gefühle gab es natürlich, und die musste man berücksichtigen. Sie war oben, nahm ein Bad und hatte Gefühle. Das war zweifellos der wichtigste Gedanke, den er haben konnte, zu dem er hätte fähig sein sollen, dass sie Gefühle hatte. Und diese Gefühle bedeuteten, dass sie seine Suppe nicht mochte und nicht sein Brot und nicht seine Mütze, dass sie ihm die Schuld an schrecklichen Dingen gab, an einer schrecklichen Sache, die doch ein Unfall gewesen war, eine Unaufmerksamkeit, eine Sorglosigkeit, die nur einen Atemzug lang währte und doch hieß, dass er so viel wie sie verloren hatte, ganz genau so viel.

Er wollte zu ihr gehen und sagen: *Ich habe so etwas schon gesehen, ganz aus der Nähe – wie Menschen fallen und innerlich*

zerbrechen, zuerst sterben die Augen, dann das Gesicht, ein letztes Licht scheint auf und verlöscht, verlässt sie und kommt nicht wieder. Sie kommen in unser Gebäude, und was sie auch denken, was wir ihnen auch erzählt haben, in ihren Gedanken gibt es einen Menschen, einen lebenden, unversehrten Menschen, von dem sie erwarten, dass er sie begrüßt und ihre Welt zurückbringt. Dann führen unsere Mitarbeiter sie in den speziellen Raum, den widerhallenden Raum, und sie sehen nichts, niemanden, keine Wiederkehr, nur eine Form aus Fleisch, eine Verletzung. Manche weinen, manche nehmen unser stilles Angebot von Tee und Gebäck an, das wir hinstellen, damit es wohnlich und natürlich wirkt, als würde das Leben weitergehen, denn es geht weiter, das tut es – es hebt uns auf und füttert uns mit sich selbst, treibt uns weiter, bis wir abgenutzt sind. Manche sind still, in sich gekehrt. Manche kann ich bis in mein Büro hören. Sie wüten und toben um ihre Geliebten, ihre Liebe, ihre tote Liebe, ihr totes Ich. Und um ihre Kinder. Sie schaffen es nicht, ihren Schmerz bei sich zu behalten. Und am Ende verlassen sie uns, weil sie nicht bleiben können. Sie gehen nach draußen und fallen zurück ins Sein. Unsere Stadt ist voller Menschen, die in zerrissenen Tagen hin und her rennen, und in jeder anderen Stadt ist es genauso. Unsere Welt ist davon verstopft, von den Mustern und Geflechten der Trauer. Und darüber hinaus weiß ich, dass du traurig bist. Ich weiß, auch deine Tage bluten. Und ich weiß auch, dass ich dich traurig mache. Ich weiß nicht, wie es anders gehen kann, aber bitte, bring nicht noch mehr Trauer herein, mach sie nicht noch größer. Wenn es noch mehr wird, kann ich nicht mehr atmen und muss sterben.

Und ich vermisse sie auch.

Ich vermisse sie genauso wie du.

Die nicht mit dir nach Hause kommt und deine Hand hält.

Das Mädchen, das nicht da ist, um sich zu sorgen, wenn ich mir wehtue.

»Alles im Griff.«

Frank sah die Turnschuhe des jungen Mannes, die absichtlich zerschlissenen Säume seiner Jeans. Frank betrachtete sie durch die Finger, hielt den Kopf gesenkt. »Entschuldigung.« Das kam weniger als Frage heraus, eher als Aussage, als Eingeständnis. Er rieb sich den Nacken, seinen hilflosen Schweiß, und sagte noch einmal, deutlicher und korrekter: »Entschuldigung?«

»Der Vorführer kommt grad zurück. Sie können reingehen und warten.«

Ah, damit kenne ich mich aus, das habe ich schon gemacht. War-ten. Das kann ich. Meisterhaft.

Frank schluckte, während seine Wut sich hob und wieder senkte. Diese Anfälle dauerten nie lange, aber früher kamen sie nicht so häufig. Das mochte Anlass zur Sorge geben: seine erhöhte Hassfähigkeit.

»Alles in Ordnung?«

Der Junge starrte ihn mit anscheinend leichtem Widerwillen an, als Frank sich streckte und aufblickte. »Nein. Oder eigentlich ja. Ich bin in Ordnung. Bloß Kopfschmerzen, das ist alles.«

Aufstehen schien äußerst lange zu dauern, Frank versuchte, nicht zu stürzen oder zu taumeln, als er sich durch die schwere Luft nach oben drückte. Er war größer als der Junge, müsste ihn beherrschen können, doch stattdessen nickte Frank, hielt seine Mütze in beiden Händen – das hatte etwas von Bittsteller, etwas Anachronistisches, Verstörendes – und er setzte angestrengt einen Fuß vor den anderen, zuckte zurück zur Kinotür und hindurch.

Die Dunkelheit war erleichternd und friedlich. Kaum hatte sie ihn umhüllt, sich um seinen Rücken geschmiegt und vor ihm geöffnet, damit er das leichte Gefälle hinab zu einem neuen Sitz tappen konnte, fühlte er sich geschmeidiger und gesünder.

Es war im Grunde gut, dass der Film mit Verspätung begann. So wurde der ganze Abend verbraucht – hinterher direkt zurück ins Hotel und sofort ins Bett. Doppelbett. Nur er allein. Nicht

nötig, eine Seite auszusuchen: ihre Seite, seine Seite. Er konnte liegen, wo er wollte.

Sie lag lieber auf der linken. Er nahm an, das hatte irgendwie damit zu tun, dass die Schlafzimmertür auf der rechten Seite war. Jede Bedrohung würde von rechts kommen, und da lag dann er, um ihr zu begegnen. Frank hatte gedacht, sie ließe sich im Schlaf von ihm beschützen: Frank, der selbst gern bereit war, die freie Seite zu nehmen, welche das auch sein mochte, der ebenso gut am Fußende schlafen konnte, wie eine zusammengelegte Decke. Spielte keine Rolle. Ihm war es egal.

Aber in Wirklichkeit erwartete sie nicht, dass Frank sie verteidigte. Die Seitenwahl hatte nichts mit ihm zu tun. Sie hatten auch schon andere Schlafzimmer gehabt, wo die Tür woanders lag, und mit Fenstern, durch die man klettern konnte, die musste man auch bedenken – ihr gegenwärtiges Fenster war in der linken Wand –, und doch hatte sie immer links gelegen. Sie mochte es, oder war daran gewöhnt, oder hatte diesem Arrangement eine solche Bedeutung zugestanden, dass es sich nun nicht mehr ändern ließ. Ihr Buch, ihr Wasserglas waren auf der linken Seite.

An ihrem letzten Abend hatte sie nicht gelesen, wenigstens glaubte er nicht. Er hatte in der Küche mit der Suppe auf sie gewartet, aber sie war nicht heruntergekommen. Er hatte sein Blut weggewischt und den Thymian wieder eingepflanzt, hatte dem Geräusch des ablaufenden Wassers aus der Badewanne gelauscht und den Schritten ihrer nackten Füße auf dem Treppenabsatz, die sich nicht zur Treppe wandten. Dann hatte er gefunden, dass die erste Reinigung nicht gründlich genug gewesen war, und die Küche umfassend geschrubbt – die Arbeitsflächen, den Fußboden, den Kühlschrank ausgeleert und ausgewischt, aufgeräumt. Die Schränke mussten auch mal aufgeräumt werden. Das dauerte ziemlich lange. Schließlich schüttete er den Rest der Suppe in einen Plastikbehälter, wusch den Topf ab, schaute den Behälter an, schüttete den Inhalt in den Mülleimer und wusch auch den Behälter ab.

Es war zwei Uhr morgens, als er fertig war.

Und als er ins Bett geschlüpft war, hatte er erwartet, dass sie schlief, denn so wäre es am besten gewesen.

»Was hast du gemacht?« Sie schlief aber nicht, sondern lag bloß im Dunkeln auf dem Rücken und wartete darauf, ihn das zu fragen: »Was hast du gemacht?«

»Ich... geputzt.«

»Was ist bloß los mit dir.«

Und Frank konnte es ihr nicht erzählen, weil er es nicht wusste, also sagte er bloß: »Ich verstehe, wieso Leute Springbrunnen betrachten, oder die Wellen am Meer. Weil die nie aufhören. Das Wasser bewegt sich, immer weiter, bei Ebbe geht es zurück, bei Flut kommt es wieder, und das geht immer und immer so weiter. Das ist wie –« Er hörte, wie sie sich drehte, spürte, wie sie sich aufsetzte, aber sie streckte keine Hand nach ihm aus. »Das ist wie dieser Knopf, den man am CD-Spieler hat, oder an diesen kleinen Musikdingern – da ist immer ein Knopf zum Wiederholen dran – nicht nur eine ganze Platte, sondern auch einen Track, ein einzelnes Stück. Die haben sich tatsächlich gedacht, dass man einen einzigen Track immer wieder wiederholen will, damit diese drei, vier Minuten bleiben, damit man diese Zeit im Kopf festhalten kann, sie zurückspulen, zurückblättern kann. Sie haben sich gedacht, dass man das will. Ich will das. Bloß drei oder vier Minuten, die zurückkommen.« Davor fürchtete er sich, während er es hörte, und als er zu sprechen aufhörte, atmete sie eigenartig, laut, unregelmäßig, so wie vor dem Weinen. Also hob er wieder an, weil er das nicht ertragen konnte, nicht mal den Gedanken daran. »Ich möchte eine Sekunde, drei, vier Sekunden, das ist alles. Ich will alles zurück. Keine Stopptaste, ich will nichts anhalten.« Aber jetzt weinte er selbst – das ließ sich nicht vermeiden. »Ich möchte, dass sie –« Sein Satz wurde unterbrochen, als sie ihn schlug, ihn gegen die Brust boxte, dann ein Faustschlag aufs Auge, der graue Farben explodieren ließ und neue Schmerzen verursachte, und schließlich hatte er ihre Handgelenke gepackt, fast mit ihr gerungen, ihre Schädeldecke schlug gegen sein Kinn, erschütterte ihn.

Danach hatten sie ausgeruht, sein Kopf auf ihrem Bauch, beide weinten sie immer noch, zu laut, zu tief, der Lärm ließ etwas in seinem Kopf zerreißen. Doch selbst das hatte irgendwann nachgelassen, dann war es still gewesen, er hatte versucht, sie zu küssen, und sie hatte es nicht erlaubt.

Da hatte er seine Tasche genommen und das Zimmer, das Haus, die Stadt, sein Leben verlassen.

Ich vermisse sie auch.

Hinter Frank stotterte und surrte der Projektor, das Licht sprang auf die Leinwand, und der Ton mit ihm. Er nestelte in der Hosentasche nach dem Handy, fand es und stellte es aus. So würde er nicht merken, wenn es nicht klingelte, immer weiter nicht klingelte.

Frank lehnte den Kopf zurück und betrachtete den Vorspann, den Nebel, die Bäume, das Gesicht des älteren Mannes, wie es mit dem des kleinen Mädchens, wie er mit seiner Tochter sprach. Und die Welt wurde unstet, versank um ihn, und der Film lief weiter, und er wusste, er würde enden, und er wusste, wenn er endete, würde er sich nichts mehr wünschen, als ihn wieder anfangen zu lassen.

WESPEN

Ihr Vater fuhr mal wieder weg, mehr war nicht. Keiner der Jungen
sagte was dazu, aber beide waren um fünf Uhr wach, trampelten
nach unten und direkt in den Garten, Jimbo noch im Schlafanzug
und Sam in den Sachen von gestern, wahrscheinlich ohne Unter-
hose – im Moment hat er was gegen Unterhosen, als wären sie
praktisch Windeln und Erwachsene trügen nie welche. Der erste
Streit fing schon an, als sie gerade aus dem Haus waren: Es
kommt ihr vor, als habe sie einen ganzen Zyklus von Schreien und
Kreischen durchdöst und diesem komischen, flachen Gebrüll,
das Sam jetzt immer ausstößt, wenn er sich richtig gehenlässt und
einfach nur wütet. Sam hat keine Wutanfälle mehr. Er ist schon
sieben. Er hat das Wahre: Zorn.

Und der Morgen war schon aus dem Gleichgewicht, aggressiv.
Orange-rosa Licht war schon um vier drohend herangekrochen,
der Sommer schob alles immer weiter in die Nacht, ob man wollte
oder nicht, und das Bett war zu warm, und draußen baute sich etwas auf, was man einen richtigen Sturm nennen konnte, bis dessen Druck auf die Hausecke in ihren Schlaf drang, bis die Luft
sich so heftig gegen die Fensterscheiben stemmte, dass sie selbst
atemlos und unruhig wurde, von einem Hunger verfolgt, der
suchte und stocherte.

Das Haus wurde ruhelos, Türen lehnten sich gegen ihre Rahmen auf, sobald das Wetter Luft holte: Klappern auf dem Dach,
oben drehte und schabte etwas, und zwischendurch träumte sie

ein wenig davon, unter Wasser zu sein, durchschwamm einen militärischen Übungskurs, der zugleich ein Spiel und eine Übung in irgendeinem schrecklichen Freizeitpark war. Sie war vollständig bekleidet und schwer und gab ihr Bestes, sich durch geflutete Gänge zu winden, Rampen hinauf, in plötzlich sich öffnenden Blasen nach köstlicher Luft schnappend, um sich dann wieder nach unten zu stoßen und zu entdecken, wie sich dies oder jenes höhlenartig weitete, zu wassergefüllten Esszimmern, Gemeindesälen, einem Raum, der aussah wie ein Fischgeschäft, nur dass die Fische alle noch lebten – sie hingen an durch Kopf oder Körper getriebenen Haken, zappelten vor weiß gekachelten Wänden in Schnüren ihres eigenen Blutes, während sie mit kräftigen Beinschlägen vorbeistrebte.

Die ganze Zeit dachte sie:»Die Kinder werde ich nicht hierherbringen, das sieht gefährlich aus. Man müsste doch irgendwem Bescheid geben können, es muss doch eine Möglichkeit zur Beschwerde geben. Ich brauche irgendeine höhere Macht – die ich bitten könnte, es zu richten.«

Die Logik des Ganzen verblasste beim Erwachen fast völlig, aber es blieb eine eindeutige Scham, das unangenehme Vorgefühl, dass sie ertrinken, irgendwo im Spiel verloren gehen könnte, während es doch alle anderen ohne Problem meisterten, weil es tatsächlich ganz einfach und anspruchslos war – wie eine Fahrt durch Liebestunnel oder Geisterbahn, eine Runde durchs Spiegelkabinett und dann zum Tee wieder nach Hause.

Als sie sich endlich umdrehte und auf den Wecker schaute, ging es schon auf halb acht zu, und die Jungen machten immer noch Lärm, übertönten das Wetter. So gingen sie nämlich damit um – mit dem Weggehen –, indem sie einander Grund zum Weinen und Grund zur Wut gaben. Ihr Vater lag zusammengerollt auf der Seite, die Hände unterm Kinn, mit diesem Gesicht, bei dem sie immer glaubte, dass er gar nicht schlief, sondern mit geschlossenen Augen wartete, bis sie weg war oder bis etwas Interessantes passierte, eine Überraschung. Allerdings neigten sie als Paar nicht mehr zu Überraschungen. Ray war vorhersehbar.

Sie zog T-Shirt und Strickjacke an, eine Jeans, die mal schick gewesen war – so als könnte sie sich auch modisch kleiden, nehme es aber im Augenblick nicht so genau – am Wochenende war man entspannt –, und dann ging sie zur Fensterbank, um nach den Wespen zu sehen. Da waren immer Wespen. Immer tot – oder schon sehr schwach und müde, dann krochen sie zur letzten Ruhe hinter die Kommode. Fünf heute. Alle hinüber. Als ob das Haus sie anzöge und dann zerstöre. Lächerlich fragile Flügel, fehlerlose Streifen und segmentierte Leiber, insgesamt sehr fein gearbeitet – sie waren wie winzige Spielzeuge. Natürlich machte man sich Sorgen, dass irgendwer aus Versehen barfuß auf eine Wespe trat. Die Jungen waren eigentlich nicht gefährdet, weil sie nicht ins Elternschlafzimmer durften. Sich nachts zwischen die Eltern wühlen, das gab es nicht – solcher Unsinn konnte eine Ehe zerstören. Und das Bett war nicht groß genug für vier. Nicht mal für drei.

Sie legte die Wespen in ihre Hand, der Fensterrahmen bebte neben ihr, der Sturm stahl sich mit einem kleinen Luftzug herein und bewegte die toten Flügel, ihre gewichtslose Starre. Sie tätschelte das Glas, lächelte und ging aus dem Zimmer, ließ sich vom Flur weiterziehen, dann von der Treppe, einem weiteren Flur, bis sie in der Küche ankam, denn sie kam immer und immer wieder in der Küche an – ohne willentliche Anstrengung oder Entscheidung: da stand sie in ihren ungebügelten Sachen, die nicht zeigten, was von ihrer Figur übrig war – genauso unordentlich wie ihre Kinder, zweifellos zeigte sich in jedem Makel, den sie alle drei an den Tag legten, ihr ungenügendes Erbgut.

Aber jetzt war nicht die Zeit für trübsinnige Grübeleien – sie ging zur Hintertür, öffnete sie und rief ihre Söhne, öffnete die Tür und ihre Hand, und der saubere Wind nahm die Wespen und schaffte sie weg.

Und jetzt.

Heute war Sonntag, also machte sie ein richtiges Frühstück: ein herzhaftes Abschiedsmahl für Ray. Er würde schon vor dem Mittag aufbrechen, und wer weiß, was er unterwegs zu essen bekam.

Würstchen, Spiegeleier, Schinken, gebratene Blutwurst, Toast *und* Kartoffelbrötchen, Ketchup, Erdnussbutter, Orangenmarmelade – allein der Duft lockte die Jungen endlich in die Küche. Wie sie sich hätte denken können, redeten sie kein Wort. Jimbo tränenreich, Sam mürrisch, und sie wusste, beide waren kurz davor, ihr zu erzählen, wie schlecht der andere ihn behandelt hatte und wie ungerecht alles war.

Sie beschloss, ihnen zuvorzukommen und Ordnung herzustellen. »Wascht eure Hände, die sehen furchtbar aus.«

»Kann ich nicht.« Jimbo präsentierte eine ziemlich unversehrte Hand. »Sam hat mir einen Stein auf den Daumen gehauen, und es hat geblutet.« Sie legte die Finger auf seine Stirn, spürte noch das Rasen des Sturmes dahinter: die Leichtigkeit und die Kälte.

»Er hat *mich* den ganzen Morgen gehauen. Immer haut er mich. Und du lässt ihn immer.« Sam wusch sich gründlich und demonstrativ die Hände, wie ein ermüdeter Chirurg. Sie sah ihn an, und die Last der Prüfungen und Pflichten eines älteren Bruders verhärtete seine Kiefermuskeln, sodass er sehr wie sein Vater aussah. »Mein Fuß blutet. Aber ich habe nichts gesagt.«

Sie bot ihm einen Teller mit allem an, brachte ihn aber nicht dazu, sie anzusehen, da Sam sich angewöhnt hatte, zum Fußboden zu sprechen. »Ich habe gar nichts gesagt.« Er wird immer undurchdringlicher.

»Na ja, jetzt hast du es ja gesagt.« Ihr kam der Gedanke, dass er als Teenager unausstehlich sein würde. War Ray höchstwahrscheinlich auch gewesen. »Er ist viel kleiner als du, und du darfst ihn nicht schlagen –« Dann haben sie also von beiden Seiten schlechtes Erbgut, ihre armen Jungen.

»Siehst du!«, krähte Jimbo und griff sich mit der verwundeten, verdreckten Hand eine Scheibe Toast.

»Und du, kleiner Mann, du darfst ihn nicht so lange ärgern, bis er dich haut. Sam ist dein Bruder, ihr müsst aufeinander achtgeben.«

»Ich hasse ihn.«

»Nein, tust du nicht. Wasch dir die Hände. *Sofort.* Leg den Toast nicht wieder auf den Teller. Den wollen wir nicht mehr. Komm, setz dich zu uns, Sam. Jimbo, du gehst dir jetzt die Hände waschen. Das meine ich ernst. Und benehmt euch anständig. Papa wird sich sehr aufregen, wenn er als Letztes vorm Wegfahren zwei schmutzige Jungen sieht, die sich nicht vertragen können. Wir wollen doch einen schönen Morgen haben. Sonst fängt eure Mutter an zu schreien und kann nicht mehr aufhören, und dann muss sie ins Krankenhaus für schreiende Leute. Und wer würde euch dann Frühstück machen?«

Ihre Söhne machten nicht den Anschein, sie gehört zu haben, und wieder einmal fragte sie sich, an welche ihrer Drohungen sie sich wohl erinnern würden, welche etwas ausrichteten und welche Narben hinterließen. Es war immer schwer zu sagen, ob die Erziehungsmethoden, die man anwandte, eher nützten oder schadeten.

Ray, also Ray hatte manchmal etwas beinahe Gefährliches. Gestern Nacht hatte sie ihn mit Jimbo angetroffen – das Kind mit noch vom Baden nassem und gekräuseltem Haar, im sauberen Schlafanzug, dem Gesicht, das sie ohne nachzudenken streichelt, um das sie die Hände legt, wenn sie hinter ihm steht und er sich mit den Schultern an ihre Knie lehnt und sie die schmalen Buckel seiner Wirbel findet, hinauf und hinunter streicht, weil es Glück bringt, bestärkt, erfreut. (Bei Sam macht sie das Gleiche, wenn er sie lässt, sie hat keinen Favoriten. Sie sind ihre beiden Jungen. Unausweichlich. Unersetzlich. Unausweichlich.) Sein Vater saß neben ihm auf dem Bett, Jimbos Brust hob und senkte sich mit zu heftigen, unregelmäßigen Atemzügen, die ganz danach aussahen, als wollten sie sich zum Weinen steigern, zu einer ausgewachsenen Heulattacke.

Aber Ray hatte ihn daran gehindert, ihn zum Einhalten gezwungen. »Du willst doch nicht ohne Essen sein, oder? Oder ohne Haus? Und ohne alle deine Sachen? Zum Beispiel Juggy, der Bär da hinten …«

»Der ist kein Bär.« Jimbo sprach mit seiner kleinsten Stimme, bei der man dachte, er sei noch viel jünger.

»Also Juggy – wenn ich nicht weggehen und arbeiten würde, wäre kein Geld dagewesen, ihn zu kaufen. Deine Mutter verdient kein Geld, sie arbeitet bloß hier im Haus. Also gebe ich ihr Geld, von dem sie einiges für euch ausgibt, und ich gebe auch noch Geld für euch aus, und …« Er hatte gelächelt, als ob er gerade etwas Wichtiges und Kompliziertes herausgefunden hatte und nun damit angeben konnte. »Dein Bruder und du, ihr seid sehr teuer.« Ray hob Jimbos Kinn mit dem Finger an, damit er sich auf die Augen des Jungen konzentrieren konnte: auf das große, weiche Ziel, das sie boten. »Wärst du denn gern ein obdachloser Junge, der nichts hat?«

Darauf hatte Jimbo keine Antwort.

»Würdest du gerne frieren und hungern?«

Auch darauf gab es keine mögliche Antwort.

Und sie wollte gern denken, dass diese Art Einschüchterung einfach Männersache war – dass Männer so mit Männern und mit Jungen, dass Jungen so miteinander umgingen. Sie entschloss sich zu hoffen, dass es natürlich war, normal, eine harmlose Methode, das Herz gegen zukünftig drohendes Unglück abzuhärten.

»Darum gehe ich weg, Jimbo. Für dich.«

Und ein Teil von Jimbo, das spürte sie, entschied in diesem Moment, dass sein Vater ihn verließ, weil er Spielzeug brauchte und mit Juggy spielen wollte. Während sie zusah, wandelte Jimbos Schmerz sich unmerklich und unwiderruflich in Jimbos Schuld:

da kam sie, schlich sich hinterrücks hinein. Noch ungefähr ein Jahr, dann würde auch er erkannt haben, was Sam schon begriffen hatte – dass Liebe und Leid zwei Namen für dieselbe Sache sind. Gibst du die eine, meinst du die andere. Kriegst du die eine, willst du die andere. Meinst du die eine, kriegst du die andere zurück. Willst du die eine, willst du die andere, willst du beide.

»Erzähl ihnen so was nicht.« Sie musste es am Abend ansprechen. Sie war zwar ganz und gar für ein ruhiges Leben – dennoch musste man das Herz nicht wappnen, indem man es abtötete.

»Ich habe gesagt, erzähl ihnen so was nicht – lass sie nicht denken, es sei ihre Schuld, dass du weggehst.«

»Ist es aber.«

»Dann sag es ihnen erst recht nicht.«

Ray sah aus dem Schlafzimmerfenster, schob das Kinn zur Seite, machte den Mund einen Spalt breit auf und tippte mit dem Fingernagel gegen die unteren Schneidezähne. Das hieß, er würde nicht antworten.

Sie wechselte das Thema. »Was wirst du wegen der Wespen unternehmen.« Das klang nörgelig, dabei wollte sie ganz und gar nicht nörgeln – es war schließlich ihr letzter Abend – ihre letzte gemeinsame Nacht, bevor er wegfuhr – und sie beide schufen die Erinnerung, die er mitnehmen würde. »Ich meinte, sie kommen immer noch herein. Eigenartig.«

»Mm.« Er rieb sich kräftig durchs Haar, damit es oben blieb, zerzaust aussah, und als er die Hand wieder sinken ließ, wirkte er weicher, ganz und gar und haargenau liebenswert. Er wandte sich zu ihr. »Entschuldige – Was?« Seine Miene war höflich. Ja, das war der richtige Ausdruck – höflich. »Wespen…«

»Genau.«

»Also, ich habe ja nachgeguckt. Das hast du doch gesehen. Ich habe nachgesehen. Und es gibt kein Nest, keine Kolonie oder wie das heißt. Nirgendwo. Da war nichts.«

»Ich frage mich ja nur, wo sie herkommen, mehr nicht.«

»Sie kommen durchs geschlossene Fenster – das verstehe ich nicht. Alles fest zu und dicht, und trotzdem kommen sie noch zu mir rein. Dürfte doch nicht passieren.«

»Passiert aber.«

Und an dieser Stelle war es wieder geschehen – *trotzdem kommen sie noch zu mir rein* – eine harmlose Unterhaltung wurde unwägbar, bekam ein anderes Gesicht. Sie hatte versucht, nicht zu überlegen, ob er das dachte, wenn er die Frauen traf; wenn er zum ersten Mal in ihnen sah, was er offenbar brauchte und wollte, und den Prozess in Gang setzte, die Verabredungen traf, den Austausch begann, den er für nötig hielt. Betrachtete er sie und entschied, gab es da ein Zögern, ein Staunen – *trotzdem kommen sie noch zu mir rein?*

Ray hatte sie angegrinst, gezwinkert. »Aber lass doch die Wespen. Lass uns auf Wiedersehen sagen.«

»Auf Wiedersehen.« Es war sein Recht, dies so klingen zu lassen, dass es kaum etwas oder alles bedeutete – und ihr Recht, es nicht zu wissen.

»Du weißt, wie ich das meine.«

Dabei weiß sie es nicht.

Sein Grinsen wird breiter. »Weißt du doch.« Es berührt sie, kalt an der Stirn und im Haar, erhebend.

Er hatte die Arme ausgestreckt, sehr zärtlich, entspannt, warm – der Ehemann, der seine Frau umarmen und dann ins Bett ziehen will, ihr feuchte Worte ins Ohr säuseln, sie leise ermutigen will, als sei sie ein Tier, das der Führung bedarf, weil es vielleicht dazu neigt, vor anspruchsvollen Sprüngen, Abhängen und Hindernissen zu scheuen. »Na komm, Liebste. Es wird alles gut.«

Und sie ging tatsächlich hin, taumelte fast auf ihn zu – seine langen Arme umschlangen sie freundlich.

»Hallo.« Fröhlich hatte er geklungen.

Sie hatte nicht geantwortet, denn ihr war nicht besonders fröhlich zumute.

Und jetzt wartete sie in der Küche auf ihn, während die Jungen in ihrem Essen herumstocherten und sich zu viel Ketchup auftaten, weil sie wussten, dass sie nicht genug bei der Sache war, um ihnen Einhalt zu gebieten. Im Garten riss der Wind an den Blumen, zerstörte Dinge, wütete wild in den Bäumen hinterm Zaun.

»Also dann.« Ray stand hinter ihr, sehr gepflegt. Sie schob den Stuhl herum und sah den Geschäftsanzug – mit dem sie gerechnet hatte – und den Mantel – der auch nicht ganz unerwartet kam. Er war schon im Mantel. Er lungerte ungern herum. Sam durchschaute die Situation so schnell wie sie, schob den Stuhl zurück, lief zu seinem Vater und umklammerte seine Beine. Jimbo folgte zögernder – als könnte er die Lage durch eine Unachtsamkeit noch verschlimmern.

»Du gehst doch noch nicht.« Sam klang gedämpft, das Gesicht fest in Rays Trenchcoat gepresst. »Zu früh.«

Sie musste auch fragen: »Ja, könntest du nicht noch was essen? Mit uns?«

»Tut mir leid.« Er griff seine Kinder am Kragen und schüttelte sie vor und zurück, ein spielerischer Kampf mit der lässigen Kraft, der sehnigen List seiner schmalen Unterarme. Die Jungen quiekten, und er schüttelte sie heftiger, etwas zu kräftig, wie üblich, bis ihre Gesichter zwar noch ungetrübt fröhlich, ihre Augen aber schon ein wenig ängstlich wirkten.

Ray zuckte die Achseln: »Verschlafen. Du hättest mich wecken sollen. Jetzt muss ich den ganzen Weg rasen.« Er schaute hinunter auf Sam und Jimbo. »Rasen … ja, das muss ich …« Seine eigenen Augen waren ganz entspannt und bereit, andere Gesichter, andere Menschen zu sehen.

Weil sie das Thema abschließend behandelt haben, kann sie ihm nicht vorhalten: »Du solltest sie länger mit dir zusammen sein lassen. Du weißt doch, wie sie werden, wenn du erstmal weg bist. Aber nein, das weißt du natürlich nicht – du bist ja nicht da.«

Weil das Streit suchen hieße, kann sie auch nicht vorschlagen: »Ich glaube zwar, dass du mich noch liebst, und ich hatte gedacht, das sei das Wichtigste, aber in Wirklichkeit respektierst du mich nicht mehr, und das ist das Schlimmste, das Allerschlimmste. Du liebst mich, aber ich zähle nicht.«

Weil sie sich einig sind, dass es manipulierend und unverzeihlich wäre, kann sie auch nicht sagen: »So geht das nicht. Du kannst mir nicht ständig von diesen Frauen erzählen, denn es funktioniert nicht. Du kannst nicht sagen, ich sei doch glücklich mit deinem Geld und dem Haus, und dass es für mich so leichter ist, und dass ich mehr Zeit mit den Kindern verbringen kann, und dass so alles vertraut und stabil und bestens ist, und dass du immer wieder nach Hause kommst, und dass du nie wegbleiben wirst, sondern immer wieder nach Hause kommst, aber du wirst nie hierbleiben, und ich mache hier alle möglichen Sachen, für die ich mich selbst nicht achte. Du verlangst Unmögliches, und das schaffe ich nicht.«

Was sie sagt: »Na ja, wenn du los musst.« Ein Luftzug von irgendwoher berührt ihr Gesicht.

Er nickt zustimmend. »Also los.« Er scheucht die Jungen vor sich durch den Flur, dreht sich halb um, damit er sie sieht, sie beruhigen kann. »Ich rufe dich an.« Sie steht auf und folgt.

Die Tür prallt auf, als er die Klinke drückt, schlägt Jimbo an den Kopf, sodass er aufheulend zu weinen anfängt. Der Flur ist voller Wetter.

»Nichts passiert. Tapferer Junge. Muss los. Tschüss dann.« Ray küsst Sam auf die Stirn und streckt auch nach Jimbo die Hand aus, doch der dreht sich weg, läuft zu ihr und packt ihre Strickjacke.

Sie muss das Gewicht ihres Sohnes mitschleifen, um zur Tür zu kommen, Sam die Hand auf die Schulter zu legen, das kurze Drücken des Armes entgegenzunehmen, mit dem ihr Mann sie verlässt.

Ray tritt zurück, bleibt einen Augenblick auf dem Weg stehen und winkt, dreht sich dann schnell um und stemmt sich gegen den Sturm. Der rüttelt ihn durch, fährt durch sein Haar, schlägt ihm die Krawatte ins Gesicht, klatscht unter seinen Mantel, sie sieht seinem Kampf zu und denkt, so sollte es anfangen – das rechtzeitige Eingreifen einer höheren Macht: die wahre Kraft hinter allen Dingen: der Zorn. Der nahende Regen sollte wie eine Sense herniederfahren, während der Sturm ihn hinweghebt, ihn zurechtrückt, indem er ihn in Stücke schüttelt.

Sie steht auf der Türschwelle und wappnet sich. Dies ist eine Art, darauf vorbereitet zu sein, wenn er schließlich nicht mehr zurückkommt.

EDINBURGH

Peters Rücken schmerzte, vielleicht vom Kartoffeln wuchten – nicht die großen Säcke, bei denen sah man sich vor und ging vorschriftsmäßig in die Knie, wie auf dem Plakat zur Gesundheit und Sicherheit am Arbeitsplatz empfohlen. Es gab aber auch kleine Säcke – alte Kartoffelsorten mit tröstlichen Namen und Stammbäumen vom Verein zur Erhaltung seltener Nutzpflanzen – die man einfach so mitnahm, ohne nachzudenken: zwei oder drei in jede Hand, um die Auslage zu füllen, und das war sorglos, damit machte man sich kaputt. Das machte einen immer fertig, dieser Mangel an Vorsicht.

Aber das war nicht fair heute, denn die Kartoffeln hatten ihm nichts getan.

Peter huschte hinter den Tresen und kassierte drei Sharon-Früchte und eine Packung Energie-Tee bei einem Mann ab, den er irgendwoher kannte.

Sagt aber nicht mal »Hallo« oder »Guten Morgen« oder »Vielen Dank, dass Sie Ihren Daumen nicht in eine meiner Sharon-Früchte stecken, während ich damit beschäftigt bin, eine Zehn-Pfund-Note aus meiner Brieftasche zu fischen.« Dicke Brieftasche und ein knackfrischer Schein – als würde jemand sein Geld für ihn stärken – gepflegter Haarschnitt, schönes Jackett – eigentlich keiner, der einkauft: eher einer, der ein bisschen rumlungert, weil er gerade nicht arbeiten muss. Die Früchte werden in der Tüte verrotten, den Tee wird er nie trinken, weil er eigentlich nichts Gesundes mag. Ich wette, seine Frau macht die Einkäufe und den Haushalt und bügelt sein Geld. Oder seine Freundin. Vielleicht auch beide.

Peter gab seinem Kunden eine Plastiktüte, die nicht recycelt werden würde, weil besagter Kunde ein Arschloch war, die Sorte Arschloch, die dich kaum bemerkt, weil du nicht wichtig bist, und der sich auch nicht verabschiedet.

Arschloch.

Echt.

Ein harsches Wort, aber das einzig passende.

Hinten im Laden hing eine Korkpinnwand, dicht bewachsen mit Flyern zu spirituellen Ratgebern oder Retreats, die Heilung mit Pferden oder allem möglichen anderen Scheiß versprachen. Man musste bloß Bio-Lebensmittel und Soja-Schinken anbieten, und schon glaubten die Leute, man toleriere jeden Quatsch. Armselig aussehende Irre strömten aus weitem Umkreis zusammen und wollten die Welt wissen lassen, was sie vor sich selbst gerettet hatte.

Ich habe kein Kind in mir. Davon wüsste ich inzwischen. Ebenso wenig besitze ich irgendwelche Seelentiere – in mir gibt es keinen inneren Zoo oder so. Eine Drehtrance würde mich nicht erleuchten, Reiki würde mich nicht glücklich machen. Reiki – das ist doch die Nummer, wo irgendjemand daran denkt, dich zu berühren, und du selbst denkst auch dran, und dann müsst ihr wahrscheinlich beide die ganze Zeit weiter dran denken und euch einreden, dass diese ganze Denkerei keine komplette Zeitverschwendung ist. Das ist so, als würdest du einen Elektriker dafür bezahlen, dass er daran denkt, vielleicht deine Lampe zu reparieren.

Gestern hatte ein Mann mit kahlen Stellen auf dem Kopf und ohne Schamgefühl ein Plakat präsentiert, auf dem es um Engelsichtung ging. Peter wollte nicht in einer Welt leben, wo einem Mentoren beibringen konnten, wie man Engel sieht – nicht mal an einem Wochenende mit unterstützenden Workshops, in einer

Atmosphäre liebevoller Gemeinschaft und mit einem ehemaligen buddhistischen Mönch in Reichweite.

Ich will keine Engel sehen. Wenn man wirklich welche zu Gesicht kriegte, würden sie einem doch wohl eine Scheißangst einjagen.

Natürlich hatte er nichts dagegen, gesund zu sein, ganz und gar nicht. Er hatte zum Beispiel in letzter Zeit abgenommen, sah etwas mager und dürftig aus. Aber das hatte eher mit Langeweile zu tun, oder mit Mango-Müdigkeit oder mit sonst was – war bestimmt kein Krankheitssymptom. Er aß einfach nicht viel, das war das Problem. Jeden Arbeitstag stundenlang mit Obst und Gemüse eingepfercht, da konnte man nicht erwarten, dass er es dann zuhause auch noch kochte und herunterwürgte. Dieses ganze Schälen und Putzen und Schneiden und Kochen und Kauen und Schlucken, das war einfach zu viel verlangt. Deshalb kaufte er jetzt einfach dieses Pulverzeugs und trank es.

Auf der Packung steht, es ist schmackhaft und lässt sich zu den verschiedensten Gelegenheiten genießen. Ich habe es auf jeden Fall zu den verschiedensten Gelegenheiten probiert, aber ich könnte jetzt nicht sagen, wann es tatsächlich ein Genuss war. Ich räume ein, dass die Auswahl an Geschmacksrichtungen beeindruckt – aber normale Menschen können gewiss nur drei ertragen: Erdbeere, Neutral und Hühnchen. Ich glaube, Neutral ist mein Favorit.

Seine Pulver erfüllten ihren Zweck. Und sie enthielten Chromchlorid und Natriummolybdat und Phosphor und Jod und Biotin: zahllose obskure Substanzen, die ihn offensichtlich besonders gut nähren sollten.

Womöglich war ich vorher unterernährt.

Mittags rührte Peter sich in seinem persönlichen Becher mit seiner persönlichen Gabel sein Mittagessen zusammen und trank es dann im Keller, denn wenn einem der Laden gehört, dann kann man entscheiden, zu Stoßzeiten nicht hinterm Tresen zu stehen, sondern die ganze Pause ungestört zu frösteln, wenn man wollte.

Hier unten war es nämlich immer kalt – das war der Nachteil seines Schlupfwinkels.

Zwanzig nach eins kam Fintan die Treppe herunter geschlenkert. Seine Turnschuhe, seine Jeans, die vor ihm in der Falltür auftauchten, wiesen noch mehr Farbspritzer auf als üblich, was bedeutete, dass er wohl die ganze Nacht kreativ gewesen war – wahrscheinlich irgendeine Science-Fiction-Szene – seine Beschreibungen klangen meistens grauenvoll. Er lachte.

»Was?«

»Was?« Fintan wirkte leicht erschrocken, als Peter zwischen den Vorratskisten und Paletten aufstand.

»Ich habe *Was* gefragt. Was gibt es zu lachen.«

»Ach so …« Fintan schwieg, und es war offensichtlich, dass er runtergekommen war, um mit jemand anderem als Peter zu reden.

»Du hast Tim gesucht.«

»Ja.« Er kratzte sich unter seinen beiden T-Shirts und ließ seinen rötlichen Bauchpelz sehen.

»Der hat noch nicht angefangen. Worüber hast du denn gelacht?«

Fintan gab nach, weil ihm wohl jedes Publikum recht war. »Also, ich war draußen, die Auslage richten?«

Das hasste Peter – dass so viele Leute heutzutage Aussagesätze so betonten, als wären es Fragen, als gäbe es nichts Eindeutiges mehr. Das war eine amerikanische Angewohnheit oder eine australische.

Eine saudämliche Angewohnheit war es.

»Ja, du warst also draußen an der Auslage …«

Fintan rieb sich die schmuddelige Gegend, in der er einen Schnauzer sprießen lassen wollte. »Genau … und da kommt so eine alte Dame? Nimmt sich eine Schale Erdbeeren, zupft mich am Ärmel, und ich will eigentlich, dass sie mich in Ruhe lässt, weil ich denke, sie will sich beschweren, wollte sie aber gar nicht.« Fintan grinste.

»Und was *wollte* sie? Sich zum Sterben hinlegen? Dir einen Antrag machen?«

»Sie wollte wissen, was man mit Erdbeeren macht?«

»*Was?*«

»Sie wollte wissen, was man mit Erdbeeren macht. Ich meine, die war vierhundert Jahre alt oder so und wusste nicht, was man mit Erdbeeren macht, dabei gibt es doch wirklich nicht viele Möglichkeiten, oder? Zucker und Sahne drüber, oder Marmelade kochen? Ich fange also an, ihr was aufzuzählen … Erdbeer-Crumble, Erdbeertorte, Erdbeersoße, Erdbeerpudding, frikassiertes Erdbeerrisotto. Eine ellenlange Liste, und sie hört irgendwie die ganze Zeit zu? Echt.«

Und das von Fintan, der es mit Sharon-Früchten trieb. Was bedeutete, dass es wahrscheinlich alle Angestellten taten oder getan hatten oder tun würden – wenn einer von ihnen das Geheimnis entdeckte, ließ es sich nicht mehr unter der Decke halten. Das Wissen, dass man mit dem Finger die Haut der Sharon-Frucht durchstoßen konnte und dass sich der Finger in der Frucht so sehr, so deutlich, so haargenau wie in etwas anderem anfühlte, dass kein junger, haariger, schmuddeliger Obstverkäufer widerstehen konnte – dieses Wissen ließ sich nicht unterdrücken.

Früher hießen sie Persimonen, nicht Sharon-Früchte. Kaum gibt man ihnen einen Frauennamen, sind sie leicht zu haben – von jedem, jederzeit.

Fintan redete immer noch. »Wieso suchen die sich immer mich aus? Vorher war auch schon so eine Spinnerin da – *welche von diesen Orangen ist wohl die süßeste?* Ich hab einfach wahllos auf eine gezeigt … warum nicht?« Er streckte sich. »Das ist so … und überhaupt, wie kann man so alt werden und nicht wissen, was man mit Erdbeeren anfangen soll, mein Gott?«

»Vielleicht war sie senil.«

»Klar … Scheiße, ich hasse sie alle.« Fintan gluckste ein letztes Kichern und kroch dann gebückt wieder rauf in den Laden.

Peter stellte den Wasserkocher an, wusch seinen Becher über der Spüle aus, im eigentlich schmutzfreien Bereich.

Verfluchter und verdammter Dreck – ich habe lauter Barbaren eingestellt.

Weil sie mich in Ruhe lassen und billig sind.

Ihm kam der Gedanke, dass die Frau vielleicht einfach nur Gesellschaft oder ein Gespräch gesucht hatte. Wenn man einsam genug war, konnte man darauf kommen.

Weil man sich ja ändern möchte. Menschen können sich ändern. Wo wir schon bei Veränderung sind: Meine Brieftasche muss weg. Ich hab die Nase voll davon. Man kann keine braune Brieftasche haben – das ist nicht richtig – und meine ist nicht mal braun, sondern beige. Warum stellt irgendjemand beigefarbenes Leder her? Wenn man so was jeden Tag in die Hand nehmen muss, kann man keine Selbstachtung entwickeln.

Jedenfalls ist die Brieftasche schlecht gestaltet, das hätte ich schon merken müssen, als ich sie kaufte. Nicht genug Platz für die ganzen Plastikkarten, die man mit sich schleppen muss, damit man Auto fahren und Bücher und Videos ausleihen und bargeldlos bezahlen und seine Körperteile nach dem Tod an Fremde vermachen kann.

Stattdessen kriegt man so ein dämliches kleines Fach, wo nichts Nützliches reinpassen kann – was haben sie sich dabei gedacht? »*Wir müssen noch so ein kleines Fach unterbringen, wo man drei Pence in Kupfermünzen reintun kann, oder eine Haarlocke, oder ein paar Pfefferkörner.*« *Und dann gibt es noch ein Fotofach, aber das hat so ein Gewebe davor, ein schwarzes Gitternetz, und wenn man ein Foto reinsteckt, von seinem Schatz oder sonst wem, dann starrt es einen durch so einen Schleier an. Sie würde aussehen wie ein Häftling, wie jemand, der dich gar nicht sehen kann.*

Aber um halb drei regnete es boshafterweise, und Peter brachte es nicht über sich, den Laden zu verlassen, geschweige denn nach Geschäften zu suchen, die Qualitätsbrieftaschen im Angebot hatten. Also legte er Mangos nach – Mangos waren äußerst wartungsintensiv – auch Navel-Orangen, und gab einer jungen Frau Studentenrabatt, obwohl sie sich nicht ausweisen konnte.

Hat wahrscheinlich eine billige Brieftasche – kein Platz für den Studentenausweis.

Und hier wollen sowieso alle Rabatt – Rentnerrabatt, Mitarbeiterrabatt, Freund-vom-Mitarbeiter-Rabatt, Mitarbeiter-steht-auf-mich-Rabatt.

Spielte allerdings auch keine Rolle. Das Geld brachten ohnehin die Blumen. Im Grunde könnte er den Rest auch verschenken – so lange Moira im Hintergrund herumhing, Sträuße band und den Liebeskranken unverschämtes Geld für Nelken, Orchideen, Rosen aus der Tasche zog: für das Blumenklischee ihrer Wahl.

Der gute Wille zählt.

Aber die Menschen wollen gern ein Zeichen dieses guten Willens sehen.

Ein leichtes Ziehen in der Nierengegend setzte ein, vielleicht ein gereizter Muskel, aber er hatte das Gefühl, er sollte weiter an der Kasse stehen, weil das gute Ablenkung war und weil Grübeln Schmerzen immer schlimmer machte.

Liebeskrank.

Vor Liebe krank.

Liebeskrankheit.

Dafür muss es doch auch einen Workshop geben.

Man konnte aber auch einfach in seinem Laden stehen, sich selbst beim Sterben zuhören, die Arbeit machen, die dir die Zeit vertreiben sollte – und dann *sie* sehen.

Sein Tag – dieser Tag – war nicht dafür gedacht gewesen, sie zu sehen.

In dieser Hinsicht waren seine Tage nicht sehr ehrgeizig.

Es waren andere Kunden da gewesen, denn es war Mittag, aber die waren bloß das Übliche. Sie nicht. Sie war aus anderem Stoff gemacht.

Albern, wie du nach Hause gegangen und an sie gedacht hast, weil sonst keine Beschäftigung zur Hand war, abgesehen von einigen wenigen Fernsehsendungen über Hitler und Haie, da alles andere eine zu große Herausforderung – oder Beleidigung – fürs Hirn war.

»Man müsste beides kombinieren. ›Hitlers Haie‹ – das würde jeder einschalten.«

Deine Stimme war höher, als sie sein sollte, weil dein Blut verdünnt war – sie verdünnte dein Blut – das war jetzt das zehnte, elfte Mal, dass sie da war – Äpfel kaufte, Winteräpfel, Boskop – und aus irgendeinem Grund kam sie spät, war nicht um halb zwei bei dir – wie es eigentlich zur Gewohnheit geworden war – sondern erst kurz vor halb sechs, wenn du zumachst. Der Laden ist schon leer – keine torschlusspanische Jagd nach Petersilienwurzeln –, Fintan lungert im Keller herum, treibt wer weiß was, also seid bloß ihr beide beieinander, und ihr redet.

Um genau zu sein, sie redet. »Ist ganz egal, was läuft, ich schlafe immer ein. Spätestens um neun bin ich im Bett. Das ist doch furchtbar, oder?« Sie ist auf dem Heimweg und trägt wie immer den gestreiften Schal – längs gestreift, nicht quer –, und du weißt, ihr Haar ist weich, obwohl du es nie berührt hast – du hast es dir eingeprägt – vom Wetter zerzaust, als sie hereinkommt, Lichtfäden darin, ins Braun gemischt –, und sie hat so eine pelzgesäumte Steppjacke an, die auf Kälteempfindlichkeit schließen lässt, und sie heißt Amanda und sagt dir ihren Namen ganz ungezwungen, und sie weiß, dass du Peter heißt, sie kennt dich, und es ist ganz und gar nicht furchtbar, nichts könnte furchtbar daran sein, dass sie in ihrem Bett liegt.

»Nicht so furchtbar wie dressierte Nazihaie, die unsere Handelsflotte jagen und unser tapferes kleines Inselvolk bedrohen.« Und schon treibst du mit ihr in der Strömung und wirst hektisch: »Wissen Sie, dass wir gleich …? Ist das alles für …? Weil wir um halb sechs …?« Und unten im Keller hat Fintan Fingersex mit

Früchten, befingert Obst. »Die Äpfel ...?« Und bei dir gibt es nichts Eindeutiges mehr.

»Die möchte ich, ja.«

»Dann nehmen Sie sie einfach mit. Die müssen weg. Das heißt, man kann sie noch sehr gut essen, noch tagelang. Aber letztlich muss alles irgendwann mal weg, stimmt's?«

Und das alles bringt sie erstaunlicherweise nicht dazu, dir eine reinzuhauen und wegzurennen. Sie nimmt bloß die Äpfel und steckt sie in ihren Rucksack. Sie verlässt dich nicht. »Boskop sind gut, oder?«

Du nickst: »Ein schöner Apfel. Wenn ich natürlich Goldparmänen hätte, würde ich Ihnen die geben.«

Sie lächelt bloß, fragt nicht wieso, und das heißt, du kannst ihr nicht erzählen, dass das die besten Äpfel der Welt sind, trotzdem machst du fast ungehinderte Fortschritte bei ihr, dein Kopf schlägt Purzelbaum – dass du bei ihr bist und sie bei dir: wie es dich zum Lachen bringt und deine Hände, deine Brust aufheizt – und sie ist jünger als du, du weißt nicht genau, wie viel, aber jedenfalls jünger.

Vielleicht schaut sie dich an und überlegt, dass du älter bist, und findet das gut, so gut wie die Äpfel.

»Fintan! Schließ du ab, ja?« Du spürst die Kälte gar nicht. »Ich bringe Sie noch raus, wenn Sie möchten.« Du könntest auch unbeschadet im Hemd durch den Schnee laufen. »Und wasch dir die Hände, Fintan!«

»Das müssen Sie nicht.« Sie lächelt. »Sie müssen nicht mitkommen.«

»Schon recht, ich kann ein bisschen frische Luft gebrauchen. Hier drin kriegt man ganz schlecht Luft – vom Zigarrenrauch. Ist der Brokkoli – die rauchen alle, die Schlingel. Ständig beschlagnahme ich ihre Streichhölzer, aber sie kriegen immer Nachschub – vom Blumenkohl, schätze ich. Sind schließlich verwandt.« Und dein Mund, jetzt schon völlig außer Kontrolle, sagt: »Wissen Sie, ich könnte auch einen Kaffee gebrauchen.«

Darauf nimmt sie dein Handgelenk, ein wenig unbeholfen. Sie drückt es, sodass der Laden einen Augenblick in der Luft hängt, von der Hoffnung angehoben. Dann: »Heute Abend kann ich nicht«, ehe sie dich wieder loslässt.

»Ah.«

»Beim nächsten Mal. Wenn Sie da sind.«

»Ah.«

Deine Oberarme verweigern den Dienst, als du mit den Schultern zuckst, wortlos, und sie dann aus dem Laden und die Straße entlang begleitest, weil das richtig scheint – weil du so eine Zerbrechlichkeit an ihr entdeckst, einen Körper, der umsorgt werden sollte.

Einen Moment lang bemerkst du gar nicht, dass du zitterst. Sie deutet voraus. »Ich nehme da die U-Bahn.« Kleine Hände, die ruhig wirken. »Und dann den Zug, und dann gehe ich den Rest nach Hause.«

Die Worte entfalten sich schneidend in deinem Bauch. »Und Sie wohnen in …?« Die Straße schon herbstdunkel.

»Edinburgh.«

Einigermaßen weit. »Ach so.« Aber nicht unmöglich. »Verstehe.« Das Leuchten des U-Bahn-Schildes ist schon zu sehen. »Ganz schön weiter Weg …« Und dein Kopf möchte am liebsten schon vorschlagen, dass sie doch näher herziehen sollte, dass es vernünftiger wäre, dass du mitentscheiden solltest, wo sie wohnt.

»Ich weiß. Pendeln … Aber ich gewöhne mich dran. Ich habe hier einen guten Job und da eine gute Wohnung. Nicht so toll, dass man damit Eindruck schinden könnte, aber ich mag beide.« Wundervoll, dass sie so bescheiden ist. »Aber dadurch lese ich sehr viel – auf der Hin- und auf der Rückfahrt. Ich habe seit meiner Teenagerzeit nicht mehr so viele Bücher gelesen.«

Beim Abschied hatte es einen kleinen Kuss gegeben, und kein Zittern mehr, seine Temperatur war geregelt.

Kam zurück, und Fintan hatte nicht mal gemerkt, dass ich weg war. Oben alles leer und die Tür unverschlossen – man hätte mich komplett ausrauben können.

Aber ganz blöd war ich nicht – ich hatte bloß mein Geschäft eine Zeitlang in Gefahr gebracht: Ich habe mich ja nicht darin verrannt, dass Amanda irgendwas zulassen würde, zwischen uns, eigentlich nicht.

Ich war ja nicht völlig verblödet. Bloß glücklich.

Was noch schlimmer als blöd ist, jenseits aller Denkfähigkeit.

Peter haute so heftig auf die Kasse, dass es wehtat, was ihn ins Hier und Jetzt zurückbrachte. Das lockte den leicht besorgten Tim an. »Ja, Boss?« Tim mit den derzeit leuchtend roten Koteletten und einer ganzen Reihe bedrohlicher T-Shirts.

Klingt, als wäre ich der Obergangster hier. Oder Bruce Springsteen. Der Boss und seine Bio-Street-Band – und dann schwingen wir zwischen dem Gemüse die Luftgitarren … ach Gott, wir sind aber auch ein lustiger Haufen hier …

»Pass auf, ich gehe in den Keller, ein paar Kohlrüben schneiden. Übernimm du mal.« Peter schoss nach hinten und die Kellertreppe hinunter, weil er sonst Tims mitleidige Miene hätte erdulden müssen.

Von einem farbenblinden Zwanzigjährigen bemitleidet werden: das kann ich gerade gebrauchen.

Was er wirklich brauchte, war das Hackmesser und ein schöner Sack Kohlrüben, die er halbieren und vierteln konnte, unter dem Vorwand, dass sie so für Alleinstehende besser portioniert waren, doch in Wirklichkeit hielt es ihn nur davon ab, mit den Fäusten gegen die Wände zu hämmern.

Kohlrüben isst sowieso kein Mensch: die sind altmodisch.

Er hackte unnötig kraftvoll zu.

Er wickelte die ersten vier Viertel in Folie.

Er nahm eine weitere Kohlrübe und spaltete sie, entlockte ihr den leicht ranzigen Duft.

Wieder einmal bemerkte er, dass das Hacken weniger hilfreich war als erhofft.

Nie knacke ich das Richtige.

Seine Schultern zogen sich hoch und verkrampften – da musste man aufpassen, sonst gab es diese mörderischen Kopfschmerzen.

Ich war ja nicht ganz blöd.

Die Jungs, Tim vor allem, hatten mehr aus der Sache gemacht als gut war. Immer, wenn Amanda kam, huschten sie davon wie die Schulmädchen. Oder wenn Peter gerade im Keller saß, kamen sie angetrottet und holten ihn, sodass nicht der geringste Anschein blieb, sie sei der Äpfel wegen, zum Einkaufen hier.

Peter war allerdings nicht oft unten, denn allmählich hatte sie sich angewöhnt, irgendwann nach fünf zu kommen, und er wartete schon ein oder zwei Mal die Woche darauf, seine Rückenwirbel kauerten sich zusammen, bis sie auftauchte, bis er mit ihr weggehen konnte, in das Café – wo der Kaffee zwar schlimm war, das aber wenigstens länger offen hatte –, wo sie über Bücher redeten.

Sonst nichts.

Sie schenkte ihm Bücher.

Dieselben Worte, die in ihrem Kopf waren, sind jetzt in deinem, noch warm.

Bücher, die anzudeuten schienen, dass sie ihn kannte und wusste, was ihm gefallen würde.

Fing ganz neutral an: DeLillo, Jim Thompson; dann Flann O'Brien, damit du was zu lachen hattest. Dann der James M. Cain: Desperados, Speed und Sex. Und Sex.

Er wollte sich revanchieren. Die Russen hatte sie nie gelesen, also gab er ihr *Anna Karenina* – die ganze Liebe und Ehre und die Theorien über *das Land* – und er war losgegangen und hatte jede

Menge Tschechow gekauft, nur für sie. Tschechow, der erst so spät geheiratet hatte.

Ältere Männer und jüngere Frauen. Typisch neunzehntes Jahrhundert.

Er erging sich in entzückten Beschwerden:»Du gibst mir viel zu viel.« Und das stimmte – das tat sie.

»Ich habe zu viele Bücher.« Sie sah ihn an.

»Hast mich wieder zum Lesen gebracht.«

»Und du hast mich zum Obstessen gebracht.« Sie sah ihn auf eine Weise an, die sein Gesicht veränderte, ihn anders machte.

»Dann lebst du länger, das ist gut.«

»Du wirst auch lange leben. Darauf bestehe ich.« Sie sah ihn an und machte ihn zu einem geliebten Menschen – der größte Unterschied der Welt.

Und sie gab ihm Robert Crumb – ein dickes Buch mit seinen Comics: ein bisschen Philosophie und katholische Schulmädchen mit Monstertitten und Ficken: Menschen, die mit schlechtem Gewissen fickten, die ohne Hemmungen fickten, die einfach alles fickten.

Dieselben gezeichneten Schwänze anschauen, die sie angeschaut hatte.

Einen mageren nackten Mann anschauen, der gefangen in einer Kiste saß, der sich in seiner kleinen Kiste drehte und wand, und sein kleiner schlaffer Schwanz hing besiegt herab.

Man weiß nie, wie jemand ein Geschenk meint.

Und sie lieh ihm ein dickes Hardcover, eine Gedichtsammlung – Lyrik war nicht gerade seine Sache –, aber er nahm das Buch mit nach Hause, wartete bis zur Schlafenszeit, duschte und trank einen Kakao, um es sich gemütlich zu machen, schlüpfte dann ins warme Bett und schlug es auf.

Es war ganz gut. Nicht fantastisch. Aber gut.

So Sachen über Gebäude, über Rehe, ein zerbrochenes Fenster, tote Verwandte, Liebe.

Und dann blätterte er von Seite 27 auf Seite 28, und da lag ein Haar.

Ihres.

Goldfarben, mit kleinen Löckchen, krümmte es sich übers Papier.

Er berührte es.

Es war so lang, dass er es von der Spitze seines Mittelfingers bis zur weichsten Stelle innen an seiner Hand strecken konnte.

Es berührte ihn auch.

Er fühlte sich goldfarben und ängstlich.

Denn es ist immer besser, zufrieden als verliebt zu sein. Aber wenn du so lange nichts gekriegt hast, wirst du gierig und verwirrt. Du willst mehr als zufrieden sein, du willst bei lebendigem Leib verbrannt und wiederhergestellt werden. Du willst immer ein geliebtes Gesicht haben.

Warum solltest du das nicht wollen?

Er glaubte nicht, dass sich sein Umgang mit ihr danach geändert hatte. Es schien nur einfach sinnvoll, dass er jetzt an den Wochenenden den Zug nach Edinburgh nahm, sie dort traf – mit ihr neue Cafés und neue Bücher teilte: die kalte, malzige Luft und der Nieselregen ließen sie in seine Kleider, in ihn dringen. Sie gingen in das große neue Kino, hielten Händchen und kicherten dabei, hielten sich aber fest. Sie ließen sich in der Fotokabine am Bahnhof fotografieren.

In meiner Brieftasche: Ihre Haare frisch geschnitten, das wollten wir festhalten – die Frisur –, ihre Lippen sind ziemlich dünn, aber von gewisser Zartheit, es wirkt, als sei sie im Begriff zu sprechen oder zu lächeln, und sie sah mich an, ließ mich daran teilhaben, wie sie mich ansah.

In meiner Brieftasche.

Bei mir.

Jetzt brauche ich eine neue Brieftasche.

»Alles klar, Boss?« Tim spähte die Treppe herunter, anscheinend immer noch aufmerksam und besorgt, was ärgerlich war.

»Ja.«

»Du, äh, ...« Er kroch ein paar Stufen weiter herunter. »Du hast ...« Er zeigte mit dem Finger, anscheinend peinlich berührt von etwas, was Peter getan oder an sich hatte.

Und Peter sah nach unten, merkte, dass sein Daumen blutete, ein Stückchen herausgeschnitten, nicht sehr tief, aber eine ziemliche Schweinerei. »Mist.« Jetzt musste er die Schneidefläche desinfizieren und die Kohlrüben wegschmeißen.

»Ich kann saubermachen, wenn du willst.« Tim sagte das, als ob er einen Invaliden vor sich hätte. »Du kannst dir einfach ... na ja. Die Hände waschen.«

Peter blieb stehen, das Blut tropfte.

Ich bin ein Invalide. Tim, Fintan, alle: Sie haben mich mit ihr gesehen, als es mir gut ging. Sie haben mich brennen sehen.

Jetzt erinnern wir uns nur noch an das, was ich nicht bin.

Ich sollte sie feuern.

Sein Daumen fing erst an zu schmerzen, als er den Schnitt bemerkte, als er begriff, was schiefgegangen war.

»Ich ... ja.« Endlich ging Peter zur schlammigen Spüle, zum Erste-Hilfe-Kasten. »Wenn du das saubermachen könntest. Ja.«

Er ließ kaltes Wasser über seinen Finger laufen, spülte und spülte, aber das Wasser blieb die ganze Zeit zartrosa.

Party.

Sie war zu einer Party eingeladen – irgendjemand feierte im Pub Geburtstag – so was hatten wir vorher nie gemacht, vor ihren Freunden zusammen zu sein.

Samstagabend in Edinburgh, du bringst Blumen im Zug mit, kümmerst dich die ganze Fahrt darum, damit sie immer noch schön sind.

Du überreichst sie, sie steht auf ihrer Schwelle, ist geschminkt – Ausgeh-Make-up, und so ein dünnes Kleid, seidig, weil Sommer ist, und noch in Strümpfen. Vielleicht auch in Strumpfhose – weißt du noch nicht – aber so sagt man es nicht – man sagt in Strümpfen, das ist der übliche Ausdruck. Ihre Wohnung liegt hinter ihr, die du nicht gut kennst, weil du dich nie richtig darauf konzentrieren kannst, weil du sie betrachten musst und es gern hinnimmst, dass die Küchentischfläche unter deinen Handflächen ein wenig schmerzt, weil sie von ihren Benutzungsspuren überzogen ist, weil sie daran frühstückt, daran sitzt und womöglich ein Buch liest.

Du wolltest eine Weile sitzen bleiben, aber sie lächelte über die Blumen und legte sie eilig ins mit Wasser gefüllte Spülbecken, weil sie keine Vase finden konnte, und dann geht sie und sucht ohne dich nach ihren Schuhen, und du schaust ihre Bücherregale an, und hauptsächlich willst du gar nicht ausgehen, sondern lieber hierbleiben, und vielleicht sind deine Jeans unpassend und dein Hemd albern, zu jung, aber sie nimmt deinen Arm und küsst dich auf die Wange, und da ist schon die Hupe des Taxis draußen auf der Straße.

Das Pub ist in einem Keller, jede Menge Balken, nackter Stein und Ledersofas: die Hitze wird dir schon ein bisschen zu viel. Nach hinten gibt es eine Art Garten, von da holst du für euch beide was zu trinken, sie geht herum und begrüßt ihre Freunde und das Geburtstagskind. Das dauert nicht lange.

Du lernst drei oder vier von ihren Freunden kennen – genau vier –, und sie sind ganz angenehm, gar nicht überrascht von dir, und sie tätschelt deinen Arm, als einer von ihnen hinguckt.

Peter tupfte seine Hand trocken, nestelte Wunddesinfektionsspray und ein Pflaster aus dem Kasten. Schwierig, das gut hinzukriegen, wenn einem die Hände so zittern.

War gar kein schlechter Abend. Ein bisschen langweilig, als sie über Orte redeten, an denen du nie gewesen bist, über eine Vergangenheit, die du nicht kanntest. Aber dann erwähnten sie Amandas Schule, wie sie als Kind war, das ließ sie erröten, öffnete dein Innerstes, brachte dich ins Wanken.

Und du hast den drittletzten Zug verpasst, dann den vorletzten, und dann musst du die fünf Worte herauslassen, die in deiner Brust brodeln: »Ich komme nicht mehr nach Hause.« *Du hast leise gesprochen, aber sie hat dich gehört.*

»Doch, Peter. Du kommst nach Hause.« *Und ihr Grinsen kam einen Atemzug zu spät, um dein Zittern zu stoppen.*

Der Blutfleck drang durchs Pflaster, kaum dass er es aufgeklebt hatte. Kleiner Fleck – nicht schlimm.

Und du hast gesagt, hast wirklich und wahrhaftig gesagt, hast dich sagen lassen: »Na ja, ich könnte ja den Bus nehmen. Es gibt doch noch einen späteren Bus nach Glasgow, oder?«

Aber dann hast du sie gesehen, hast sie noch einmal von Neuem gesehen, wie noch ein erstes Mal.

»Nein. Du kommst zu mir nach Hause.«

Flüsternd.

Wie ein Schlag.

Ein Flüstern, das dir den Nacken hinabläuft, und du bist verwirrt, vor den Kopf geschlagen, gespalten – ein Staunen schreit in dir, und die Hülle deines Gesichts kann nur die Stirn runzeln, hinterherstarren, als sie in den Raum hineingeht.

»Nein. Du kommst zu mir nach Hause.«

Hat sie gesagt und ist weggegangen.

Sich verabschieden.

Sie hat viele umarmt. Habe ich gesehen. Und irgendwann kam sie und holte mich.

Wir gingen zusammen. Um uns herum dicke, freundliche, neugierige Luft, um uns als Paar.

Beim Gehen kommen noch mehr Umarmungen – auch mich umarmen Fremde, weil ich mit ihr zusammen bin –, und dann gehen wir – Amanda hat hochhackige Schuhe an, aber sie will frische Luft, sagt sie, so weit, wie wir müssen, schafft sie es. Gerade so weit.

Ein bisschen betrunken. Wir beide.

Und wir gehen.

Wir bringen mich nach Hause.

Wir gehen nach Hause.

Nur noch ein paar Fenster beleuchtet: hohe, graue, leere Straßen.

Und ich kann mich nicht, ich will mich nicht erinnern, aber ich erinnere mich. Ihre Hände auf meinem Rücken, als würde sie zuhören, lesen.

Wir hielten einander so fest, dass wir uns kaum ausziehen konnten.

Ihre Augen zu.

Strümpfe, keine Strumpfhose.

Flacher Bauch.

Goldfarbene Möse.

Ein süßes Wort, und das einzig passende.

Er drückte auf den Blutfleck, noch einmal, ging die Treppe hinauf. Ein bisschen hoffte er, bald ohnmächtig zu werden.

Passt zu den Umrissen, der Form, dem Versprechen meines ganzen Lebens.

Meines ganzen beschissenen Lebens.

Oben im Laden war alles ruhig, fast schon Feierabend – die letzte halbe Stunde, wenn die Decke sich langsam auf Peter hernieder senkte und sein Schädel zu pochen begann.

Du hast eine Weile geschlafen, dann bist du aufgewacht, ohne zu wissen, warum.

Amanda saß auf der Bettkante, ihre Haut war kalt, erschauerte, du zuckst zurück, als du sie berührst. Also wickelst du sie in die warme Decke mit dir darin.

Du willst noch einmal mit ihr schlafen, greifst von hinten nach ihrer Brust, aber die schläft, die Warze bleibt schlaff, ihr Rücken drückt hart und unglücklich gegen dich.

Angefangen hatte sie mit »Es tut mir leid.« Das ist kein guter Anfang, aber er hatte versucht, ihn positiv aufzunehmen.

»Ist schon in Ordnung. Macht mir nichts aus.« Er hatte ihre Hand gehalten, geküsst. »Aber was ist denn –«

Sie hatte den Kopf geschüttelt, sich von ihm gelöst, was ihm den Rest des Satzes aus dem Mund nahm.

»Es tut mir leid.« So klang sie allerdings nicht – eher verbittert, vielleicht wütend, seine Gedanken durchstreiften panisch die Möglichkeiten.

»Es muss dir nicht leidtun.«

»Du bedeutest mir wirklich was. Ich muss dauernd an dich denken.«

Da schon der Schlick in deinen Adern, die Verstopfung.

»Auf der Party war jemand, den ich kannte. Wir waren mal … Und zum Abschied habe ich ihn umarmt.«

Hast versucht, sie nicht zu verstehen. Es mit aller Kraft versucht.

»Ich … als wir wieder hier waren, da konnte ich ihn … es tut mir leid … ich konnte ihn noch an meinen Kleidern riechen, an mir – und als wir dann … fühlte es sich an, als ob es mit ihm wäre.«

Ich muss dauernd an dich denken.

»Du bedeutest mir wirklich was.« Und sie strich ihm über den Rücken.

Und ich liebe dich wirklich.

»Ich habe einfach … das ist … alles so durcheinander. Ich bin nicht, was du … Ich möchte dir nicht wehtun.«

Hast du aber.

»Ich glaube, wir können nicht …«

Hast du aber.

»Könnten wir es einfach lassen?«

Hast du.

Sich anzuziehen war schwierig gewesen, wegen seiner tauben Hände: »Ich rufe dich an. Um zu sehen, wie es dir geht.« Der Tod fängt an den Händen an.

Seine Finger so empfindlich wie Asche.

Eine Frau kam in den Laden: Typ Sozialarbeiterin, wollte sich unterhalten, dabei war gleich Ladenschluss, Zeit, aufzugeben und wegzugehen. Sie hatte Flugblätter.

»Es basiert auf dem Prinzip, dass alles Leben miteinander verbunden ist und dass diese Energie zwischen uns hin und her wandert, das ist so ein Fließen.« Strickmütze, Schuhe aus recycelten Reifen – das Übliche.

»Wir sind nicht alle verbunden.«

So bleich, dass sie Veganerin sein konnte, die Haut seltsam glänzend, fettig. »Wenn man sich mit dem Gedanken erstmal vertraut macht, dann fängt man auch an, es zu spüren, und dann kann man mit dieser Energie arbeiten.«

»Wir sind nicht alle verbunden.«

»Passt auch sehr gut zu den Theorien der Quantenphysik, aber natürlich ist die Philosophie dahinter uralt.«

»Wir sind nicht alle verbunden. Wir sind Hautsäcke. Wir sind alle voneinander getrennte, denkende Hautsäcke.«

Ihr Mund zuckte ein wenig. »Ich lasse einfach das Flugblatt da.«

»Wenn Sie mir einen Weg zeigen, mit dem Denken aufzuhören – dann tapeziere ich den ganzen Scheißladen mit Ihren Flugblättern. Wie wäre es damit. Oder ich schenke Ihnen den Laden.«

Sie sah ihn nicht an, legte das Flugblatt nicht hin.

»Das habe ich ernst gemeint. Sagen Sie einfach Bescheid.« Das rief er hinter ihr her, als sie zur Tür huschte und entkam.

»Sagen Sie Bescheid.«

Dann setzte er sich an die Kasse und rieb sich die Stirn.

Das tat er ziemlich lange.

Er wollte nach Edinburgh.

SAMSTAGS SPÄTNACHMITTAGS

So.

Meine Gedanken werden die ganze Zeit fliegen, bin ich überzeugt.

Fliegen und flüchten.

Sich überschlagen.

Springen.

Verrückt spielen.

Und das könnte ein Zeichen von Schwäche sein. Ehe ich herkam, musste ich über meine Schwächen und Stärken nachdenken, und wie man am besten mit ihnen umgeht. Hier drinnen werde ich Gelegenheit haben, über mich selbst nachzudenken, aber das wird kein Problem sein – das tue ich schon seit Jahren, denn es ist der Schlüssel zu jeglichem Wohlbefinden.

Wenn ich denn glücklich und zufrieden sein will.

Das ist gemeinhin die Regel – dass die Menschen ihr Glück suchen. Selbst wenn sie Masochisten sind: wenn sie ihren vollkommenen Schmerz finden, müssten sie glücklich sein.

Und wer ist nicht gerne glücklich? Darum bin ich doch hier. Ich probiere etwas Neues, das mein Glück vergrößern soll. Diesmal ist es *Floating und Entspannung*. Ich bin reingegangen und habe eine Stunde von beidem gekauft.

Ich nehme an, das *Floating* wird garantiert, und die *Entspannung* hängt im Wesentlichen von mir ab.

Sehr wahrscheinlich weniger als eine Stunde von Letzterem.

Und danach würde ich erwarten, dass sich eine gewisse Menge Glück einstellt.

Ich sage jedenfalls voraus, dass es mir Freude machen wird: sich treiben lassen und schweben, entspannen, sich gehen lassen, die Vorzüge des Salzwassers genießen.

Welche das auch sein mögen.

Das ist mir nicht ganz klar.

Fühlt sich irgendwie schlüpfrig an, die Oberfläche – schlüpfrig und dick. Nicht ganz unangenehm, nicht richtig angenehm. Hauptsächlich neutral.

Ich habe schon geahnt, dass ich mangels Ablenkung ganz mir selbst überlassen bleiben würde, was nicht immer klug ist, aber ich habe getan, was nötig und vernünftig schien – ich bin nicht unbedacht hier hineingeschlittert, es gab keine Eile. Ich habe gewartet, die Tür weit geöffnet, um Licht hereinzulassen, und überall gründlich nachgesehen, in jedem Schatten, jeder Ecke, auch die Decke nicht vergessen.

Hier bin nur ich.

Oder jedenfalls nur ich und das hier – nämlich ein *Floatingtank* – und, um es genau zu sagen, es ist eigentlich kein Tank. Ganz und gar nicht.

Ich hatte einen Tank erwartet.

Floatingtank.

Wie angepriesen.

Aber es ist eher ein Raum, oder noch eher ein Schrank – ein feuchter Floatingschrank mit lichtdichter Tür. Und dieser Schrank steht unten im Keller, so als ob der ständig volliefe und die Leute sich das bloß zunutze machten.

Das Ding versucht gar nicht, futuristisch auszusehen, keine Kapsel und auch kein schickes sargähnliches Teil, mit schwerem Deckel überm nassen Grab.

Bei diesen Varianten kommt es wahrscheinlich zu Klaustrophobie.

Ich liege also einfach in Salzlake in einem warmen, feuchten Schrank.

Wer hätte das gedacht.

Immerhin ein warmer, feuchter, *sicherer* Schrank – davon habe ich mich restlos überzeugt – bloß ich und die vier friedlichen Wände und die unschuldige Decke und ein bisschen Wasser. Nicht mal allzu viel. Ein paar Hand breit. Wadentief.

Und das ist auch gut so, denn jetzt bei geschlossener Tür ist es hier drinnen so dunkel wie finsterste Gedanken, und ich möchte mir lieber nichts Beunruhigendes denken. Ich bin nackt und liege hier mit etwas Unbekanntem – der Dunkelheit –, und das darf nichts als gemütlich und heimelig wirken, aufmunternd: keine Untertöne von Ertrinken, von Untieren, die aus ungeahnten Tiefen aufsteigen, Ahnungen von Geräuschen unter der Stille, von Lauern.

Das ist jetzt mehr als genug davon.

Außerdem kostet es dreißig Pfund die Sitzung – wäre doch dumm, die zu verschwenden. Und peinlich: nach acht oder neun Minuten rauf zu dem Hippie an der Kasse zu rennen und ihm zu erzählen, du musstest wegen der Monster aufhören, die du selbst mit hineingenommen hast, wie ein kleines Kind.

Nein, ich kann ganz definitiv feststellen, dass hier keine Monster sind.

Hier nicht.

Ich habe nachgesehen.

Hier bin nur ich, in friedlicher Umgebung, in einem friedlichen Schrank, mit einer Stunde Zeit zum Nachdenken darüber, dass ich offensichtlich mehr Geld als Verstand habe.

Mehr Geld als Verstand – es gibt so viele sinnlose Redensarten, die wir Tag für Tag austauschen.

Trau ihm nicht weiter als seine Nase lang ist.

Alles hat zwei Seiten.

Der hält mit seiner Meinung nicht hinterm Berg.

Sie hält sich wohl für was Besseres.

Hier entlang zum Floatingtank.

Wenn man die Leute manchmal reden hört, möchte man meinen, wir seien irgendwie verpflichtet, an den Träumen der anderen teilzunehmen, uns in eine Lüge nach der anderen zu stürzen und darin zu suhlen. Man könnte meinen, dass wir innen hauptsächlich aus Einbildung bestehen.

Aus Wortträumen.

Keine inneren Organe, bloß ein Haufen unglaubwürdiger Ausreden für ihr Fehlen.

Und keine Möglichkeit, die Worte aufzuhalten.

Oder doch, die gibt es.

Gibt es.

Ich bestimme hier.

Genau.

Und als ich zustimmend nicke, schwankt das innerste Herz von allem.

Und das bin ich selbst. Eine Stunde lang.

Man hat mir gesagt, dabei würden die Gedanken rasen.

Eine Nebenwirkung des Schwebebads.

Mangel an Sinneseindrücken: zu wenig Restempfinden, das mich bremsen könnte. Puls schläfrig, Haut still, fast verschwunden, Realität gelockert und lauwarm, auf Körpertemperatur. Meine Begrenzungen werden zunehmend undeutlich, vielleicht habe ich sie verlegt oder schlicht vergessen, wo ich aufhöre. Möglicherweise verdünne ich mich schon ins Wasser, werde weggeschwemmt.

Am besten Inventur halten, was alles nicht ich ist.

Blinde Wärme. Geruch nach nassem Holz. Seltsam solides Gefühl unter meinen Gliedern – kommt mir jetzt eher wie ein Sofa oder eine Matratze vor, ein Nichts, das einen in der Schwebe hält, schräg legt, dreht. Man gleitet durch sein eigenes kleines Stück Weltall. Bloß ohne Sterne. Durchgehendes Dunkel. Taub.

Allerdings bewege ich mich in Wirklichkeit nicht. Glaube ich jedenfalls, ganz sicher bin ich nicht mehr.

Damit muss ich aufpassen.

Ach, und jetzt erinnere ich mich an den Jungen auf der Party letzte Woche.

Warum nicht? Darf ich doch.

Zuerst hatte er Angst vor mir – ich war schließlich ein fremder Besucher –, aber dann fingen wir an zu plaudern und schnitten Grimassen, und er machte sich keine Gedanken mehr, wurde unbefangen, kicherte. Er holte seinen Hamster herunter, um ihn mir zu zeigen – Benny, Benji, Billy, spielt keine Rolle.

Er will unter deine Bluse.

Frühreif, die Idee. Ich meine gar nicht sexuell, sondern als Experiment. Aber ich wollte den Jungen nicht abwehren – nachher kommt dabei noch der Hamster zu Tode, und dann ist die Hölle los –, und der Rest der Gesellschaft war so lähmend mittleren Alters, so fies langweilig, dass ich mir nichts Besseres zu tun vorstellen konnte, also ab unter die Bluse mit dem Hamster.

Der Junge ist sechs, sieben, hat ganz unschuldige Absichten, sogar eher großzügige, er setzt mir das Ding also auf den Bauch, schenkt mir eine Sinneserfahrung, die er schon genossen hat – die winzigen Pfoten und Schnurrhaare, das Fell, das über die Haut huscht.

Schön.

Seltsam und schön.

Das hektische Ticken des Atems – das kannte ich schon, hatte ich vor Jahren gespürt, und hier war es wieder: wiederholte sich, übertönte sein eigenes Echo – denn natürlich hatte ich auch einen Hamster, als ich in seinem Alter war, und natürlich hatte ich ihn in meine Ärmel, meine Pullover eingeführt. Es war, als würde man Panik unter die Kleider schieben: dieses Gekrabbel, diese Verletzlichkeit. Ich hätte nicht sagen können, ob ich seine Furcht spürte oder das Tier meine. Das Ganze war eigentlich eine Erwachsenenfreude, etwas Kompliziertes: Angst und Spaß und Kontrollverlust und vielleicht auch die Möglichkeit, unabsichtlich zu verletzen – ich das Tier oder es mich.

Ich weiß noch, dass ich das Gesicht des Jungen ansah und dachte, ich sollte mehr vergessen, Sachen aus dem Gedächtnis löschen.

Und dann nahm ich seinen Hamster, hielt ihn fest in der Hand – diesen Körper, leichtsinnig vor Leben, das wilde und winzige Herz, und alles an ihm zu zerbrechlich.

Die Augen des Jungen schauten glücklich und dann weniger glücklich.

Ich spürte seinen Willen zwischen mir und dem Schließen meiner Faust, ich spürte, wie er tapfer sein wollte.

Er blickte mich an, ein lauter Blick, und das war richtig so. Er war ein kleiner gutherziger Mann.

Und dann gab ich ihm den Hamster zurück.

Nichts zuleide getan.

Nirgendwo.

Auch gar nicht beabsichtigt, nicht einen Moment.

Aber mal ehrlich, eine ganz schlechte Haustierwahl. Hamster kann man unmöglich lieben. Sie haben so viel Hirn wie ein Aufziehtier oder vielleicht wie eine Kartoffel. Es sind Bonsai-Ratten, und sie riechen noch viel schlimmer, als diese Bezeichnung andeutet. Wenn man mit ihnen spielen will, sind sie bewusstlos, dafür spielen sie die ganze Nacht verrückt, und sie leben ungefähr eine Woche lang. Dann spült man die Leiche einfach ins Klo und kauft einen neuen, schätze ich – kosten ja nicht viel.

Der Vater des Jungen war so ein Typ, der das bestimmt erfreulich fand. Ich steckte fast ein Erdzeitalter lang mit ihm in einer Ecke fest, während er über seine wahrscheinlich mythische Italienreise salbaderte, als er noch jung und unverheiratet war, und er gab sich äußerste Mühe, jedes italienische Wort so auszusprechen wie ein Kellner in einer Fernsehkomödie, und er neigte sich nah zu mir und setzte immer wieder so ein angestrengtes Lächeln auf, das wohl andeuten sollte, was für ein schneidiger Bursche und Schwerenöter er mal gewesen war und jederzeit wieder werden konnte, wenn ihn nur ein billiges Motelzimmer und ein freier Nachmittag befeuern würden.

Er war so der Billigmotel-Ehebrecher. Nicht etwa aus interessanten oder perversen Gründen – nur um Geld zu sparen.

Zugegeben, seine Frau ist eine Marionette mit toten Augen und flüsterndem, gruseligem Lachen, die biologischen Sesam-Dip zubereitet – aber er hat sie dazu gemacht. Und sie hat ihn zu einem klebefingrigen Betrüger gemacht, der sein Leben auf Alkohol, Golf und harmlose Pornografie stützt. Sie sind einander vollkommen ausreichender Grund zum Durchbrennen, doch sie bleiben beide, und da sie sich selbst und sich gegenseitig nun zugrunde gerichtet haben, werden sie sich immer weiter quälen, und ihr Sohn wird mit siebzehn ausgelaugt und ausgehöhlt sein – ein Selbstverstümmler, ein Krimineller, ein Crackjunkie.

Ich hoffe nicht.

Ich würde gern glauben, dass er sich irgendwie durchschlägt. Ehrlich.

Ich wünsche ihm alles Gute.

Und an dem Abend war ich nett zu ihm.

Vielen herzlichen Dank. Was für ein hübscher Hamster. Der schönste, den ich je gesehen habe. Wird es nicht Zeit, dass ihr beide ins Bett geht? Ach nein, stimmt ja. Du gehst ins Bett, er wacht erst auf. So läuft das. Gute Nacht jedenfalls. Schlaf gut. Gut gemacht, Barney, Buster, Bobby.

Er hatte mir den Namen des Hamsters gesagt, aber nicht seinen eigenen.

Gut gemacht, du.

Als er verschwand, war ich allein.

Die einzige Einzelne auf der Suche nach Spaß.

Eher noch hätte man einen Seelöwen im Sesam-Dip finden können.

So allein und gelangweilt.

Aber entweder so, oder ich tauche mit jemandem auf, mit dem ich nicht zusammen bin, und dann erklären wir die ganze Zeit einem Paar nach dem anderen, dass wir bloß zur selben Zeit im selben Raum sind – kein Band zwischen uns, nichts Besonderes – bloß Freunde – um ehrlich zu sein, nicht mal das – Bekannte – zwei Leute, die gleichzeitig nichts Besseres zu tun haben – obwohl es zwischen uns eine Weile diese Art Spannung gab – vor Jahren. Und dann fällt mir auf, die Erkenntnis dämmert, dass dieser Abend die Auferstehung solcher Spannung bedeuten könnte – dieser besonderen Art Unwohlsein – und ich werde nervös, weil ich das nicht will, aber gleichzeitig enttäuscht sein werde, wenn er keinen Versuch startet. Dann würde ich mir hässlich und erfolglos vorkommen. Bis dahin sind die ganzen Nachforschungen und Erklärungen zur Last geworden, draußen ist es inzwischen tiefe Nacht, und ich habe beschlossen, dass ich den Mann hasse, mit dem ich hergekommen bin. Ich werde ihn nie wieder sehen. Er ist ein Arschloch. Ich werde mir nicht mal das Taxi nach Hause mit ihm teilen, weil wir uns im Grunde nicht kennen und auch gar nicht in derselben Gegend wohnen, und wieso sollte ich, wenn ich gar nicht will – ich bin doch ein freier Mensch und kann selbst bestimmen, was ich tue.

Jedenfalls die Teile meines Lebens, die mir gehören – die kann ich bestimmen. Alles, was mit anderen Menschen zu tun hat, ist problematischer.

Auf dieser Party wäre ich zum Beispiel lieber nicht die Einzelne gewesen.

Hätte ich meinen eigenen Menschen dabei gehabt, jemanden zum Reden, dann hätten wir uns vor den Schüsseln schrecklicher Salate und den grässlichen Pasteten verstecken und plaudern können, vielleicht auch über den Hamster.

Genau, wir hätten die Sinnlichkeit von Hamstern diskutiert, und diese Gerüchte, die man immer wieder hört, über Filmstars und Springmäuse. Ich kann mir nicht vorstellen, dass es unterhaltsam sein soll, sich Nagetiere in den After zu stecken, und die Tiere würden sich doch sicher auch nicht kooperativ zeigen. Oder müsste man sie vorher narkotisieren? Hypnotisieren? Dressieren? Und man brauchte natürlich auch eine Einführhilfe, irgendeine Art Kolben, zumindest einen gleitfähigen Schlauch. Und wenn man die vielen Hürden der richtigen Platzierung genommen hatte, war man dann überhaupt noch erregt? Oder kann man Leute kommen lassen, die Springmauseinführungen vornehmen – schnell und professionell?

Vielen Dank für Ihren Anruf. Samstagabends bekommen wir die meisten Anfragen, aber wenn Sie Ihre Telefonnummer hinterlassen, melden wir uns so schnell wie möglich bei Ihnen.

Mit Kerzen und Musik. Allein oder mit einem geliebten Menschen, und dann kommt so ein Mann im Overall, der allein der Wirkung wegen eine billige Zigarette raucht und die Springmaus einpasst. Der den Kopf schüttelt und die Schiebermütze abnimmt, wenn ihm nicht gefällt, was er sieht.

Da haben Sie aber richtige Pfuscher rangelassen ... Meinen Sie, ich könnt ne Tasse Tee kriegen, wenn ich hier fertig bin?

Darüber hätten wir uns unterhalten, mein Gefährte und ich – über die eigenartigen Freuden, die Menschen finden, von denen sie sich hoffnungsvoll antreiben lassen.

Zu meinen Freuden würde ich ganz bestimmt nicht einen Abend zwischen rosa Raufasertapete und dem Mief von Unzufriedenheit zählen, einen Mund betrachtend, den zu verabscheuen mir die Energie fehlt, der sich schürzt und entspannt und befeuchtet und grinst und mir zweifellos kein bisschen verführerische Dinge über *Fi-ren-ze* und *To-ri-no* erzählt, und ich muss mir Pestratten vorstellen, die in Schneekugeln in seinem Arsch herumtoben, um ihn nicht zu schlagen.

So was passiert, wenn ich niemanden zum Reden habe.

Ich reagiere genervt.

Und das ist nicht entspannend.

Aber das hier ist entspannend.

Sollte es jedenfalls sein.

Ich bin zum Entspannen hier.

Die Hände unters Wasser schieben und glatt im Nacken verschränken. Das ist jedenfalls Ausruhen, wenn schon nicht Entspannen. Ein leicht unruhiges Zittern, als ich die Stellung verändere, die Oberfläche braucht eine Weile, um sich wieder zu glätten, aber ich habe nicht das Gefühl, zum Beispiel zu fallen oder so etwas, kein Unwohlsein, nur ein flüssiges Verschieben an meinem Rückgrat, könnte Luft sein, oder Zeit, Absicht, Glück.

Die Vorstellung des Fallens ist die einzige, die ich auf keinen Fall wecken will.

Den Sturz.

Meine Theorie des Sturzes.

Wir werden hineingeboren, wir gleiten über den Rand ins Leben, und zu Anfang ist es noch erregend, ein Rausch. Wir fliegen. Fast. Wir fliegen *abwärts*. Aber wir nehmen an, wir seien zum Fliegen gemacht, und wenn das unser Sinn ist, dann fliegen wir eben. Für immer. Wir stellen uns vor, endlos zu stürzen, vielleicht in einer weiten, kaum merklichen Kurve, einer Art Spirale durch die Unendlichkeit. Wir sind nicht ganz sicher, wir widmen uns dem Problem nicht mit voller Aufmerksamkeit, weil uns andere Körper ablenken, die mit gleicher Geschwindigkeit fallen. Unser Kurs führt voraus, abwärts, und da sind sie, neben uns, dicht an unserem Gesicht, bei uns, bis die Luftströmungen sich ändern, oder ein Wind uns verwirbelt, oder andere Prozesse einsetzen, die wir nicht recht erklären können, und auf einmal sind sie weg, und wir stürzen allein weiter.

Es braucht eine Weile, bis wir erkennen, dass wir alle aufkommen und die Landung nicht überleben werden. Wir sind eine bevorstehende Tragödie oder zumindest ein fehlerhaftes Design. Und dieses Murmeln in unseren Ohren vor dem Einschlafen – wir hatten uns eingebildet, es sei Blutkreislauf, Herzschlag, Tinnitus –

aber das ist es nicht, es ist der Sturz. Es ist alles, was noch übrig ist und an uns vorbeirauscht, Stück für Stück außer Reichweite in die Höhe rast: zerfetzte Minuten, aus Stunden, Tagen, Wochen gerissen – es ist der Sturz.

Aber da wollen wir uns nicht hineinziehen lassen.

Nicht hier.

Nicht jetzt.

Hier sollen wir treiben, nicht fallen: heute werden wir getragen.

Alles ist gut.

Könnte ich nicht eine Theorie über Welpen oder Regenbogen oder das Lachen haben? Nein, es muss eine Meditation über die sinnlose Kürze des Lebens sein.

Bei mir gibt es kein Dienstfrei.

Von mir und meinem Ich.

Aber da gibt es noch eine andere Theorie – nämlich die übers Lachen.

Nein. Lassen wir das.

Aber ich habe wirklich eine Theorie übers Lachen.

Über die ich hier nicht nachdenken will.

Die sollte ich nicht heraussickern lassen, sodass sich das Wasser verfärbt, verschmutzt, sodass sich seine Griffigkeit ändert.

Andererseits lässt es sich jetzt nicht mehr vermeiden.

Also.

Lachen. Unverkennbares Anzeichen des Glücks. Wenn man es das erste Mal wirklich hört, wie es aus dem Kopf schießt, dieser stoßartige Klang – dann weiß man alles auf einmal. Man hat die Wahrheit direkt bei sich, feucht auf der Zunge.

Dieses warme Geräusch, das sich auf deiner Zunge rollt.

So wie hier.

So wie jetzt.

Wo du in irgendeiner Wahrheit treibst – die dich befleckt.

Nein, mein Mund ist so leer wie mein Geist.

Nein, ist er nicht.

Ich war älter als der Junge auf der Party, als ich die Wahrheit über das Lachen herausfand. Samstags spätnachmittags im Heim der Familie, in diesem hohen und schmalen Haus, und ich bin neun. Anscheinend erinnere ich mich, dass ich neun und mit einer Freundin zusammen bin – oder jedenfalls einer Bekannten. Ich suche mir immer eine Freundin nach der anderen, ohne rechte Begeisterung, und wähle irgendwie sadistische Einzelgänger, die etwas Intensives ausstrahlen. Kein Muster, das ich beibehalten möchte, aber ab und zu passiert es.

Ich sehe fern, sitze auf dem Fußboden, zu dicht am Bildschirm – eines meiner Elternteile hatte dazu deutliche Ansichten und hätte sie auch kundgetan, aber sie sind beide beschäftigt. Meine Freundin sitzt hinter mir, fühlt sich nicht wohl, und mir ist es egal. Heute Nachmittag hasse ich sie. Ab nächste Woche werden wir nie wieder ein Wort miteinander wechseln.

Und ich lache.

Ich lache lauter als jemals zuvor. Ich glaube, ich lache lauter, als ich je wieder lachen werde.

Meine Bekannte lacht nicht.

Das ist auch nicht verwunderlich, wir schauen nämlich keine lustige Sendung an, sondern *Doctor Who*, eine Science-Fiction-Serie für Kinder – viel Gerenne und Monster und Rettung in letzter Minute – und der Doktor hat Freunde, die er auch rettet, oder sie retten ihn, und selbst wenn er stirbt, geht er nicht ganz von ihnen, sondern kommt gleich wieder, sieht bloß aus wie ein anderer Schauspieler, und alles geht weiter wie bisher – Gerenne und Monster und Rettung in letzter Minute. Sehr aufregend, aber auch ein bisschen beängstigend, weshalb ich auch selten dabei lachen muss.

Aber heute lache ich. Und kann nicht aufhören.

Als ich noch kleiner war, machten sich meine Eltern laut Gedanken darüber, ob die Sendung nicht zu beunruhigend für mich

war – Dinge, die aus dem Meer zu steigen drohten, von außen
kontrollierte Gehirne, deren Gedanken flogen und flüchteten,
sich überschlugen und sprangen, verängstigte Soldaten, deren
Schüsse nie etwas ausrichteten, die bösen Dinge, die im An-
marsch waren, nie aufhielten. Aber ich wollte es mir ansehen. Ich
wollte die kleine Portion Angst und Schrecken.

Jetzt schaue ich die Sendung an, was ich sehe, lässt mich unge-
rührt, und von oben, durch die Decke, höre ich Geräusche –
nicht unbedingt vertraut, aber dennoch erkenne ich sie. Ich habe
dergleichen schon gehört. Und immer noch lache ich, heule vor
Lachen, bis meine Kehle brennt, und dann stehe ich auf, schlucke
und sage »Entschuldige mal« zu meiner Bekannten, gehe aus dem
Zimmer und renne nach oben, nehme zwei Stufen auf einmal,
über den Flur, und da ist die Schlafzimmertür meiner Eltern, und
die ist verschlossen.

Ich wusste nicht, dass man sie verschließen kann.

Das weckt ein kompliziert erwachsenes Gefühl, denn in diesem Zimmer ist meine Mutter – ich höre sie ab und zu aufjaulen,
schreien – und mein Vater ist bei ihr, schlägt sie wieder – prügelt
sie so heftig, dass noch andere Geräusche zu hören sind, ein Aufprall gegen die Wand, auf dem Boden, rutschende Möbel, Klappern – und ich kann nicht hinein, um es zu beenden, aber ich
weiß auch, das könnte ich sowieso nicht – nicht mal, wenn die
Tür offen wäre, weit geöffnet, und das Licht in jede Zimmerecke
schiene.

Ich will nicht sehen, was darin geschieht. Ich bin froh, dass ich
ausgesperrt bin. Das macht mich zu einem bösen Kind, einer bösen Tochter.

Ich hämmere an die Tür, und ich weiß, meine Bekannte wird
es hören, genau wie alles Übrige, was mein Lachen nicht über-
decken konnte, aber immerhin habe ich es versucht. Ich will gar
nicht eingelassen werden. Ich lüge mit meinem ganzen Wesen,
tue so, als sei ich zu ihrer Rettung gekommen, um ihn aufzuhal-

ten, dabei weiß ich tief drinnen, dass ich es nicht kann, weil ich zu viel Angst habe.

Aber vielleicht macht mein Hämmern die Sache besser, verändert etwas.

Doch auch das ist eine Lüge. Ich weiß, wie meine Eltern sind – wenn ich gegen die Tür hämmere, aber nicht rein kann, dann bemerken sie es gar nicht, und nichts wird sich ändern, es geht bloß weiter so. Es ist mir peinlich, dass ich ein böses Kind bin, und ich schäme mich, dass ich eine Lüge geworden bin und gleich nach unten zu meiner Bekannten gehen und sagen werde: »Das tut mir leid«, in genau dem Ton, in dem auch mein Vater oder meine Mutter ihren Bekannten »Das tut mir leid« sagen, wenn irgendwas Unwichtiges schiefgelaufen ist.

Ich setze mich und fange wieder an zu lachen.

Ich schaue auf den Bildschirm.

Und das ist der Doktor mit dem Hut und den Locken und den großen Augen. Ihn mochte ich immer gern. Ich weiß noch, dass ich bei der Folge, in der er den vorherigen Doktor ersetzte, nervös und noch ganz klein und von jeder Veränderung beunruhigt war. Ich versuchte zu erraten, ob er wohl nett und in Ordnung sein würde – blieb aber vorsichtig, wie vielleicht bei einem neuen Lehrer – aber es wurde so herrlich schnell klar, dass man sich auf ihn verlassen konnte, dass er gut war. Der Doktor tut, was er tun soll. Er regelt Dinge. Er macht Türen auf, wenn sie geöffnet werden müssen, und er verschließt sie, wenn sie zu sein müssen, und er schreit wichtige Leute an, die nicht damit rechnen, und er bringt sie dazu, auf ihn zu hören und Vernunft anzunehmen. Ich bin nicht mehr so klein, dass ich an seine Existenz glaube, aber er ist eine gute Idee, ganz und gar gut, und wenn ich allein bin, konzentriere ich mich immer noch gern ganz fest auf die Bilder, mit denen jede Folge beginnt, denn sie verschwimmen immer weiter voraus, wirken wie ein Tunnel irgendwohin, ich weiß nicht wohin, aber ich bin ziemlich sicher, es würde mir gefallen. Ich würde hingehen. Und würde tapfer sein. Ich habe Leute über Meditation und Hypnose reden hören und bilde mir ein, dies ist meine Art Hypnose.

Meiner Bekannten gefällt die Sendung meistens nicht, sie will auch am Montagmorgen in der Schule nicht darüber reden, hat kein Interesse am Fortgang des Abenteuers. Ein weiterer Grund, sie nicht zu mögen. Sie ist auch dafür verantwortlich, dass meine Eltern oben sind – mein Vater wusste, er kam damit durch, wenn ich Gesellschaft hatte und gezwungen war, wohlerzogen zu sein. Man hat mir beigebracht, höflich zu sein, Gäste zu unterhalten, mich in etwas zu schicken.

Und immer noch lache ich.

Das geht ohne Willensanstrengung weiter, ist nicht mehr Teil meiner selbst, sondern der Geräusche des Hauses.

Außerdem starre ich auf den Bildschirm, ohne der Geschichte folgen zu können – das ist ärgerlich – so wie die ständige Verschiebung der Serie im Programm, dauernd muss man nachgucken, wann sie anfängt – fünfzehn Minuten später, fünf Minuten früher –, und vielleicht nagen die Küchendüfte schon an mir, denn es ist fast schon Zeit zum Abendessen, aber ich kann noch nicht hin, weil die Sendung noch nicht vorbei ist, und ich muss bei den Abenteuern bleiben, ihr Glück aufsaugen, ihren Mut, um beides mit an den Tisch zu nehmen, wo sie so weich und schutzlos sein wird, dass es mich wütend macht, und wo er sich über das Essen beschweren oder mir Fragen stellen wird, die ich nicht beantworten kann. Er wird anfangen, einen Streit vom Zaun zu brechen, und sie wird in eine Art freien Fall geraten, und mir wird kein bisschen nach Essen zumute sein, aber wenn ich nicht essen kann, ist das ein Problem und ein weiterer Streitgrund, denn wenn mit mir etwas nicht stimmt, wird er ihr wehtun, also darf nie auch nur das Geringste nicht stimmen mit mir.

Ich bin alt genug zu erkennen, dass ich das nicht aushalte – ich ertrage ihn nicht, wie er ist, und sie nicht, wie sie ist – ich ertrage das alles nicht mehr. Aber ich muss. So viel ist klar.

Genauso klar ist, dass ich sie gerne anschreien und ihnen erklären würde: »Nichts macht mir mehr Scheißangst als ihr, nichts hat mir je mehr Angst gemacht und nichts wird mir je mehr Angst machen. Wenn ich irgendeinen Scheiß nicht angucken dürfte, dann euch. Und ich will auf keinen Fall werden wie einer von euch, aber ich weiß, ich werde so wie ihr beide werden.«

Ich bin nämlich alt genug, Scheiße zu sagen.

Und vielleicht würde ich hinterher lachen, aber das weiß ich nicht und werde es auch nicht herausfinden, weil ich nie jemanden anschreie – zu höflich.

Aber jetzt lache ich.

Ehe ich nach oben in mein Zimmer renne – und vergesse, dass ich mich bei meiner Bekannten entschuldigen sollte, sie einfach sitzen lasse, um mein kleines Beil zu holen. Ich habe angefangen, Werkzeuge mit scharfen oder harten Kanten zu sammeln, Pseudowaffen. Nicht, dass ich sie je benutzen würde, aber ich habe sie gern in der Nähe, und wieder renne ich hinaus auf den Flur, bleibe vor der Tür meiner Eltern stehen und hämmere das Beil dagegen. Das Holz zeigt kaum eine Schramme, und ich fürchte, ich werde Ärger kriegen, und ich fürchte, meine Mutter stirbt, ist schon tot, und ich fürchte, mein Beil wird irgendjemanden aus meiner Familie verletzen.

Ich habe eine Familie.

Wir sind drei.

Ich hasse uns alle drei, aber noch nicht genug.

Denn ein Teil von mir wartet immer noch darauf, dass alles gut ausgeht.

Ich erwarte immer noch Rettung in letzter Minute. Durch mich.

Dabei lache ich nur.

Ich mache das Geräusch Verletzter, die nicht verletzt sein wollen, Fallender, die nicht fallen wollen, Sterbender, die zurückzukommen versuchen und wie ein anderer Schauspieler aussehen wollen, sodass alles weitergehen kann wie zuvor.

Und das ist meine Theorie über das Lachen.

Sofern man sie so nennen kann.

Und jetzt ist das Gift im Wasser, die böse Farbe im schlüpfrigen Dunkel.

Immer musst du alles verderben. Jedes Mal.

Also wechsle das Thema.

Sei woanders.

Er hatte meistens staubige Schuhe an, der Doktor – abgestoßen und mit bleichem Staub überzogen, als habe er sein ganzes Leben mit Überleben und Reisen zugebracht, so weit wie er nur konnte. Es gefiel mir sehr, wenn er die staubigen Schuhe anhatte.

Aber ich sollte mehr vergessen, Sachen aus dem Gedächtnis löschen.

Kopfschmerzen beim Gedanken an so viele Erinnerungen – an mich.

Und ich glaube, ich weine – das Wasser, das um mich herum zuckt, der zerrissene Atem – ich glaube ganz entschieden, dass ich weine – Salz zu Salz.

Ich weiß, wie ich bin.

Dieses Bedürfnis, glücklich zu sein, einzeln zu sein, jemanden für mich zu haben, tapfer zu sein, geliebt, gehasst, verängstigt zu sein, eine Familie zu gründen, ohne Familie zu bleiben, den vollkommenen Schmerz zu finden.

Ich weiß.

Dieses Durcheinander.

Dieses schreckliche Durcheinander.

Ich weiß.

Um es loszuwerden, darf ich mich nicht unterkriegen lassen, muss ich neu beginnen.

Mit staubigen Schuhen.

Die wären am besten und am sichersten.

Muss vergessen, dass ich je erwartet habe, Rettung in letzter Minute zu bringen, und es nie wieder versuchen, und meine Schuhe anziehen und loslaufen, wegrennen.

Das ist alles, was ich jetzt möchte – staubige Schuhe.

Damit wäre ich zufrieden.

KONDITORGOLD

Sie haben sich beide schon fast daran gewöhnt, an ihre Müdigkeit. Zwei Tage inzwischen ohne Schlaf, nicht mal ein Nickerchen, seit sie hergekommen sind.

Freitag war das – als sie hergekommen sind.

Es war definitiv Freitag, darauf bestehen sie beide, allerdings werden ihre Reisebewegungen im Rückblick unwahrscheinlich und undeutlich. Nach dem Freitag zum Beispiel sind sie durch einen Samstag gehetzt, der bloß ein oder zwei Stunden zu dauern schien – so lange wie ein Regenschauer und ein kleiner Streit, eine zugeknallte Tür – und dann wurde daraus der fremde Sonntag, der sie immer noch umgibt, zu hell und beharrlich. Es ist immer noch störrisch Sonntag, Mittagszeit, und der Bürgersteig, auf dem sie gehen, ist unzuverlässig. Er schwankt spielerisch unter ihren Füßen und schüttelt entweder den Mann auf die Frau zu oder sie beide auseinander. Sie können sich nicht entscheiden, was unerträglicher ist.

Der Mann schluckt, und seine Kehle fühlt sich nach dem vielen Reden, Schreien, Reden empfindlich an. Sein Gesicht, seine Augen, seine Kopfhaut, dazu der ganze Bereich, mit dem er früher gedacht hat – er ist ganz sicher, dass er mal denken konnte –, sein ganzer Kopf fühlt sich nur noch schwach an, abgestumpft und ein bisschen trocken. Er spürt nicht, ob er noch zwinkert, glaubt aber nicht, dass er es ohne aushalten würde. Ihre Stimme spürt er innen an seiner Stirn – Elaines Stimme – die seinen Namen wiederholt – *Tom* – der stößt an den Knochen – *Tom* – und ist offensichtlich nicht mehr nur sein Name, sondern auch eine Anklage.

Tom ist sich so sicher, wie es nur geht, dass er sehr bald schlafen und dann nicht mehr als Tom aufwachen, nicht verantwortlich oder wenigstens nicht mehr hier sein möchte. Er würde gern aufgeben, die Niederlage eingestehen.

Während Tom sich fragt, ob sie wohl auf einen Kaffee einkehren könnten, oder ob auch das unmöglich geworden ist, ist Elaine fast soweit, die Mühe zu genießen, mit der sie einen Fuß anhebt und nach vorn setzt, dann den anderen voranhievt, dann wieder das Gleiche. Sie findet den Vorgang faszinierend.

Man nennt es schlendern.

Wir schlendern.

Ihr fällt außerdem ein, dass sie Hand in Hand gehen sollten, sie und ihr Mann.

Zwei Liebende, die miteinander schlendern.

Zwei relativ junge Menschen, die miteinander Sex haben und schlendern.

Zwei Menschen beinahe schon mittleren Alters, die Angst vorm Sex miteinander haben und schlendern.

Zwei Menschen, die schlendern.

Wenn man zu viel über Sachen nachdenkt, verlassen sie einen.

Jedenfalls ist sie so gut wie überzeugt, dass sie nach dem greifen sollten, was sie kennen, so lange der Tag schwimmt, sich aneinander festhalten, Trost aneinander finden sollten. Aber das können sie nicht. Nicht in diesem Moment. Sie nützen einander nichts.

Sie krümmt die Finger, schließt die Hand – als könnte sie einen Gedanken festhalten und damit zufrieden sein. Dann merkt sie, dass es so aussieht, als würde sie die Fäuste ballen – weil sie tatsächlich die Fäuste ballt – und lässt es wieder, öffnet die Handflächen der Kälte. Sie hat keine Handschuhe, weil sie die verloren hat, fallen lassen hat, an irgendeine blöde Stelle gelegt hat und weggegangen ist. Noch ein Fehler.

Tom erinnert sich an die Blindenschule an ihrer Straßenecke, was ganz und gar nicht hilfreich ist. Die Blindenschule deprimiert ihn. Und da er bereits deprimiert ist, wird ihn die Blindenschule noch mehr deprimieren, also sollte er sie ignorieren, ihr ausweichen, aber er kann nicht. Für diesen Kampf ist er zu müde – wie für jeden Kampf.

Sie sind mitleiderregend – die Blinden. Aber nicht die Art von Mitleid, die sie erregen sollten.

Nein, sie sollten gar kein Mitleid erregen.

Das ist das Problem.

Wahrscheinlich.

Sie erregen Mitleid, sollten es aber nicht.

Wedelnde Hände, wedelnde Stöcke, sie sind total unkontrolliert – ihretwegen sieht die Straße aus wie nach einer Katastrophe. Hoffnungslos. Letztlich tun sie mir immer leid, und das sollen sie nicht, ich sollte Mitgefühl haben, nicht Mitleid – sie sind schließlich Menschen wie ich – bloß dass bei ihnen noch etwas dazukommt, diese visuelle Einschränkung, aber sie sind trotzdem Menschen, wir können unseren gegenseitigen Respekt nur bewahren, indem wir nie vergessen, dass wir zur selben Spezies gehören, was auch geschieht. Das ist unsere Würde, ganz genau das.

Bloß dass jemand wie ich keine Würde hat, die ist weg.

Und wenn die Blinden so jämmerlich und verloren sind – als hätte man sie aufs Geratewohl auf die Straße gejagt – gedankenlos –, wenn jeder von ihnen Hilfe braucht, eine Menge Hilfe, umfängliche Unterstützung, wenn sie Fremde bitten müssen, sie zu führen, über die Straße zu ziehen – was sagt das dann aus? Wenn wir alle verbunden sind, was besagt das über mich? Oder wenn sie am Ende stehen bleiben, ausdruckslos stehen bleiben, wie Leute, die keine Ahnung haben, was in ihren eigenen Taschen steckt – dann möchte ich kein Mitgefühl haben.

Oder testen die Blinden uns – die Sehenden – mich? Überprüfen sie, ob wir uns wie Samariter verhalten? Könnten sie so pervers sein?

Aber schließlich sollten auch Blinde pervers sein dürfen.

Dazu sollten sie das Recht haben.

Es sei denn, es ist die Schule, die solche Spielchen treibt – eine abartige Institution. Was bringt man ihnen überhaupt bei? Was genau? Überhaupt irgendwas? Körbe flechten? Matratzen stopfen? Klavier stimmen? Den üblichen Blindenkram? Forensische Anthropologie? Ich meine, sie sollten alles lernen, was jeder sonst auch wissen kann, nicht bloß Blindenkram: eine Telefonzentrale bedienen oder so. Ich glaube, früher gab es blinde Telefonisten. Natürlich sollten sie alles lernen, absolut – aber auch das Überqueren von Straßen – nicht getötet zu werden, nicht bei vermeidbaren Tragödien verletzt zu werden, das sollten sie auch lernen, würde ich sagen.

Sie können nicht sehen, also muss man mit ihnen Improvisation trainieren.

Menschen brauchen Sicherheit: keine Tragödie, kein heranbrausendes Auto, bloß du selbst mit deinem eigenen Namen und ohne Sorgen, glücklich.

Jedes Mal, wenn er vor die Tür tritt, die derzeit seine Haustür ist, wird er anstelle der Blinden wütend und versucht gleichzeitig, sich nicht mit ihnen zu identifizieren, sie nicht so grotesk verwirrt zu finden, dass es ein ziemlich trübes Licht auf seine eigenen Lebensumstände wirft. Und wenn er nach Hause kommt – wenn er müde und vielleicht besorgt ist, angesichts dessen, was mit Elaine läuft, und dem ganzen anderen Scheiß, der noch viel schlimmer ist als Elaine – dann werden die Blinden eine Art Zerrbild aller Traurigkeit der Welt. Und er selbst gehört auch zu dieser Traurigkeit, es lässt sich nicht leugnen, genauso wie alles, was er anfasst. Sein Herz verkrampft, wenn der Schlüssel ins Schloss gleitet.

Das ist doch reine Selbstbezogenheit – widerlich – die Blinden interessieren mich nur, weil sie ich sind.

Ich habe beschlossen, dass sie ich sind. Sie alle zusammen, eine Masse ich.

Um ehrlich zu sein, die einzigen Menschen, denen ich je meine volle Aufmerksamkeit schenke, müssen genauso sein wie ich, müssen ich sein, als ob sie ein Stück aus meinem Kopf wären.

Sie hat Recht.

Elaine hat Recht.

Sie ist nicht ich, und sie hat Recht.

Nur dann bin ich interessiert.

Sonst meistens nicht.

Aber ich muss schon so müde wie jetzt sein, ehe ich das zugebe, denn ich wäre gern gut, ich möchte gern glauben, dass ich anständig bin, aber ich bin es nicht.

Trotzdem ist sie eine Zicke, weil sie es ausspricht.

In letzter Zeit hat er versucht, als Disziplinübung, eine positive Geisteshaltung einzunehmen. Aber wenn er sich einer negativen Sache gegenüber negativ verhält, zählt diese doppelte Verneinung dann als positiv?

Und keiner von diesen Blinden sieht europäisch aus, wie kommt das? Ist das eine Schule nur für nicht-weiße Blinde? Trennen sie die Blinden nach Rasse in Schulen erster und zweiter Klasse? Ist sie deshalb so schlecht? Eine zweitklassige Schule?

Wer denkt so?

Würde ich so denken?

Wenn ich sie am Arm nehme, sie führe, sie über die Straße bringe, dann rede ich nicht gern mit ihnen – macht mich das zum Rassisten? Wenn sie weiß wären, würde ich es ihnen dann sagen, wenn sie überall Krümel hängen haben, die sie nicht sehen können, würde ich sie auf ihre unterschiedlichen Ungepflegtheiten hinweisen?

Oder sage ich nichts, weil sie blind sind?

Habe ich etwa auch solche Vorurteile?

Bin ich ein Arschloch?

Ich glaube schon.

Gut möglich.

Ein absolutes Arschloch.

Und meine Frau wäre der gleichen Meinung.

Ist das positiv – dass wir einer Meinung sind?

Tom braucht einen Kaffee, vermutet aber, dass er keinen mehr trinken kann – nicht ohne ernsthaft eine Herzattacke zu bekommen. Dennoch würde er sich über den Duft freuen und gern die Hände um den Becher legen, um die Wärme. Ehe er überprüft hat, ob sein Tonfall richtig klingt, merkt er, dass er Elaine schon gefragt hat: »Hättest du gern einen Kaffee?«

»Ich weiß nicht. Du?« Ihr Tonfall ist nicht richtig.

»Lass das.« Seiner auch nicht. Schon wieder nicht.

»Was?«

»Wenn ich jetzt Ja sage, ist es, als hätte ich dich irgendwie zum Kaffee gezwungen und als drehe sich alles immer nur um meine Wünsche, und wenn ich Nein sage, dann ist es, als ließe ich dir deinen Kaffee nicht, obwohl du vielleicht einen willst – du bist einfach … Ich möchte mich bloß irgendwo hinsetzen, wo es warm ist.«

»Okay.« Elaine hatte eigentlich etwas anderes sagen wollen – so was wie *Nein* – oder *Interpretier nicht ständig irgendwas in jedes verdammte Wort, das ich sage, Herrgott, wenn ich dich ständig so interpretieren würde, da hätte ich was zu tun, das wäre ein Vollzeitjob, da müsste ich noch Abendkurse belegen – statt abends zu arbeiten, um den Job auszugleichen, den du nicht mehr hast* – aber es erschöpfte sie schon völlig, sich das für ihre Zunge zurechtzulegen, und sie ist ohnehin so ausgezehrt, dass sie nur noch Kälte und Hunger spürt, dass auch sie sich irgendwo ins Warme setzen muss. »Wir könnten zu Mittag essen. Tom? Wir könnten essen gehen.« Sie ist ganz einfach, innerlich nur noch einfach.

Toms Augen sind rosarot und gereizt. Sie weiß nicht genau, wie lange schon. Er hat nicht geweint, nicht heute – nicht, dass sie wüsste –, aber er sieht schlimm aus, ausgelaugt, und sie ist ein schlechter Mensch, weil sie sich nicht bemüht, ihn zu unterstützen. Eine schlechte Ehefrau. Und er ist ein schlechter Ehemann, weil er sie zu dem Schluss zwingt, eine schlechte Ehefrau zu sein.

Aber er ist kein schlechter Mensch. Es war nicht seine Schuld, dass er den Job verloren hat – nicht sein Fehler. Das ist ja ein großer Teil des Problems, sie haben kaum einen Fehler gemacht: bloß winzig kleine Fehleinschätzungen: dennoch sind sie jetzt ruiniert. Sie hätten ebenso gut fahrlässig sein können.

»Ja. Klar. Warum nicht.« Seine Stimme jetzt abgeflacht, ausdruckslos.

Was ihr Mitgefühl wecken sollte, aber heute nimmt sie ihm übel, dass er seine Gefühle verbirgt. Sie kann es nicht leiden, wenn er heimlichtut.

Sie steuern beide etwas zu rasch auf das nächste Restaurant zu, das sie sehen, ein japanisches – sie stehen gar nicht so sehr auf japanisches Essen –, das teuer sein wird, wie sie wissen. Auf dieser Höhe ist die ganze Avenue teuer – glitzernde Läden, Männer in zu fein gearbeiteten Schuhen und eleganten Mänteln, Frauen mit unbeweglicher Frisur, unbeweglicher Miene, aggressivem Schmuck. Tom und Elaine sind umgeben von einer Atmosphäre pedantischer Reinlichkeit, erhobener Ansprüche und bedeutender Erwartungen, die erfüllt werden sollten. Dazu die Atmosphäre, die sie selbst mitbringen – eher so etwas wie eine Migräne oder ein tragischer Verlust –, die dafür sorgt, dass sie noch mehr von dem Geld ausgeben werden, dass sie nicht haben, weil diese neue Sorge, die dadurch entsteht – ein so kleiner, überschaubarer Grund zur Beunruhigung –, eine Ablenkung sein wird, beinahe eine Art Scherz.

Tom öffnet die Restauranttür. Innen am heißen Gewölbe seines Schädels reibt sich dies – *das ist Elaine, ein Mensch, den du mal gern gehabt hast.*

Aus Gewohnheit lässt er sie vorgehen, als sie die schmale Treppe hinaufsteigen.

Gab mal eine Zeit, da hätte dir das gefallen. Du hättest ihren Arsch anschauen wollen. Das ist Elaines Arsch, ein Arsch, den du mal gern gehabt hast. Schlimmer noch – den du immer noch gern hast.

Also, zuerst Elaine und dann Tom stolpern die plötzlich beschwerlichen Stufen hinauf. Als sie oben angelangt sind, kommt es ihnen taktlos vor, nebeneinander stehen und das Heben und Senken des Atems in Mund und Kehle des anderen hören zu müssen. Die Luft hier oben ist glatt und friedlich, leicht duftend, vielleicht nach Seetang, ganz sicher nach etwas Salzigem. Sie warten und starren auf die vorwiegend leeren Tische. Sie schwanken – oder der Raum schwankt – wie auch immer, jedenfalls können sie nichts dagegen tun.

Elaines Ellbogen streift Tom und zuckt zurück, leugnet den Kontakt. Sie kehrt ihre Entwicklung um, kehrt zu dem zurück, was sie früher waren. Als sie anfing, ihn zu lieben, wusste ihr Körper es zuerst, und als es zwischen ihnen vorbei war, wusste er es auch. Gab mal eine Zeit, da legte ihr Körper ihre Hand unten auf seinen Rücken, neigte sich zu ihm, wenn sie nebeneinander gingen, streifte seine Schulter, und wenn sie sich getrennt hatten, ging sie nach Hause und merkte, wie genau sie sich an jede Berührung erinnerte, obwohl sie alle unwillkürlich gewesen waren. Sie sah sich selbst seine Sachen nehmen und festhalten. Sie hatte seine Jacke gehalten, als er nach seinem Schlüssel suchte, an jenem Abend, als sie vor seinem Haus geparkt hatten und einfach dort geblieben, nicht ins Haus gegangen waren, und dann hatte sie die Jacke weggelegt und stattdessen ihn gehalten, und sie hatten Stunden im Auto verloren, verbrannt, hatten nach nichts anderem als sich selbst gesucht, die guten Teile ihrer selbst, die im anderen verborgen waren.

Aber wenn du erst einmal damit anfängst, findest du jede Menge Müll. Am Ende weißt du nicht mehr, wer dich mehr anwidert.

Eine Kellnerin gleitet akkurat hinter einem Vorhang hervor und führt sie zu einem Tisch, der nicht am Fenster liegt, obwohl es, wie Tom bemerkt, Fenstertische gibt, von denen nur einer besetzt ist. Er spürt das Bedürfnis, die Frau darauf anzusprechen, sich zu beschweren. Andererseits sind Elaine und er vielleicht so offensichtlich unglücklich, dass man sie immer weit weg von den anderen setzt, egal wo, für den Fall, dass sie eine Szene machen oder einfach nur weniger erfahrene Paare demoralisieren.

Und vielleicht will ich mich ja auch nur beschweren, weil sie Japanerin ist. Vielleicht hasse ich ja auch Japaner.

Das Paar da am Fenster, die sind auch Japaner. Vielleicht hasst die Kellnerin Weiße, deshalb kriegen die nie einen Tisch im Licht.

Das würde mir gefallen – von jemandem gehasst zu werden, der mich gar nicht kennt, ohne echten Grund verabscheut zu werden.

Die Kellnerin lächelt ihn an: »Würden Sie lieber am Fenster sitzen?«

»Nein. Nein.« Es ist falsch, das zu sagen, weil es Elaine vielleicht lieber wäre und er sie fragen sollte. »Jedenfalls ... Elaine?«

»Mir ist es egal, wo wir sitzen.« Sie hat ihren Mantel ausgezogen, fühlt sich wohl und wünscht sich nur, Tom machte nicht aus jeder Kleinigkeit so ein Drama, Herrgott. »Und könnte ich grünen Tee haben? Möchtest du auch Tee, Tom?« Der Klang der Worte *Tee Tom* bringt sie fast zum Lachen. In letzter Zeit muss sie oft beinahe lachen. »Tee, Tom?« Klingt wie eine kleine Glocke mit Sprung – oder ein kleines Leben mit Sprung: so eines, wie sie es geplant hatten. Es ist lustig – so lustig wie sich zu verlieben oder Pläne zu schmieden.

»Tee? Ach. Ja. Danke.«

Elaine sieht, wie Tom der Kellnerin mit gerunzelter Stirn hinterherblickt. Er weiß nie mit Dienstleistern umzugehen – mit Flugbegleitern, Einkaufspackern, Kellnerinnen, dem Portier ihrer geborgten Wohnung – sie lassen ihn erröten. Sie hat als Studentin selbst gekellnert und weiß daher, dass man als Gast am besten höflich bestimmt und gradlinig ist. Und ein anständiges Trinkgeld gibt.

Wir sollten überhaupt kein Trinkgeld geben. Sollten gar nicht hier sein. Pauls Wohnung zu borgen – Madison Avenue, vierundzwanzig Stunden ein Portier im Dienst, um dir beim Bedienen des Fahrstuhls zu helfen, für dich den Knopf zu drücken, falls du selbst nicht willst oder zu müde bist. Ich wette, so was Müdes wie uns haben sie noch nie gesehen.

Scheiße.

Wir sind Idioten.

Hätten in Chicago bleiben sollen.

Hätten in Edgbaston bleiben sollen, gar nicht versuchen sollen, nach hier drüben zu gehen.

Wenn man sich zuhause in die Scheiße reitet, ist man wenigstens immer noch zuhause.

Der Tee wird in einer schweren, rot glasierten Kanne serviert, die sie beide gut gemacht und angenehm finden – das sagen sie vorsichtig, loben auch die winzigen passenden Tassen – und sie wählen beide von der Karte die gleiche *Bento*-Auswahl, weil sie dann von fast allem ein klein wenig bekommen und keiner dem anderen seine Wahl neidet.

Sie sind höflich.

»Die Miso-Suppe war gut.«

»Da stand, dass sie ihren Tofu selber machen.«

»Ich frage mich, wie das wohl geht.«

»Ich habe keine Ahnung.«

Diesen letzten Satz spricht Tom so entschuldigend aus, dass Elaine sich ein Lächeln gestattet, in der Hoffnung, dass es Schritt für Schritt zu einem Lachen führen wird. »Ich weiß es auch nicht.«

»Dieser kleine Würfel Rindfleisch – ist das die Sorte, für die man die Kühe massiert und ihnen Bier oder Sake oder so zu trinken gibt? Diese ganz besonderen Rinder? Egal, was es ist – es ist … herrlich.«

Tom glaubt, dies ist das beste japanische Essen, dass er je essen wird: Miniportionen namenloser Fische, vollkommene Streifen fremdartigen Gemüses, großartiger Reis. Beim Urteil über den Reis fühlt er sich am sichersten, weil sie den inzwischen so häufig essen – sättigend und billig wie Pommes.

Bin mit Pommes groß geworden. So viele Jahre sind vergangen, und ich bin so weit vorangekommen – von Pommes zu Reis. Keine »Freedom Fries«, keine »French Fries«, keine »Fries«, sondern Pommes. Salz und Fett und Masse und Stärke, die Zufriedenheit vortäuschen, sattmachen.

Dieses Essen findet er lachhaft anrührend, vielleicht erzürnt es ihn sogar. Es ist wie eine Reihe von Geschenken angerichtet, ausgesuchte Delikatessen, in lackierte Kistchen gebettet, als würde jemand hinter dem Vorhang sie mögen, an ihrem Wohl interessiert sein.

Die üblichen Gäste hier verlangen dieses Maß an vorgetäuschter Zuneigung sicher als etwas ganz Selbstverständliches, denkt er, und das ist empörend, aber irgendwie ist diese eigenartige Liebesgabe auch entwaffnend, berauschend. »Weißt du …« Tatsächlich glaubt er, dass er deswegen bald anfangen wird zu weinen. »Ich bin zweihundertfünfzigtausend Dollar wert. Habe ich herausgefunden.« Tom hatte nicht vorgehabt, das zu sagen.

»Was?« In den letzten sechs Monaten hat Elaine Schecks mit einer nicht identifizierbaren Version ihrer eigenen Unterschrift versehen, damit Nachforschungen angestellt und eine längere Korrespondenz geführt werden muss, was die Abbuchung des Geldes von ihrem Konto verzögert – Geld, das nicht mehr ihnen gehört, nur eine Vorstellung von Geld ist, für die sie bezahlen, immer teurer bezahlen. Tom starrt sie an. In seiner Miene liegt eine Art Jaulen, etwas Dringliches. Sie will gerade sagen: »Was redest du denn da – du bist überhaupt nichts wert.« Und merkt dann, wie das klingen wird, selbst wenn sie hinzufügte: »Und ich genauso wenig.« Dann wäre es schon zu spät, der Schaden angerichtet.

»Ich bin zweihundertfünfzigtausend Dollar wert.«

Das Licht um sie herum blitzt kurz auf und zieht sich dann wieder zusammen, denn was er auch meint, es wird nicht, kann nicht real sein. »Bitte, Tom. Nicht.«

»Ich habe einen Artikel gelesen. Wenn du mich verkaufen würdest. Augenhornhäute, Knochenmark, Sehnen – auf die Weise wäre ich zweihundertfünfzigtausend Dollar wert. Haut – sogar die Haut verkaufen sie. An Leute, die Haut brauchen. Brandopfer. Man hat eine Verpflichtung. Man macht die Blinden sehend.« Das hätte er auf jeden Fall nicht sagen sollen – danach muss er schlucken, die Kiefer zusammenkneifen, und doch sickern die Tränen heraus, werden offensichtlich, und seine Nase läuft, und er sorgt sich, dass er bei der Kellnerin kein Mitgefühl, sondern Mitleid erregen wird. Was er bei Elaine erregen wird, kann er nicht vorhersehen.

»Ich esse. Du redest darüber, wie jemand deine Haut verkauft, während ich esse.«

Elaine weiß, sie müsste sich ärgern – das wäre vollkommen gerechtfertigt –, dass er sich so im Selbstmitleid suhlt und sie auch mit hineinzerren will – aber der Gedanke ist so stark, so verstörend – ihr Mann tot und daher schuldlos – das hatte sie nicht erwartet, aber so wirkt er, dieser eingebildete Leichnam – und niemand da, ihn zu verteidigen: nicht sie und auch sonst niemand – also ist er nicht nur tot und schuldlos, sondern auch einsam und ungeliebt und ungeschützt vor Eindringlingen, die stehlen könnten, was er war. »Tom.« Wenn sie sich bewegt, ihre Finger auf seiner freien Hand ruhen lässt oder nach seinem Arm greift – wenn sie spürt, wie er zittert – und es ist unverkennbar, dass er zittert, dass alle Kälte der Welt ihm in den Knochen steckt, die Kälte all dessen, was sie sind und wie sie sein müssen – wenn sie das tut, ihn berührt, wer weiß, was dann geschieht. Ihr Mann macht ihr Angst.

Tom ist bewusst, dass er gleichzeitig weint und zittert, und das vor allem des Essens wegen. Die anderen Traurigkeiten sind einfach zu riesenhaft, mit denen kann er sich momentan nicht beschäftigen, aber er muss zugeben, dass er dieses wundervolle Mahl verdirbt, indem er es so sehr liebt, dass es ihm das Herz zerreißt, und das ist Wahnsinn und heißt außerdem, dass er sich einer ganz neuen Art der Verschwendung schuldig macht.

»Ach komm, Liebling. Tom.«

Ihre Stimme ist freundlich. Wahrscheinlich aus Gewohnheit, nimmt Tom an.

»Tom.« Elaine nimmt an, dass er es genießt, wenn es ihm schlecht geht. »Das macht dich doch ganz krank.« Ihr ist schon aufgefallen, dass er richtig krank werden kann, echte Symptome entwickelt, Erbrechen, Schmerzen, wenn er irgendwas nicht tun will, irgendwen nicht sehen will.

Vielleicht ist das auch keine Absicht. Vielleicht ist er einfach instabil, neigt zu psychosomatischer Traumatisierung. Ist also unverkäuflich. »Tom. Reiß dich bitte zusammen.« Ungerechterweise braucht er vielleicht Schutz. »Sieh mal, die Kellnerin kommt. Bitte. Für mich. Bitte, Schatz.«

Und die Kellnerin kommt wirklich und bleibt an ihrem Tisch stehen, während Tom verschwommen zu ihr hochschaut und Elaine ihr etwas zeigt, was kein bisschen nach Lächeln aussieht, wie sie weiß.

»Ist alles …«

Elaine sieht, wie die Frau stockt. Allen dreien ist klar, dass jede Erkundigung nach dem Essen sich als unangemessen erweisen wird.

Ist alles in Ordnung? – Nein, ist es nicht.

Kann ich Ihnen irgendetwas bringen? – Was schlagen Sie denn vor? Haben Sie eine Pistole, zwei passende Hanfschlingen oder zweihundertfünfzigtausend Dollar – damit mein Mann sein Fleisch nicht verkaufen muss – oder bloß zweihundert, vergessen Sie die fünfzig, was sind schon fünfzigtausend Dollar unter Freunden?

»Sind Sie …« Die Kellnerin reißt sich zusammen, korrigiert ihre Haltung. »Zufrieden mit dem Essen?«

»Ja.« Elaine nickt, um das zu unterstreichen. Das Lachen hat sie eingekreist, windet und bohrt sich durch ihr Rückgrat, bis es sich faserig und zundertrocken anfühlt. »Ja. Und wir hätten gern noch etwas, noch etwas Tee, und wir nehmen noch Dessert.« Warum nicht? Das hier kostet auch so schon fünfzig Dollar pro Nase – fünfzig, fünfzigtausend, was sind schon fünfzig? – da können sie auch noch Nachtisch nehmen.

Tom hat das Gefühl, etwas erklären zu müssen: »Wir haben unser … haben verloren …« und weiß dann nicht weiter. Dabei sagt *Wir haben verloren* im Grunde schon alles. Die Kellnerin nickt sanft, und er glaubt, dass er sie mag und sie ihn auch, und dass er diese Augenblicke festhalten, sammeln sollte.

Mitgefühl.

Elaine tappt ihm einen Moment auf den Handrücken, die Meldung pflanzt sich langsam seinen Arm hinauf fort.

»Meinst du, du möchtest Nachtisch?« Sie tätschelt seine Fingerknöchel. »Tom? Können wir ruhig. Wenn du einen nimmst, nehme ich auch noch einen.« Eine unerwartete Bewegung blitzt auf, und ihre Hand ist zwischen seinen beiden gefangen, wird mit heißem, feuchtem Druck gehalten. Sie schaut ihn an und zwinkert. »Muss dich aufpäppeln – dann bist du mehr wert.«

Und das klingt zu wahrscheinlich und zu nah, darum lassen sie ihre Hände gestapelt auf dem Tisch liegen, ein Gefangenhalten, das sie beide beruhigend finden.

Elaine überlegt sogar, noch eine hinzuzufügen, den Satz zu vervollständigen: *Hände, zwei Paar, jedes ernstzunehmende Angebot wird geprüft.*

Tom hat das vage Gefühl, er habe sie angesprungen, während sie vor einer undefinierten Gefahr flüchtete, und klammere sich nun fest.

Ums nackte Leben.

Er könnte loslassen. Jederzeit. Nur nicht jetzt.

Wir werden bei ihren Eltern unterkommen müssen – im beschis-

senen Edgbaston – war schon schlimm genug, allein da zu woh-
nen – diese ganzen verschissenen Drecksschüler, die da rumhingen –
kleine kiffende Wichser und magere Tussis mit Pferdegesichtern, die
dauernd kotzen. Und ihre verschissenen Dreckseltern.

Und ihre verschissenen Dreckseltern. Sie sind aus Cumber-
nauld? Ach so.

Aber bei meiner Mutter können wir auch nicht bleiben. Schön
eingerichtet in Brodick – Blick aufs Meer, Dad am Strand verstreut.
Hat sich krumm gearbeitet, um meine Ausbildung zu bezahlen, um
mir den Start in ein Leben zu ermöglichen, wo so ein Scheiß nicht
passieren würde. Ach so. Kann Mutter nicht mal erzählen, wie sich
alles entwickelt hat. Amerika? Das ist alles den Bach runtergegan-
gen. Ach so. Die Regierung hat die Banken rausgehauen, aber
nicht uns. Ach so. Zuletzt geheuert, zuerst gefeuert, riesige Hypo-
thek im Kreuz und nicht mal die Staatsbürgerschaft. Ach so, ach
so, ach Scheiße.

Aber keine Schimpfworte. Positiv denken. Wir werden nicht auf
der Straße leben.

Wir werden in Edgbaston leben.

Sie lassen einander los, als die Kellnerin den Tisch abräumt
und mit zwei Tellern winziger rechteckiger Desserts zurückkommt – zwei rosa, zwei cremeweiß und zwei schokoladenbraun
mit einem Pinselstrich Blattgold obendrauf.

»Das sollten wir abkratzen und aufheben.« Obwohl Tom sich
nach dieser Bemerkung eher gehemmt als leutselig vorkommt.
»Gold – der einzige Stoff, der wirklich was wert ist. Darin hätten
wir unser Geld anlegen sollen.«

Elaine steckt ihre Gabel langsam in das rosa Rechteck, hebt
einen wunderschönen Teil davon an und isst ihn. »Oh Gott, ist
das herrlich. Eine Art Mousse oder so. Sehr erdbeerig.«

Sie schaffen beide das rosa und das cremeweiße Rechteck und
stimmen überein, dass es unfassbar, unmäßig gut ist, und dann
starren sie die Schokolade und die Goldplättchen an.

»Konditorgold. Gibt es so was?« Elaine erinnert sich, irgendwo gelesen zu haben, dass der geheime Weg zum Herzen eines
Mannes über Fragen führt, auf die man selbst keine Antworten
weiß, um sich so seiner Klugheit zu beugen, die er so gern unter
Beweis stellen will. Aber Tom ist nicht so.

»Wenn es das gibt, dann haben wir es gekriegt.«

Elaine hört, dass seine Stimme dünner wird, verstört. Ihr
Mann Tom, der schnieft und sich mit dem Handballen über die
Nase wischt, der zu sehr Junge ist. Sie sagt ihm, als könne ihn das
aufmuntern: »Ich wette, hier kommen dauernd Leute her, die das
einfach bestellen. Einmal Blattgold, bitte.« Tom, der Junge, der
Dozent ist, Abkürzungen hinter seinem Namen und ein Dr. davor,
der darauf wartet, als Hochstapler ertappt zu werden – es ist ihr
nie gelungen, ihm mehr Sicherheit zu geben. »Blattgold. Als ob
man Geld isst.«

»Als ob man etwas Besseres als Geld isst.«

Tom räuspert sich, macht Zeigefinger und Daumen bereit,
streckt sie, greift die weiche Schokolade damit und steckt sie auf
einmal in den Mund, lässt sie warm werden, schmelzen, kleben.
Er kaut nicht, schluckt nur, sodass er morgen zum Teil aus Gold
bestehen wird. Er wird es sich einverleiben, es nie wieder loslassen.

Sonst ist das hier bloß Verschwendung. Unverzeihliche Verschwendung.

Es steckt so etwas wie Furcht in ihm, ein Schwindel. Er schaut
Elaines Gesicht an, irgendetwas Tapferes ist in ihrer Miene: klein
und mutig, so sehr, dass er bluten, schreien, sie berühren möchte,
er tut allerdings nichts davon, schaut nur zu, wie sie den letzten
Bissen ihres Mahls nimmt, seine Bewegungen wiederholt, die
Form betrachtet und dann isst, Gold schluckt.

Hinterher gehen sie in Richtung Park, die Sonne sinkt rasch
durch den Nachmittag, entzündet in den höchsten Fenstern der

Wohnblockgebirge schon Feuer. Elaine sieht ihren Ehemann über ein Netz langer Schatten schreiten, sich dann gegen den Baum lehnen, der sie geworfen hat. Er wirkt fast entspannt. Seine Größe – beinahe unbeholfen, ist er aber nie – und die Linie seines Rückens: Wenn sie ein wenig weicher wird, sieht er aus, wie er früher war, die letzten drei Jahre abgestreift, geheilt. Vielleicht ist das der geheime Weg, einen Mann zu halten – ihm nie ins Gesicht schauen.

Beinahe unbeholfen.

Manchmal richtig unbeholfen. Früher dachte ich, ich müsste was sagen – dass es Nächte gab, wo er mich befriedigen wollte, dabei hatte er es schon getan. Drängende Finger. Hartnäckig. Zu viel.

Große Hände.

Er hat dumme, prachtvolle, große Hände.

Und er ist nicht mehr unbeholfen. Ist gar nichts mehr.

Vielleicht ist das der geheime Weg, einander festzuhalten – sich nie anzusehen und nie zu berühren. Sich nie zu begegnen.

Sie wandern hinein, zwischen die Blätter und die amerikanischen Rotkehlchen, dem Flattern der Spatzen, dann überlassen sie sich immer breiteren Wegen, bis sie neben der Straße schlendern, die auf die dunkler werdenden Straßen der Stadt hinausführt. Das Licht ist eisig, und hinter ihnen hebt sich schon ein leuchtend roter Schleier, um den Tag zu beenden.

Als sie zu ihrer geliehenen Wohnung zurückkehren, sind sie beide tot vor Kälte, verschwommen vor Erschöpfung. Tom überlegt, ein Bad einlaufen zu lassen, entscheidet sich dagegen. Elaine kocht ihnen einen hervorragenden Kaffee, der jemand anderem gehört, sie trinken aus hervorragenden Bechern, die jemand anderem gehören, und sie sitzen auf einem hervorragenden Sofa, das jemand anderem gehört, und sie starren hinaus auf das hervorragende Dächer-Panorama, das jemand anderem gehört, auf die wilden Formen, die diese Stadt weit oben gen Himmel versteckt: Glockentürme, Tempel, Fialen, Landhausveranden, Klostergärten, Strebepfeiler und Zinnen: die Fantasien, die sich mit

Geld herbeizaubern und verfestigen lassen. Der Sonnenuntergang springt auf ein Hochhaus downtown, weiter westlich, vergoldet es, lässt es so scharf aufflammen, dass ihr Blick taub ist, als sie sich abwenden, und dass jede andere Ansicht davon gezeichnet ist.

Am nächsten Morgen müssen sie von hier weg. Sie wollen nicht gehen.

GANZE FAMILIE MIT KLEINEN KINDERN
AM BODEN ZERSTÖRT

Das war gestern.

Nein, heute früh. Es war 2 Uhr 56 morgens, und ich war brutal wach und konnte mich nicht im Geringsten entsinnen, irgendwelche Leute gebeten zu haben, mich anzurufen, damit ich ihrem Haus lauschen kann.

Das war nämlich alles, was ich hören konnte, bloß das Haus – vielleicht das Geräusch der Möbel, ein Zimmer mit Dekoration und Teppich, so ein Raum, der keinen Lärm macht: gedämpft, gemütlich, nicht so ein Durcheinander im Hintergrund wie bei einem Handy oder einem nächtlichen Arbeitsplatz; das hier war das Geräusch eines Menschen, der in seinem eigenen Heim wartete, sich nicht rührte, nichts sagte, kein Wort.

Und ich stellte mir diesen Menschen vor, wie er da stand, verstohlen ausatmete, die freie Hand schwer herabhängend – vielleicht auch beide Hände, der Hörer sinnlos geworden, als wüsste der Mensch nicht mehr, was er tun sollte. Er hatte bereits mein Mitleid geweckt.

Ein Flugzeug dröhnte in östlicher Richtung weg. Hoch und fern.

Ich konnte mich nicht erinnern, ans Telefon gegangen zu sein, also hatte ich das wohl noch bewusstlos getan. Ich wusste schon, dass ich – wie viele Menschen – komplexe Tätigkeiten ohne geistige Anwesenheit ausführen kann. Sehr praktisch.

Ich glaube, ich hatte noch nichts gesagt, und war sicher, er auch nicht – oder sie –, der Mensch, die Person. Nur dieses konzentrierte Schweigen bohrte sich durch die Leitung und transportierte dabei eine Ahnung meines möglichen Gesprächspartners und des Hörers, der gekrümmten Finger, vielleicht einer Spur Schweiß. Bei Anrufen tief in der Nacht denkt man immer an irgendeine Art Schweiß, Anzeichen persönlicher Notlagen, unvorhersehbare Zutaten: Schmerz, Angst, versagende Selbstkontrolle, Entzug von tröstlichen Annehmlichkeiten, von Würde, von Sex.

Etwas in der Art.

So meine Vermutung.

Und inzwischen hätte ich längst auflegen oder zunehmend alarmiert *Hallo* rufen sollen, so wie es die Leute in Horrorfilmen tun, wenn der Mörder ihre Verbindung gekappt hat, wenn sehr bald ein Psychopath in ihr Heim eindringen wird. Stattdessen lächelte ich.

Ich glaube nicht, dass man Lächeln hören kann.

Doch kaum hatte ich gelächelt, war die Leitung tot.

Ich drehte mich auf die andere Seite und glitt wieder in den Schlaf, streckte den Arm aus, um danach zu greifen, nach dem Eindämmern, dem klingelnden Dämmern.

Und das war unsinnig, unmöglich – ein klingelndes Dämmern, das war Anlass zu Verwirrung.

Das Telefon klingelte wieder.

Und ich hätte nicht ranzugehen brauchen.

Aber jetzt hatte ich ein Bild von diesem Menschen im Kopf: Jemand, der vielleicht etwas brauchte, mich brauchte – das Geräusch selbst, das Klingeln, ist schon so fordernd, und wer bin ich, dass ich mich dem widersetzen wollte? Außerdem bestand ja auch die mehr als durchschnittliche Chance, dass der Anruf mir galt, der Beginn eines echten Gesprächs sein würde.

Also.

»Hallo.« Ich sprach absichtlich laut. Ich klang kurz angebunden.

»Ah … Tut mir leid.« Eine männliche Stimme, von einer Art Unentschlossenheit gedämpft, aber ansonsten keine dramatischen Gefühle.

Da ist noch eine andere Stimme, schrill und keifend hinter seinen Worten. »*Na los. Sag's ihr. Ihr.*« Eine Frau schreit: »*Na los! Tu doch nicht so – als ob …*« Sie steht ein wenig entfernt, »*Als ob!*«, aber nicht so weit, dass sie schreien müsste. »*Na los! Du hast sie doch angerufen, also sag's ihr, verdammt, sag es ihr!*« Sie schreit eindeutig, weil sie schreien will, weil ihre Gefühle dramatisch sind und sie dazu bringen.

Und der Mann – dem diese Situation womöglich die Sprache verschlägt – murmelt etwas wie »Ach ja … es tut mir leid. Ich wollte nicht –« Dann hört er auf.

»*Arschloch.*«

Ich muss annehmen, dass er sich überlegt, was er sagen soll. Er versucht der schreienden Frau ganz offensichtlich zu beweisen, dass er mich nicht kennt, also kann er nicht einfach »Ich wollte Sie nicht anrufen« sagen. Das würde auf Bekanntschaft hindeuten. Außerdem möchte er vielleicht den Eindruck erwecken, dass er nicht in der Lage ist, etwas so Raffiniertes wie eine Affäre einzufädeln – und soweit ich das beurteilen kann, ist es ihm bisher gelungen, ziemlich dämlich zu klingen. Wäre ich an seiner Stelle, würde ich vielleicht so lange wie nur möglich *Tut mir leid* herunterrasseln, aber würde das nicht eher bedeuten, dass es mir leidtut, erwischt worden zu sein, als jemand Fremden zu belästigen? Das wäre jedenfalls schwer zu unterscheiden.

Im Halbschlaf fallen mir keine hilfreichen Vorschläge ein, und außerdem ist es drei Uhr morgens, und eine Person, die diesen Mann kennt – die sich wie eine Ehefrau anhört – schreit ihn in seinem eigenen Haus an. In solcher Lage könnte ihn kein Ratschlag retten.

Er fängt wieder an: »Ich habe mich verwählt. Als ich vor ein paar Minuten anrief.«

»*Du Arschloch. Meinst du, das glaube ich* –«

Das Geräusch eines herunterfallenden, vielleicht zerbrechenden Gegenstands, es klingt gewaltsam und doch unbestimmt. »*Drecks-kerl. Arsch-loch.*« Bei der letzten Silbe sinkt die Stimme der Frau und verstummt.

Inzwischen flüstert der Mann. »Es tut mir sehr leid. Ich wollte nicht …« Seine Stimme scheint sich näher zu drängen.

Und sofort tut es auch mir sehr leid. »Ja. Ja, ich weiß.« Obwohl mir Unannehmlichkeiten bereitet wurden, möchte ich mich solidarisch zeigen.

»Wirklich?«

Diese Frage hat einen seltsam unschuldigen Anstrich, der mich gleich zu Trost und Zuspruch nötigt. Ich versuche es, »Na ja, ich …«, doch nach drei Silben geht mir die Freundlichkeit aus.

»*Scheißkerl!*«

Ein weiterer Gegenstand, zweifellos aus Glas, trifft mit hörbarem Ergebnis auf eine unnachgiebige Oberfläche, und ich sage weniger freundlich, als ich vielleicht gehofft hatte: »Ich werde jetzt auflegen. Gute Nacht.«

Ich hätte natürlich nicht *Gute Nacht* sagen sollen. Sondern *Guten Morgen.*

Zehn Minuten später rief er zum dritten Mal an. Oder aber, nahm ich an, diesmal die schreiende Frau, wer sie auch sein mochte: hatte auf Wahlwiederholung gedrückt, wollte jetzt mich anschreien und eine belastende Wahrheit herausquetschen. Also hob ich kurz den Hörer und knallte ihn gleich wieder auf die Gabel.

Danach klingelte das Telefon noch mehrmals, aber ich ignorierte es, ließ es schrillen und schrillen; es wollte nicht aufgeben, bis ich mich gezwungen sah, den Stecker aus der Wand zu ziehen, und nur noch das schwächere Zetern aus Küche und Wohnzimmer hörte. Am Ende stöpselte ich alle aus, brachte mein Heim zum Schweigen, wie es auch ein Eindringling tun würde. Danach kroch ich ins Wohnzimmer und sah fern.

Der Nachrichtenkanal brachte irgendeinen Überblick: die Bevölkerung eines besetzten Landes, bald schon viel zufriedener wegen gesunkener Todesraten, aber in Sorge wegen Entführungen und Vergewaltigungen. Verstümmelungen um fünfzehn Prozent gestiegen. Langsam wiederkehrende Normalität, berechtigte Erwartungen, viele Amtsträger zufrieden. Bilder von Sand und Abfall, ein niedriges Haus, das irgendwie unangenehm wirkt, aus dem Gleichgewicht – ich sehe nicht lange genug hin, um herauszufinden, warum, weil ich umschalte, weil ich keine Depressionen brauche.

Durchkommen, das ist mein Ziel, ausfindig machen und festhalten, was mich vorwärts bringt. Ich lege Wert auf Fitness, geistige Gesundheit, ruhige und erholsame Nächte, Überleben. Und wenn ich keine Ruhe finde, schaue ich mir Anruf-Shows an. Die helfen.

Sie machen außerdem erfreulich deutlich, dass im ganzen Land Menschen so wach sind wie ich und Fremde anrufen – freundliche Fernseh-Fremde – und sogar dafür bezahlen, dass sie anrufen und geheimnisvolle Dinge raten dürfen: welche Namen wohl auf eine vollständige Liste aller Starköche oder aller prominenten Ehebrecher gehören, oder welche tödlichen Krankheiten in den dreißig Buchstaben eines Gitternetzes zu finden sind, oder welches Wort in dieser berühmten Schlagzeile, in diesem beliebten Sprichwort, in diesem Brief einer Inkassofirma, in dieser militärischen Einsatzregel geschwärzt wurde – die Einzelheiten sind unwichtig, die Schlaflosen machen bereitwillig mit. Sie versuchen sich beim Roulette, sie plaudern über ihre Verwandten, sie kaufen Schmuck, verstellbare Leitern, Werkzeug, sie rufen Wahrsager an und warten warme und teure Minuten auf die Botschaften der Tarot-Karten, Runensteine, Sternzeichen, I-Ging-Stäbe – sie lassen gern einfach alles über sich ergehen. Solange jemand hinter der Mattscheibe wie ein lauter Verwandter mit ihnen spricht – oder vielleicht auch kein so Nahestehender, eher ein Besucher von der Kirchengemeinde oder eine ambulante Krankenschwester – solange das Gefühl, umsorgt zu werden, ihr Zimmer erfüllt. Das verstehe ich.

Gestern Nacht sah ich einer Frau mit ehrlichem Gesicht zu – gefärbtes Haar und mitfühlende Ausstrahlung –, sie erschloss Karma und zukünftige Ereignisse aus Geburtsdatum und stimmlicher Aura. Sie sprach ziemlich langsam, beruhigend, bedrängte nicht. »Liebe und Licht für dich, Löwe-Frau, und ich spüre hier, dass er Angst hat. Ich weiß, du hast seit Langem nichts von ihm gehört, seit sechs Monaten, aber das kommt, weil er Angst hat. Männer, wir wissen doch, wie sie sind, sie müssen ihre Gefühle erst herausfinden, und manchmal fällt es ihnen schwer, sie zu akzeptieren, mit ihnen umzugehen, so wie wir es müssen. Ich sehe deutlich, meine Liebe, dass er zu dir zurückkommen wird, da ist eine Verbindung aus einem früheren Leben, und er wird entweder im März oder im Mai zurückkehren. Und dann fühle ich noch, dass ihr eine sehr starke körperliche Verbindung hattet, sogar ein bisschen abseitig – weil du in deinem Wesen eben diese leidenschaftliche Seite hast, und die solltest du auch fördern und genießen. In Ordnung? Ruf ruhig wieder an, wenn du eine längere Sitzung brauchst, und an alle anderen Anrufer: Wenn Sie ein längeres Gespräch wünschen, geben Sie uns Ihre Kreditkartennummer, dann können Sie die zwanzig Minuten überschreiten.«

Wenn sie Witze machte, dann meistens selbstironische, niemals gehässige. Sie kicherte gemeinsam mit einer anderen Dame, die große Ringe und eine dicke rote Strickjacke trug und ebenfalls eine sehr fähige Wahrsagerin war, schon ihr Leben lang. Beide Frauen sahen direkt in die Kamera und lächelten gerade soviel wie notwendig. »Samantha hier neben mir hat haargenau richtig gelegen. Ich hatte Ärger mit einem Familienmitglied, was mir ziemliche Sorgen bereitete, und ich bekam schon Rücken-schmerzen und Schulterschmerzen davon – und das hat sie mir alles erzählt, bevor wir einander vorgestellt wurden. War es nicht so?«

»Und ich werde Ihnen in der nächsten Stunde vertrauliche Vor-hersagen geben, wenn Sie anrufen wollen, wenn die kurzen Ana-lysen hier Ihnen nicht ausreichen und Ihnen einfach noch das eine Detail fehlt, das Sie brauchen, um die Situation wirklich einschät-zen und lösen zu können.«

Das waren Leute, mit denen man was anfangen konnte.

Ich sah ein paar Stunden zu: den Wetten, den Antworten, den Fragen.

»Im Frühjahr wird das viel mehr Ihren Wünschen entsprechen. Ich kann Ihnen nicht genau sagen, wie, aber es wird sich alles klä-ren, und Sie werden staunen, wirklich staunen.«

Jedenfalls bin ich wegen letzter Nacht jetzt gerade so er-schöpft. Ich habe keinen anderen plausiblen Grund. Und heute ist der erste Sonntag nach der Zeitumstellung im Frühjahr. Da ver-liert man also eine Stunde von dem Schlaf, den man sowieso nicht gekriegt hat, und man stellt seine Armbanduhr um und den We-cker, kümmert sich aber nicht um das verstaubte Überbleibsel auf dem Kaminsims, weil das sowieso nicht funktioniert und nicht zu reparieren lohnt – ist eher zum Angucken, so ein uhrenförmiges Stück Dekoration –, und danach sitzt man den ganzen Nachmit-tag im Garten und denkt, das ist zu viel Licht, mehr als eine zu-sätzliche Stunde Tageslicht, und es ist irgendwie aufdringlich. Und dann verbringt man eine nicht unerhebliche Weile mit sich selbst, ohne zu träumen, auch nicht von der Nacht befreit, bloß in einem Zwischenraum hängengeblieben. Im Lichtzwischenraum. Die Vögel singen niederträchtig in der Hecke, bis man mit einem Stock daran entlang kratzt und sie verscheucht, die Amseln sich mit ihren scharfen kleinen Alarmquietschern zerstreuen, so als ob jemand auf Schiefer hämmert. Ich glaube, im Liguster sind Nester versteckt, mehrere, und selbst wenn nicht, werden die Vögel auf jeden Fall zurückkehren, unaufhaltsam.

Es gibt also keine andere Wahl als den Garten, das Haus zu verlassen, spazieren zu gehen – der Gesundheit und Fitness wegen; und auf der Straße, die sich um meine Gartenmauer windet, ist es noch deutlicher, dass es aufwärts geht mit dem neuen Jahr, dass es Kraft sammelt. Die Luft ist weicher, feuchter, die Entfernungen verändern sich durch beginnendes Wachstum und – wie man sagen könnte – den Atem der schwellenden Erde, und das reicht schon, dass man sich schmuddelig fühlt, belästigt, klaustrophobisch.

Aber ich bin clever genug, dem aus dem Weg zu gehen, und steuere geradewegs die Küste an, nehme den Pfad an dem gepflügten Acker entlang, wo sich noch nichts rührt – der stille, klumpige Acker, in dem die Saat womöglich eingegangen oder einfach unwillig ist – und dann komme ich zum Sand und genieße die Frische, so lange ich am Wasser entlang tappe. Wäre doch albern, so dicht am Meer zu wohnen und es nicht auszunutzen.

Doch zuerst erwischt mich die Stadt. Die wimmelt von Vereinen und Komitees, von Leuten, die sich mit Blumenkörben Wettbewerbe liefern, die anderen ihren Ehrgeiz aufzwingen. Ein Ort, wo wir gut von uns selbst und unseren Mitmenschen denken und das Beste erwarten sollen. Weshalb an jedem Laternenpfahl ein Bild klebt. Jemand hat einen Hund verloren. Jemand stellt sich vor, ich würde helfen, ihn zu suchen, würde ihn zurückgeben, wenn ich ihn gestohlen, würde mich entschuldigen, wenn ich ihn zu Handschuhen verarbeitet hätte. So weit ich sehen kann, haben sie auf beiden Straßenseiten Bilder ihres vermissten Hundes aufgehängt.

So etwas ist immer ungeheuer und unverzeihlich finster – klagende Aushänge mit Schwarzweißschnappschüssen unkenntlicher Kreaturen, die auf den Bildern bereits überfahren, ertrunken, lebendig ausgeweidet oder aus großer Höhe abgeworfen aussehen. Aber das hier ist noch schlimmer als üblich. Das hier ist greifbare Panik, ausgestellt und aufgestellt wie eine Falle, mich zu fangen: nadelscharfe Farbdrucke eines beleibten alten Retrievers, der zur Kamera aufschaut, als ob er mir vertraue, Kindern vertraue, allem und jedem vertraue: ein paar weiße Haare an der Schnauze, und irgendwie fröhlich hingeplumpst in einem offenbar ganz reizenden Garten sitzend – viel ordentlicher und größer als meiner –, umgeben von allen Anzeichen einer angenehmen Existenz, wie sie angenehme Menschen bereiten: Menschen, die sich um Tiere kümmern, die sie dick füttern und vertrauensselig machen, die einen guten Computer und Drucker besitzen, der quer über ein Bild klare Großbuchstaben drucken kann:

VERMISST
SEIT DEM NACHMITTAG DES 21. MÄRZ
EIN GUTER FREUND, EIN GELIEBTES HAUSTIER
GANZE FAMILIE MIT KLEINEN KINDERN AM BODEN ZERSTÖRT
BITTE HELFEN SIE UNS WIR WISSEN NICHT WEITER

Warum zwingen sie mir diese Information auf? Ich habe ihnen nichts getan.

Diese ganzen Einzelheiten – so unnötig: Ich sehe auch so, dass der Hund ein netter Hund ist, ein Hund, den ich gern hätte, wenn ich ihn träfe, und es wäre mir lieber, er würde nicht vermisst; aber ich habe ihn nie getroffen, und ich weiß nicht, wo er hin ist, ich kann nichts tun. Was diese Ereignisse angeht, bin ich machtlos. Was hat es für einen Zweck, mir deswegen ein schlechtes Gewissen zu machen?

Darüber hinaus ist es ganz bestimmt nicht notwendig, dass sie das Ausmaß ihrer Traurigkeit erläutern – die kann ich auch so einschätzen, ich bin ja keine Psychopathin, ich habe ein gewisses Einfühlungsvermögen. Natürlich will niemand, dass sein Hund verschwindet: Man füttert und liebt und pflegt ihn, damit er bleibt.

Wenn er geht, tut das weh: das ist mir vollkommen bewusst. Und das heißt, man kann auf diese umfassende Zurschaustellung häuslichen Elends verzichten: die Kinder mit hineinzuzerren, um alles noch schrecklicher zu machen, sodass man an Tränen und schlaflose Nächte denken muss, und vielleicht auch – warum nicht? – an die schreckliche Szene, wenn Mummy oder Daddy oder womöglich beide sich gezwungen sehen, mit ihren Kindern zu reden, mit allen Kindern, die sie womöglich haben, um sie über den Tod aufzuklären.

Sie sind bestimmt die Sorte Eltern, die alles erklären und ihren Kindern damit unabsichtlich den Gedanken einpflanzen, dass jeder einzelne Mensch, den sie von nun an sehen, mit dem sie spielen, reden, den sie lieben, sie ohne Vorwarnung auf ewig verlassen könnte, und dass in Wahrheit riesenhafte, bösartige Mächte ungehindert die Wirklichkeit heimsuchen, und dass ihrem Hund inzwischen etwas Dunkles und Furchtbares zugestoßen sein könnte, ihrem großen, liebenswerten Hund mit der zärtlichen Schnauze und den geduldigen Augen. Sie sind Ungeheuer. Wohlmeinende, gutmütige Ungeheuer. Die Kinder sollten ihnen sofort entzogen und in Pflege gegeben werden.

Genug.

Viel mehr als genug.

Für mich ist selbstverständlich, dass Hunde und Mütter und Väter und Kinder und Menschen, die Kinder gewesen sind, und alle, alle anderen sterben werden, und dass dies oft sehr plötzlich und unerträglich und unfair geschieht, und dass am Ende – nein, an *meinem* Ende, denn der Rest der Vorstellung wird ja ohne mich weiterlaufen, wenn ich aufhöre –, dass ich mich also an meinem Ende zu ihnen gesellen werde, zu den geheimnisvollen oder verwesenden Toten, und ich bin ganz und gar und überhaupt kein Freund dieser Tatsache, aber ich versuche, solche Gedanken auch gar nicht erst aufkommen zu lassen, es sei denn, ich bin übermüdet und nicht schnell genug, ihnen auszuweichen. Ich möchte nicht, dass meine Existenz unpraktisch oder absurd wirkt, und vor allem nicht rettungslos. Außerdem kann ich nicht richtig mit anderen Menschen umgehen, wenn ich die ganze Zeit traurig bin, weil sie ziemlich bald nicht mehr da sein werden und weil einen immer so viele unwichtige Dinge ablenken.

Andererseits ist Ablenkung oft genau, was ich brauche.

Die Hundebilder sehen mich die ganze Straße lang an. Auch unten an der Kreuzung wartet er: eine regelmäßig wiederholte Ansicht, ahnungslos traurig in alle vier Richtungen blickend. Ich werde einfach das Gefühl nicht los, dass seine Familie hier irgendwo in der Nähe wartet und ihre weitere Strategie plant. Wie alle anderen möchten auch sie glauben, dass Mühe immer belohnt wird.

Ginge mir genauso.

So sollte es nämlich sein.

Jede Menge Hunde am Strand – unverkennbar, dieser letzte Sprint zum Dünengras, weil sie wissen, wie toll es dort sein wird, drüben und auf dem Sand, wo sie die Wellen anbellen, das Wasser prüfen, sich heiser rennen.

Und wenn sie dann müde sind, kommen sie und setzen sich neben dich. Sie lehnen sich an dich, als könnten zwei verschiedene Spezies auf bestimmten Ebenen miteinander kommunizieren und Freunde sein. Ein schönes Gefühl. Hatte ich auch mal. Hatte auch einen Hund, als Kind. Will jetzt nicht unbedingt daran denken – an den längst vergangenen, betrauerten Gefährten –, aber natürlich reizen mich diese verdammten Bilder dazu, die verdammte Familie. *Drecks-ker-le, Arsch-lö-cher.*

Der Strand sollte eigentlich Ablenkung sein, das geht aber nur, wenn ich die großzügig verteilte Ansammlung von Hunden und ihren liebenden Besitzern, von Kindern und ihren liebenden Eltern ignoriere, von liebenden Paaren Arm in Arm, deren Haare im Wind flackern, sich verknoten, verbinden. Hier herrscht immer eine schöne steife, verknotende Brise, die einem das Glück schneller zuweht, es wie einen Drachen steigen lässt. Oder der Wind dünnt es aus – da müsste ich erst eine Umfrage durchführen.

Ich sehe, dass es gestürmt haben muss. Ich kann mich an keinen Sturm erinnern, nichts Dramatisches, aber der Strand ist gestreift von toten Scheidemuscheln, Miesmuscheln, Seeigeln, irgendwelchen zarten, bleichen, kleinen, zweischaligen Muscheln, die ich nicht kenne, alles angeschwemmt. Und hier und da liegen dunkle frische Körner an der Oberfläche, darunter eine Schicht blasserer Kies. Überall Anzeichen großer Verwerfungen draußen auf See, und hier nun diese ganzen Todesanzeichen.

Schon bemerkenswert, wie unversehrt viele Muschelschalen geblieben sind, die wie Knochen klappern und rasseln, wenn man durch sie hindurchläuft. Ich arbeite mich tiefer in den Wind hinein, wende mich nach Westen, weg von den zugesperrten Eisständen, von den Leuten und ihren Kindern und Haustieren. Nach ungefähr vierzig Minuten kann ich mich entspannen, unbeobachtet fühlen.

An seinem Ende ist der Strand geputzt und flach; Staubgeister wirbeln und wogen knöchelhoch darüber. Kiesel, Stöcke, Muscheln balancieren auf den kleinen Sandtürmen, die sie vom Wind abgeschirmt haben, während alles andere nach Nirgendwo getrieben wurde. Die Sonne ist unnatürlich geworden, wie ein gestanztes Loch zu etwas sehr Weißem dahinter, und nun sinkt sie endlich doch noch für heute, immer tiefer und tiefer, bis Nichtigkeiten Schatten werfen, bis die Sandtürmchen und Bruchstücke Substanz und Tiefe gewinnen, auf einmal nach Architektur aussehen, wie die Ruinen einer fernen Stadt, kilometerweit unter uns, verlassen.

Ich gehe rauf in die Dünen und setze mich, sehe zu, wie kleine Windstöße ein Grasbüschel packen und eigenartige Kalligrafie schreiben lassen – vielleicht Antworten oder Regeln, Versprechungen, Fragen, Drohungen – hingekratzt und getupft, dann überarbeitet und neu geschrieben, ein unbekanntes Wort nach dem anderen.

Strandläufer hasten durchs flache Wasser, sehen zu identisch aus: eingezogener Kopf, winziger stochernder Schnabel, trippelnde Füße – ich höre das Trippeln zwar nicht, aber ein derartiges Geräusch müssen sie machen –, bei allen genau gleich, und dann erschrecken sie sich und erheben sich zusammen in die Luft, schießen davon.

Dämmerung sinkt, silbern an den Rändern, unter den Wolken draußen auf See rote Streifen. Und das heißt, ich sollte nicht hier sein. Ich bin zu dicht an der Flugbasis, und die Kampfflieger üben gern unter irreführenden Bedingungen, nicht ganz Tag und nicht ganz Nacht. Ich rieche den kranken Gestank des Kerosins über die Bucht hinweg. Als ich mich zum Gehen wende, springt der Motorenlärm auf, zerreißt die Luft, bis er kein Geräusch mehr ist, sondern ein Zittern unter den Füßen, in den Lungen, in den Muskeln, ein Wunsch zu schreien, solange es niemand hört.

Der Sonnenuntergang verblutet, bevor ich zuhause bin.

Nachdem ich ein Bad genommen habe, richtig lange eingeweicht und frisch angezogen bin, gehe ich in die Küche, mache einen Karton Spaghetti auf und noch was, und dann frage ich mich, was ich damit anfangen soll. Ich schenke mir einen kleinen Whisky ein, nehme einen Mund voll und stelle ihn beiseite, schleppe mich ins Schlafzimmer und lege mich aufs Bett, während der Raum sich knarrend entspannt, die Wärme loslässt, die er über den Nachmittag gespeichert hat. Ich lausche einem kreisenden Kampfflieger, der schließlich die Küste hinaufrast. Ein weiterer folgt ihm. Sie trainieren immer zu zweit.

Ich frage mich, ob der Hund wohl schon zuhause ist. Könnte sein. Es könnte passieren – dass er einfach hereintrottet, nachdem er zu lange im Wald herumgetollt ist, oder aus dem Wagen eines Wohltäters springt – *wir haben ihn vor zwei Tagen aufgesammelt. Wusste gleich, dass ihn bestimmt jemand zurückhaben will – so ein hübscher alter Knabe.* Könnte sein, dass er schon ganz verwöhnt und schläfrig von der großen Wiedersehensfreude und dem Willkommensmahl daliegt, und hier haben wir dir noch ein neues Spielzeug besorgt, für alle Fälle.

GEFUNDEN

GENAU WIE WIR GEHOFFT HABEN

DANK AN ALLE FÜR SORGE UND MITGEFÜHL

WIR SIND SO GLÜCKLICH

KEINERLEI PROBLEME, NIRGENDS

So was würde ich gern mal sonntags an jedem Laternenmast hängen sehen. Und vielleicht ein Bild von ihnen allen zusammen im Garten, eine Zeitung mit Datum hochhaltend, den greifbaren Beweis, dass alles in Ordnung ist.

Mit diesem Gedanken versuche ich, eine Weile zu dösen. Für Schlaf ist es eigentlich zu früh, andererseits bin ich müde.

So müde zu sein macht müde – das scheint ungerecht.

»Hallo?«

Wie üblich habe ich abgenommen, bevor ich das Klingeln überhaupt registriert habe. Aber diesmal ist da eine Stimme, und ich kann antworten. »Hallo.«

»Hi. Alles okay bei dir?«

Meine Füße sind kalt und ich habe Durst. »Ja. Und bei dir?« Ein leichter Schmerz, wo ich zu lange auf meinem Arm gelegen habe.

»Ging mir schon besser.« Seine Stimme ist vorsichtig, murmelnd.

»Wie spät ist es?«

»Noch nicht spät.« Ich höre, dass er geht, durch seine Wohnung läuft – ein gemütliches Heim, gedämpfte Möbel, sanfte Einrichtung. »Sie ist den Rest der Woche weg. Hat die Kinder dagelassen. Ich muss mich also um sie kümmern.« Ich stelle mir vor, dass irgendwelche zerschlagenen Dekorationsstücke, scharfe Scherben von Porzellan oder Glas, in einem solchen Haushalt verantwortungsbewusst und rasch beseitigt werden. Ich nehme an, dass alles in bester Ordnung ist – kindgerecht. »Wo bist du?«

»Ich bin im Schlafzimmer.«

»Habe ich dich geweckt?«

»Ein bisschen.«

»Willst du?«

Es folgt ein Schweigen, in dem ich mir seiner Lippen bewusst bin, wie seidig sie innen, wie vergleichsweise heiß sie sind. Und seiner Hände – sie halten meine Stimme. Und ich halte seine.

»Wenn dir danach ist – willst du?«

Ich gehe in mein Wohnzimmer, während er an meinem Kopf, an meinem Gesicht spricht. »Mir ist danach. Natürlich. Ich muss nur ...« Ich will kein Licht anmachen, also muss ich nach der Fernbedienung kramen, danach schnappen, weil ich ungeduldig bin. »Die mit der Frau. Jenny? Mit der blonden Frau. Die sehe ich gerade.«

Ich stehe im blauen Schein des Fernsehers und gehe unsere Lieblingssender durch, bis ich den richtigen finde. »Nein, das ist nicht Jenny. Das ist Tracy, oder? Glaube ich.« Bis wir das gleiche Bild sehen.

»Jenny. Tracy ... Bist du sicher, dass alles in Ordnung ist? Wegen gestern Nacht?«

»Wird das noch mal vorkommen?«

»Weiß ich nicht.«

Jenny oder Tracy hat Perücken, die nicht nur für Leute ohne Haare sind. Man trägt sie zum Spaß und auf Partys und für einen neuen Look. »Silbersand«. Ein Mann ist bei ihr, der erklärt, dass die Perücken besonders schön und gut gearbeitet sind, und er fügt hinzu, dass er sich seit Jahren mit Perücken und Perückentechnologie auskennt und Experte ist.

»Silbersand? Würde dir die Farbe gefallen? Oder Cappuccino?«

»Ich war heute am Strand.« Ich schalte auf ein anderes Programm, und dort kann ich mir versichern lassen, dass die Selbstmordrate gefallen und die Zahl der unerklärlichen Todesfälle gestiegen ist. In vielen Bereichen besteht Grund zu Optimismus. Ein Kuchendiagramm listet mögliche Gründe auf.

»Das ist doch nett.« Sein Atem ist hörbar, würde mich streifen, wenn er hier wäre. »Silbersand … wer ist der Typ da bei ihr?« Er verändert seine Stellung, ich höre, wie er sich bewegt. »Wollen wir es mal bei den Hellsehern versuchen?«

»Klar.« Aber ich betrachte weiter ein Säulendiagramm – hat irgendwas mit dem Mangel an ausgebildeten Fachkräften zu tun.

Ich weiß, jetzt sitzt er. Er seufzt ohne jede Farbe, ohne ausgesprochene Bedeutung – könnte Müdigkeit sein, Ungeduld oder Kummer. »So lange es dir gut geht.« Seine Hände sind schwer, und meine zu weit weg, um sie zu heben.

»Es geht mir aber nicht gut.«

»Ich weiß, aber – so lange alles so gut wie möglich ist.« Bei manchen Unterhaltungen spricht er die ganze Zeit monoton, und das heißt, dass er lügt. Bei anderen Gelegenheiten hört er sich verspielt an, und es legt sich so ein Tonfall unter seine übliche Melodie, von der ich annehme, dass sie von seiner Mutter kommt, so eine leichte, zärtliche Phrasierung. Deutet unverkennbar auf weiblichen Einfluss – aber nicht den seiner Frau. Heute klingt er älter, so alt wie er vielleicht mal werden wird.

Ich selbst klinge durchsichtig und flach. »Geht es dir gut?«

»Rate mal.«

»Nein, würde ich raten.«

Ich höre, wie er sich übers Gesicht reibt, vielleicht auch übers Haar. »Ja.« Er bewegt sich wieder. »Würde ich auch.«

»Kann ich dich sehen?«

»Das ist jetzt kein so guter Zeitpunkt … Ah, jetzt geht's los – jemand Verstorbenes wacht über den Anrufer, na, das ist ja fein.

Oder beängstigend. Würdest du gerne überwacht werden? Von Toten beobachtet?«

»Wahrscheinlich nicht.«

»Und die – fantastisch – guck dir das an, diesen Gesichtsausdruck, sie weiß genau, die verarscht sie – die Karten werden eine ältere Verwandte zeigen, die ins Krankenhaus muss. Wie unerwartet. Und entweder ist es was Ernstes oder nicht. Oder vielleicht muss sie auch gar nicht im Krankenhaus bleiben. Herrgott…«

»Ja. Manche von denen sind nicht sehr überzeugend.« Ich spüre zu viel Licht im Kopf.

»Und es gibt Leute, die verlassen sich auf so einen Scheiß. Vertrauen darauf. Sie… wie verloren muss man da schon sein?«

»Ja, ich weiß.«

»Ich vermisse dich.«

»Könntest du das bitte nicht sagen.«

»Aber ich vermisse dich wirklich.«

»Und ich vermisse dich.«

Das war heute.

WIE GOTT UNS SCHUF

Dan erklärte nie, wieso er so früh aufwachte oder was ihn aus der Wohnung trieb. Die Leute würden ihn nicht verstehen, also ließ er es. Er ging einfach raus und war bereit für das Vorglühen, das schwache Tagesaufleuchten, das man um vier Uhr morgens sah – so gegen vier um diese Jahreszeit –, da stand er drunter, mitten drin. Jeden Tag. Ohne Ausnahme. Die weichen Schuhe an, das Trikot, die Laufhose und die Baseballkappe, und dann die Treppe runter auf seine Straße. Sein Revier. War am besten, sie so zu betrachten – dann nahm sie ihn freundlich auf, es war okay.

Vor Nr. 6 stützte er sich auf das Geländer und lauschte und bekam seinen Kopf in den Griff, unter Kontrolle, und sah zu, wie das Glühen bei den Blumen anfing, die jemand in so große bauchige Töpfe gepflanzt hatte, Tontöpfe mit inzwischen dicken Blütenfäusten darin; eine Sorte lila und eine tiefrot, und beide leuchtend, fast schmerzhaft strahlend, vor allem, wenn alles andere noch schummrig war. Sie brauchten bloß einen Hauch Sonnenaufgang, dann legten sie los und loderten. Dan mochte sie. Liebte sie. Es würde ihm leidtun, wenn sie weg waren.

Da die Vögel eher von Dauer waren, gab er acht, sie ebenfalls zu lieben: ihre ersten Gesangsausbrüche durch die Stille, die Vorsicht und Schönheit in diesen Zeichen, die nicht zu orten waren, undeutlich wurden und verebbten, wenn man ihnen nachjagte. Er fand, es gab im Grunde nichts Schöneres, als zu spüren, wie ihre Geheimnisse um ihn herumsausten und ihm nichts taten, und er gönnte sich den Wunsch, ihre Töne mit dem Finger aus der Luft zu fischen, wie glatte, heiße Steinchen: kleine, glitzernde Kiesel, die er leicht in der Hand halten, in die Tasche stecken konnte, um sie aufzubewahren. Er stellte sich vor, sie würden beim Gehen klackern: so wie sein Körpergewicht landete und weiter schwang und wieder landete, wie es eben anders nicht konnte, unbeholfen genug, sie durcheinanderzuschütteln. Oder vielleicht würden sie wieder losträllern, wenn sie aneinanderstießen – vielleicht auch das. In seinem Kopf war alles möglich – da herrschte Freiheit: weite Horizonte und schönste Möglichkeiten, dergleichen Quatsch – und bei jeder Bewegung zu zwitschern wäre doch ganz nett. Also wollte Dan es so. Er bestand darauf.

Auf die anderen Geräusche konnte Dan verzichten – es waren zu viele, und sie waren ihm zu viel. Sie stürmten von den kahlen Wänden seiner neuen Bude auf ihn ein, prallten von den kahlen Wänden und den Möblierungsversuchen seines Vermieters ab und verstärkten sich: Er musste mit Klappern und kleinen Einschlägen – womöglich Einschlägen – klarkommen, und mit Fahrzeugen – Motoren, Metallgeräusche – und mit Geschrei und Gemurmel: Stimmen, die vielleicht etwas planten, böse Absichten hegten, und mit Schritten: kriechend, sprintend, im Dauerlauf. Fuchsschreie waren am schlimmsten – sie klangen nach Knochenschmerz und Verlorensein, Verlieren.

Wenn es dich im Haus überraschte, konntest du deine Lage nicht einschätzen, dich weder vorbereiten noch reagieren – gefangen in einem nicht statthaften Zustand. Hier am Geländer war es nicht so schlimm. Wenn du hier standest, wurde dir klar, dass du nackt warst: keine Deckung, keine Rückzugsmöglichkeit: also schicktest du einen Geist deiner selbst im Laufschritt runter zur Kellertür – diesen Klumpen aus deinem Kopf, der losraste und sich dann flach in den Schatten warf, den du am Fuß der Treppe entdeckt hattest. Da konnte er sich verstecken, und deine Gedanken gaben ihm Deckung vor jeder Gefahr. Er konnte sich sogar wie ein Kind zusammenrollen, wie ein Junge, der sich versteckt, während du ihn bemutterst, bevaterst, in Sicherheit hältst. Der Rest von dir, also der wirkliche, der existierende Teil, der wusste, was sich gehört: *der* Teil konnte bleiben, wo er war, fest auf dem Boden – alles in Ordnung –, und konnte sich sagen, dass ihm Gnade widerfuhr, die Chance, noch mal aufs Neue zu überleben und den Grad deiner Genesung zu demonstrieren.

Solche Gedankentricks waren nötig, weil er, wie bereits sehr häufig mit verschiedenen Fachleuten diskutiert worden war, ein tapferer Kerl war – das war die Sorte, die sich zwar in die Hose schiss, aber trotzdem tat, was zu tun war.

Er kam zurecht.

Er hatte angefangen, nachts Ohrstöpsel zu benutzen. Um zehn lag er brav in der Koje, die Decke überm Kopf – so wurde ihm zwar heiß, aber ihm war schon heißer gewesen, und mit der Decke über dem Kopf konnte er schlafen –, und die Stöpsel im Ohr hielten den ganzen Krach des Lebendigseins im Schädel: das Schlucken und so ein Pochen im Hintergrund – als hätte er Motoren, die noch liefen – und sein Atem, der hin und her tigerte, so unruhig, wie man es sich nur wünschen konnte, ohne Halt.

Manchmal drückte der Schaumstoff schmerzhaft in den Ohren oder fing an zu kitzeln, aber das ließ sich ertragen. Den rechten einzusetzen, war ein bisschen schwierig. Aber es gab Schlimmeres – wenn er zum Beispiel einen Knopf annähen müsste, persönliche Ausrüstungspflege, oder Kartoffeln schälen, oder der ganze Nerv beim Scheißen gehen – inzwischen war ihm sehr bewusst, wie oft er das tat, obwohl er natürlich weniger Kartoffeln aß als früher – außer Fritten vom Imbiss, vom *Frying Tonite*, wo sie entweder von Doris oder Steve gemacht wurden, ihrem anderen Sohn, der nicht tot war. All diese Dinge waren notwendige Aufgaben und Entwicklungsschritte. Sie waren interessante Herausforderungen seines wiedergewonnenen, neu zusammengesetzten Lebens. Sie waren nerviger Arschkram.

Wenn er mit den Jungs zusammen ist, erwähnt er solche Einzelheiten kaum, weil sie offensichtlich und nicht wichtig sind, nicht so wichtig, wie wenn er allein ist.

»Ach, unser junger Freund Daniel, so viel nervigen Kram am empfindlichen Arsch…«

»Und kaum eine Hand frei, ihn loszuwerden…«

»Aber er hat's ja immer noch selbst in der Hand… ach, jetzt ist sie mir runtergefallen.«

»Na, dann heb sie mal schnell wieder auf, Hände sind teuer.«

Einmal im Monat gehen sie miteinander schwimmen: sechs Herren, die zusammen einen entspannten Tag verbringen. Sie legen fest, wer diesmal Gastgeber ist, schicken Mails herum, fahren, wie weit es auch sein mag, treffen sich in einem Schwimmbad, nennen es »DIE ZUSAMMENKUNFT«. So nennen sie es wegen der Filme mit dem Highlander, wo sich immer alle gegenseitig anschreien – *Es kann nur einen geben!* – und sich durchgeknallte Unsterbliche mit riesigen Schwertern gegenseitig die Köpfe abschlagen.

Man hat nur einen Kopf, den sollte man nicht verlieren.

Bei dieser DIE ZUSAMMENKUNFT werden sie das Übliche unternehmen: vormittags Schwimmen gehen, dann ein fettes Mittagessen, dann besaufen und dann alle zu Gobbler, weil er diesmal dran ist, und dann vernichten sie seine Proviantreste und noch ein paar Portionen Imbissfutter, und dann gucken sie DVDs und saufen noch ein bisschen mehr, und vielleicht noch ein paar Pornos, vielleicht auch nicht. Zu Anfang haben sie auch versucht, in Clubs zu gehen – Strip-Clubs, Table-Dance –, und einmal in Aberdeen sind sie abends in ein ordentliches, kleines Einfamilienhaus voller Nutten gegangen – und zwar ausländische Nutten, aus Moldawien –, aber das haute in der Regel nicht richtig hin. Manchmal waren Pornos besser.

Im Schwimmbad ist alles nach Vorschrift, vorhersehbar, egal, wohin man geht. Zuerst musst du schwere Türen aufdrücken oder -ziehen, dann läufst du in eine Wand heißer Luft – nimmt dir den Atem – und dann der Chlorgeruch und der Kindergeruch und die Ahnung eines großen Raumes, hell und hoch, mit diesen riesigen Fensterlöchern – die Fenster reißen mindestens eine ganze Wand auf – und gefangen unter dieser ganzen dicken Luft, diesem Druck und Gewicht, so viel Wasser.

Dan und die anderen machen sich gegenseitig an, schon ein bisschen aufgedreht, weil sie wissen, gleich müssen sie sich anstrengen – von einem Ort zum anderen schlenkern, hin und her – Fitnessgedanke, Kraftaufwand – und noch mehr Rumalbern.

»Hey! Salz und Essig!« Gobbler schreit Dan an. Gobbler hat einen ostschottischen Akzent, Dan klingt nach Westschottland – nach Coatbridge, nimmt er an, denn da kommt er her. Gobbler kommt aus dem Land von Salz und Soße, er aus dem Land von Salz und Essig. Gelegentlich erklären sie den anderen diese Feinheiten.

»Gobbler ist einer von den Heiden aus dem Osten – da tun sie Salz und Soße auf ihre Fritten.«

»Ihr Scheißschotten – bei euch geht's immer nur um Kartoffeln. Wie bei den dämlichen Iren.« Das schreit Frank dazwischen – klingt, als wäre er dicht bei Gobbler, außer Sicht hinter einer Reihe Umkleidekabinen. »Wie lange hat man eigentlich zu leben, wenn man sich bloß von frittierten Schokoriegeln, frittierten Pizzas, frittierten Pasteten und solchem Scheiß ernährt?«

»Ungefähr zwanzig Jahre.« Dan erinnert sich noch an die Fahrt nach Kettering in Northamptonshire – da hat Frank sich niedergelassen. Ein kleines graues Drecksloch. »In Kettering zählen zwanzig Jahre so wie achtzig. Da hätte ich mich schon erschossen.«

Sie schreien sich alle die ganze Zeit von verschiedenen Enden der Umkleide an, während sie sich umziehen und mehr als nötig aufregen und Dan an die Schule denkt, wie das war: Schwimmtag mit bescheuerten Kumpeln – die eigentlich gar keine Kumpel waren –, sich nicht ausziehen wollen, Angst haben, dass man diesmal vielleicht untergeht und erstickt, Angst davor, bloß in Badehose dazustehen und dann von irgendwem aufs Korn genommen zu werden, der ihn ärgerte, auf ihn losging, und dann kamen die Lehrer rein, packten sich die Unruhestifter und sagten ihnen, sie müssten sich benehmen, und Dan war erleichtert, aber auch beschämt – er wusste, das war nicht recht, er hätte seine Probleme selbst lösen sollen, aber er konnte nicht. Damals war er schüchtern gewesen, hatte nicht gewusst, was in ihm steckt, und das wurde bei Kindern auch leicht übersehen – passiert dauernd, davon ist er überzeugt –, selbst wenn ein Erwachsener zu helfen versucht, tut er es vielleicht nicht richtig. Man gibt sich nicht genug Mühe. Er sorgt sich ziemlich oft um Kinder. Fragt sich, wie sie wohl zurechtkommen. Es ist ihm ungeheuer wichtig, dass möglichst jedes Kind gut zurechtkommt. Er überlegt, ob er ehrenamtlich mit Kindern arbeiten sollte.

Als Junge hat Dan den Kopf unten gehalten und versucht, korrekt zu sein, still und korrekt, hat sich innerhalb der Regeln und außer Sicht gehalten. Ist jetzt zwei Jahre her, drei, dass er damit aufgehört hat – so lange her. Aber er hat es nicht vergessen – wie nutzlos er gewesen ist.

Gobbler hämmert gegen die Spinde zwischen ihm und Dan und bollert: »Schon abgelegt?« Gobbler hatte auch mal einen anderen Namen, zu anderen Zeiten, an anderen Orten, als er mit anderen Gobblern zusammen war, aber jetzt ist er allein, nicht mehr in einem Regiment, also ist er *der* Gobbler – repräsentiert einen Typ. Den Typ, der immer seinen Senf dazu geben muss. »*Oh Danny Boy … Hast du Probleme?*«

Heute wird niemand reinkommen und ihnen sagen, dass sie irgendwas tun müssen. Heute werden sie sich danebenbenehmen.

»Verpiss dich.«

»Denk dran, die Hose zieht man über die Füße aus, nicht über den Kopf. Ihr armen Fallschirmjäger kommt da doch immer durcheinander.«

»Halt's Maul.«

Und keiner von ihnen taugt nichts.

»Bist du schon nackt, Danny? Ich krieg einen Steifen, wenn ich nur dran denke.« Gobbler schüttelt irgendwas metallisch Klingendes und lacht. »Und da ist ja auch der alte Fez, macht seinem Namen alle Ehre ... ein gepflegter und wohlriechender Mann. Ihr betörender Duft, Sir, erinnert mich an die herrlichen Abende in der Messe, als ich in der Nacktbar bediente.«

Ein paar Fremde sind auch hier drinnen, aber die kümmern sich um ihren Kram. Die meisten. Dan kriegt mit, wie ihm einer einen kippeligen Blick zuwirft, so genau auf der Kippe: diese Zivilistenmischung aus Wunsch und Widerwillen, einer, der glaubt, er würde sich vielleicht gern Angst machen lassen, aber nicht das volle Programm, bitte, ganz und gar nicht – will ein bisschen flirten, nicht am Ende kaputt sein. Dan starrt ihn an und schreit dabei Gobbler was zu, schreit so laut, dass ihm die Spucke wegfliegt, dass sein Herzschlag erwacht.

»Geh mir nicht auf den Sack!«

»Den Sack? Wo wir davon sprechen ...«

»Fang nicht wieder damit an.«

»... da ist auch des Gobblers mächtiger Spermaspeer nicht weit. Wisst ihr eigentlich, wenn ich jetzt einen Ständer kriege –«

Und hier fallen alle ein, weil sie es schon auswendig können: *Sieht es aus, als ob ich zwei davon hätte.*

Gobblers linkes Bein ist überm Knie abgeschnitten – eine so genannte Transfemoral-Amputation, die ihm erlaubt, immer wieder eine Lüge aufzutischen, die ihn fröhlich stimmt, jedenfalls relativ fröhlich.

Heute sind sie zu sechst: Gobbler, Petey, Fezman, Jason, Frank und Dan. Macht zwei Oberschenkelamputationen – eine mit

Unterschenkel gegenüber –, eine Ellenbogenexartikulation, eine Unterarm-, eine doppelte Handgelenksexartikulation – Frank musste danach leider das Stricken aufgeben – und dann noch Dan: rechter Fuß am Gelenk des rechten Fußes und Transhumeral-Amputation am rechten Oberarm – ungefähr in der Mitte zwischen Ellbogen und Schulter – der Schulter, die noch da ist, und dem Ellbogen, der nicht mehr da ist – den Dan aber immer noch spürt – der häufig nass ist: warm und nass, wie das letzte Mal, als er ihn gesehen hat. Eine andere Sorte immer wieder aufgetischter Lügen.

»Also dann, los geht's. Wo hast du denn die Badehose her, Fezman?« Das war Jason, der sich bei den Spinden gleich am Ausgang versteckt.

»Freundin.«

»Guckt euch die SIAWA-Badehose an, Leute – hat er von seiner Freundin.« Wenn sie zum Hauptvergnügen aufbrechen, wird Jason auf einer Seite von Petey gehen, Fezman auf der anderen. Sie werden ihn tragen, ohne ein Wort darüber zu verlieren. Sie werden vor allem nach vorn schauen. Sie werden am Fußbad stehen bleiben und drohen, Peteys Arsch reinzutauchen. Darüber werden sie lachen.

»Der hat doch keine Freundin.« Das ist wieder Gobbler – ein Mann, der gern plaudert, hat er wahrscheinlich vorher auch schon.

Jason antwortet vom Fußbad aus: »Aber die Hose hat er auf jeden Fall.«

»Hast du's wieder falsch rum gemacht, Fezman, alter Warmduscher? Die Freundin musst du haben, fick doch die Badehose.«

»Nein. Die Badehose will ich haben und die Freundin ficken.«

Alle kichern, Dan hört es von allen Seiten, sie bepissen sich vor Lachen wegen nichts, werden richtig albern, weil es das ist, was sie brauchen.

Gobbler ist jetzt fertig zum Beckengang. Also: »Na los, her zu mir, Mädels.«

Gobbler ruft genau in dem Moment, als Dan den Spindschlüssel fallen lässt, sich bücken muss, um ihn aufzuheben, ihn an seine Badehose zu heften, ohne was Wertvolles einzuklemmen. Vor dem Schwimmen nimmt er den Fuß ab. Im Auftrieb des Wassers fühlt er sich, als wüsste er nicht, dass er nicht da ist, aber bis dahin hält er sich an Spinden fest, hüpft vorwärts, schwankt wie zuhause. Die anderen beiden warten schon, als er zu ihnen stößt.

Dann drängen sich Dan und Frank und Gobbler aneinander und stolpern gemeinsam los – zusammen vier von sechs möglichen Füßen.

»Pass auf, wo du deine Hand hinsteckst, Schätzchen. Keine Fallschirmjäger-Fisimatenten.« Gobbler schwenkt sie zu dicht an die Wand, dann wieder zurück.

Dan redet nicht viel, außer bei den ZUSAMMENKÜNFTEN. »Entscheide dich mal, wo du hinwillst, Gobbler.« Ansonsten fragt er vielleicht mal im Bus nach der richtigen Haltestelle oder murmelt Doris im Imbiss irgendwas Dämliches zu, weil sie möchte, dass er sich schuldig fühlt, und er ihr den Gefallen tut. Wahrscheinlich hat sie die Wahrheit im Kopf, dass es nur eine festgelegte Menge Tod gibt, und was an Dan vorbeigeschrammt ist, hat dann eben jemand anderer abgekriegt. Wie diese Wahrheit tatsächlich funktioniert, hat sie nicht begriffen, und er wird ihr nicht dabei helfen. Geht sie nichts an. »Hast du Angst, dass wir schwul sind, oder machst du dir nur um dich selbst Sorgen?« Und vielleicht isst Dan ja wirklich mehr Fritten, als er sollte. »Wir haben nämlich immer gedacht, du wärst ein Hinterlader.« Er könnte natürlich auch wegbleiben und sie nie wieder sehen. »Wollten es bloß nicht sagen, damit du dich nicht aufregst.« Allerdings braucht sie seine Anwesenheit, das spürt er. »Sonst fängst du bloß wieder an zu heulen, und dir zerläuft die Wimperntusche.« Und er braucht sie auch.

Frank hört zu und lächelt auf einen mageren Rentner herab, der auf der nächsten Bank seine Sachen zusammenfaltet und versucht, sich unsichtbar zu machen. Frank spricht sehr deutlich an Gobblers Ohr vorbei: »Ich könnt's dir mit der Hand besorgen, was ganz Spezielles, dann fällt dir die Entscheidung leichter – einmal das Rohr frei.« Er wedelt mit seinem freien Armstumpen und zwinkert. »Beug dich einfach vor und küss Danny die Füße.«

Sie stolpern weiter, und unter anderen Umständen könnten sie einfach schon betrunken sein, spät abends, ein Zug durch die Bars – könnte doch sein, dass ein paar Jahre gar nicht geschehen sind, dass sie andere Gründe haben, Kumpel zu sein.

Das Lazarett – tolle Gelegenheit, Leute kennenzulernen, neue Freunde zu finden.

Richtige Kumpel.

Als sie endlich am Beckenrand stehen, atmet Dan die warme und feuchte Luft ein, und das grelle Licht, der Lärm der Kinder, die harten Geräusche schmerzen ihn.

Eine Schulklasse ist da, vielleicht sogar mehrere – jede Menge Grundschulköpfe und -leiber – das Wasser wogt und brodelt von ihnen – überall Schwimmbretter und nervöse Pisse.

Dan ist klar, dass dies alles ihn leicht überwältigen könnte, ihn in die Knie zwingen, und der letzte Schritt fällt ihm immer am schwersten. Panik steigt auf, fährt in ihn, bevor er reinspringen und die Ohren mit Wasser füllen kann, sich vom Wasser einhüllen, waschen, befreien lassen kann. Er konzentriert sich ganz darauf, über Frank und Gobbler froh zu sein: das Tragen, die Unbequemlichkeit, die Ablenkung.

Und er weiß, wenn er erstmal schwimmt, ist alles gut. Inzwischen schafft er es, auf dem Rücken zu schwimmen, und kann das schon ziemlich gut, steuert zielstrebig beinahe in die Richtung, in die er will.

»Sind fast da.«

»Das hatte ich mir auch schon fast gedacht, du Spasti – das Scheißbecken ist ja schließlich direkt vor unserer Nase.« Gobbler verlagert das Gewicht, und sie taumeln schneller als beabsichtigt zum Rand.

Dan atmet bewusst aus und fängt an zu grinsen. Er ist dabei, sich zu bessern. Die Theorie hat er verstanden, die Merkblätter gelesen – Leute wie er müssen einen Weg finden, ihre Andenken zu ignorieren, die Anzeichen der Verwundungen, die ihnen ihre augenfällige und unbequeme neue Gestalt verleihen. Sein Körper ist bei der mentalen Genesung keine Hilfe. Also schwimmt er, lässt alles gleiten und ist fröhlich. Das bedeutet, es wird ihm schneller besser gehen. Aber natürlich nie so schnell, wie es ihm ohne Verwundungen besser gehen würde. Das ist ein medizinisches Faktum – wenn er noch den Fuß und den Rest des Armes hätte, fände er sein Leben viel besser als jetzt.

Er runzelt die Stirn, richtet seine Gedanken nach vorn, blinzelt aus seiner Haut, aus seinem Schädel heraus zu Pete, der schon im Wasser schaukelt, eine Hand am Beckenrand, mit ernstem Gesicht zu einer Frau aufschauend, die auf und ab geht und mit Fezman und Jason spricht. Die sind beide noch trocken und stehen auf den Fliesen, Fezman in dieser durchgedrehten, knielangen Badehose, wie ein Fußballer aus den zwanziger Jahren, aber mit Palmen und Delphinen und Wellen in Neonfarben drauf. Man merkt, dass sie neu ist, und er sich darin toll vorkommt. Vielleicht ist sie tatsächlich von einer Freundin.

Die Frau, die spricht, hat nach vorn gekrümmte Schultern, trägt eine Bluse und einen langen Rock, so eng, dass sie fast nicht laufen kann, aber das ist leider gar nicht gut, weil sie keinen Arsch hat, nichts Gefälliges zum Angucken. Als sie sich umwendet und Dan ansieht, führt das dazu, dass er direkt auf die Rundung ihres kleinen Bäuchleins und ihren kleinen Schamhügel blickt, und das will er gar nicht. Beide machen ihn traurig. Alles an ihr ist traurig – graubraun und verflucht deprimierend – die Haare, die Kleider, die Schuhe, in denen sie trippelt und kleine Schrittchen macht – Dan sieht gleich, dass sie Lehrerin ist, weil sie diese falsche Fröhlichkeit um den Mund hat, und weil ihre kleinen müden Augen auf der Suche nach Fehlern hin und her zucken. Ab und zu drückt sie die Lippen dünn zusammen, und es wird offensichtlich, dass es im Beruf schlecht läuft, im Leben wahrscheinlich auch. Und jetzt muss sie also mit ihrer Klasse am Dienstagnachmittag zum Schwimmunterricht – damit die Kinder sicherer und fitter werden, und vielleicht noch was anderes, was sie nicht kontrollieren kann. Dan ist der Ansicht, dass man ihr keine Kinder anvertrauen sollte.

»Entschuldigung.« Die Lehrerin spricht nicht mit Dan, auch wenn sie von den anderen abgerückt und ihm ziemlich nahe gekommen ist. Sie ist vielleicht erst Anfang vierzig, aber er bemerkt, dass sie nach alter Frau riecht.

»Entschuldigung.« Sie wendet sich an Gobbler. »Mir ist aufgefallen, dass Sie schon mal hier waren, dass Sie ziemlich oft hierherkommen…« Sie schluckt und wendet den Kopf ab, beobachtet ernsthaft und intensiv die Kinder – man sollte meinen, die fingen gleich Feuer oder so etwas – dabei wäre sie bestimmt die Letzte, die sie retten könnte. »Und ich habe Sie ihnen schon erklärt, aber jetzt –«

»Was haben Sie da gesagt, meine Liebe?« Gobbler unterbricht sie, und der Arm, den er um Dan gelegt hat, spannt sich an. »Sie haben was erklärt?«

»Ja, ich konnte *Sie* den Kindern erklären.«

Gobblers Arm ist gleich bereit, irgendwas zu tun, die Gedanken rasen schon darin umher, Dan kann sie hören.

»Verstehe gar nicht, wie Sie das meinen, gute Frau. Wie Sie mich erklären wollen. Was Sie da erklären würden.« Gobbler kichert beinahe, aber die Frau sollte nicht glauben, er sei freundlich gesinnt, Dan weiß nämlich, das ist er nicht. »Heißt das so was wie, ich muss übersetzt werden? Als ob ich eine Fremdsprache wäre? Das kann es ja nicht sein, ich bin Brite, britisch bis ins Mark.«

Dan will da raus, ausweichen, und will gleichzeitig tun, was er tun muss, was er tut – mit den Jungs mitziehen: Fezman, Frank, Jason, sogar Petey im Wasser, alle scharen sich eng um Gobbler, bilden eine Art Wellenlinie, und sehen, wie die Frau ihre Worte bereut, aber immer noch glaubt, im Recht zu sein. »Es geht um die Kinder – ich weiß, Sie können nichts dafür – aber die Kinder verstört es.«

Dan spricht, bevor er es richtig merkt. »Sie sehen gar nicht verstört aus.«

»Eins der Mädchen hat geweint.«

»Sie sehen ganz zufrieden aus. Plantschen fröhlich rum. Ich meine, ganz ehrlich. Ich würde das nicht sagen, wenn es nicht stimmte.«

Sie versucht es wieder bei Gobbler, was sehr unklug ist, und Dan fragt sich, was sie für ihren Beruf qualifiziert, wie sie überhaupt eine Stelle bekommen hat, wenn sie so dämlich ist und so unfähig, eine Situation einzuschätzen. »Ich habe ihnen gesagt, Sie seien so, wie Gott Sie schuf.«

»Was?«

»Aber bei so vielen … es ist ja nicht Ihre Schuld, aber Sie müssen doch einsehen, dass Sie befremdlich wirken.« Ihre Hände wedeln vor ihr herum, als könnte sie sich nicht ganz durchringen, auf sie alle zu zeigen. »Sie sind verstörend. Tut mir leid, aber das sind Sie.« Sie nickt. »Es muss doch Orte geben, wo Sie es angenehmer hätten.« Ihre Finger umfassen ihre Handgelenke und klammern sich fest.

Und die Jungs sagen nichts.

Sie bleibt stehen und hat nicht den geringsten Schimmer.

Und die Jungs sagen nichts.

Dan merkt, die Frau versteht überhaupt nicht, dass sie alle beschlossen haben, still zu sein, so nett, wie sie nur sein können; sie arbeiten sich dorthin, indem sie beschließen, die Frau vor allem zu vergessen, und was sie gesagt hat, und was sie sind.

Und die Jungs sagen nichts.

Sie macht ein missbilligendes Gesicht, ein wenig ungeduldig.

Und Fezman nickt gedankenverloren und sagt – er spricht sehr gleichmäßig, spricht jedes Wort sanft aus – und er sagt: »Das hier ist eine neue Badehose. Sie gefällt mir. Das ist eine SIAWA-Badehose, was Sie nicht verstehen.« Er schiebt sein Gesicht sacht, ganz sacht auf sie zu. »Es ist eine *Seh-ich-aus-wie'n-Arschloch*-Badehose, und ich werde damit heute Vormittag schwimmen. Und Sie sehen wie ein Arschloch aus, und Sie sind auch eins, ein totales Arschloch, und es tut mir leid, aber Sie sollten das wissen, und jetzt sollten Sie vielleicht weggehen und versuchen, anders zu sein, kein Arschloch, aber hier und jetzt – sind Sie ein Arschloch. Sie sind ein Arschloch.« Er nickt noch einmal bedächtig, dann wendet er sich zum Wasser, zu den Jungen und Mädchen.

Dan sieht, wie die Frau sie anstarrt, wie ihr Kopf zuckt, als ob man sie angespuckt oder ihre Titten begrapscht hätte, und sein verschwundener Arm zittert genauso wie Gobblers Arm, und er will wegrennen, kann nicht, will aber – will sich übergeben.

Die Frau erstarrt einen Augenblick lang, macht dann einen kleinen, gehemmten Schritt, dann noch einen, alles ganz unsicher, und geht weg.

Die Jungs warten.

Dan sieht sie an der Wand gegenüber ankommen, wo sie sofort auf einen Typen in einem SIAWA-Anzug einredet, der da mit einer Tussi steht, die nach Billigporno aussieht – ohne Zweifel Kollegen, Erzieher wie sie. Er stellt fest, dass ihn nicht interessiert, was daraus entstehen mag.

Dan und die Jungs holen Luft, tun die nötigen Schritte, und lassen sich ins Wasser fallen. Zu Pete. Sie schwimmen – zeigen sich strampelnd, hässlich, wild.

Dan sieht über sich die Deckenfliesen vorbeiziehen, hat seine Wut unter sich, sie drückt ihm die Lendenwirbel nach oben, gibt ihm Auftrieb. Woanders würde sie auch nichts nützen.

Und er gibt sich Mühe, aufzupassen – regelmäßig nach vorn zu schauen – er verdreht sich, hebt den Kopf, müht sich, was zu sehen, ob die Kinder auch alle die Bahn frei gemacht haben, seine und die der anderen. Er will keine Unfälle.

Tief in seinem Herzen allerdings, in dem einen Herz, das er noch hat, in dessen Tiefe hegt er den Wunsch, dass es eines Vormittags mal einen Unfall geben wird: ein ängstliches Kind, ein erschreckter Junge, der Wasser schluckt, die Orientierung verliert. Wenn das geschieht, wird Dan da sein und ihn retten.

Das übt er in Gedanken und im Wasser – die Wege, die sein guter Arm zurücklegen muss, den Griff, die Kraft, die er in den Beinen schon entwickelt hat.

Und wenn das erstmal geschafft ist, dann heißt das, er ist voll und ganz genesen, hat sich gefangen – ist ein Mann geworden, der einen Jungen retten würde, der immer vorhat und sich wünscht, einen Jungen zu retten – der kein anderer Mann wäre als der, der das täte, der wachsam wäre, ein tapferer Schweinehund, der sich kümmert.

Er hätte nie etwas getan, was er nicht gekonnt hätte. Er wäre nie der Mann gewesen, der er nicht sein konnte. Er würde nie.

Keine Streiche, die ihm die Dunkelheit spielt, keine Geräusche im Vortageslicht, keine Panik, keine Verwirrung, kein nach unten Gehen und es finden, sehen, wie es daliegt, als ob es Angst hätte und man ihm nichts tun dürfte. Keine Fehler.

Es dürfte keine Fehler geben.

Es dürfte keine Fehler geben.

Es dürfte keine Fehler geben.

EHE

Es wird nichts, das merkt er.

Das würde jeder merken.

Die Tatsache, dass das nichts wird, ist so offensichtlich, dass er vor sich sieht, wie es eine Wolke bildet, einen trüben Fleck irgendwo in seinem Hirn, genau von der Farbe des Scheiterns – übrigens eine Mischung aus Gelb und Giftgrün. Vielleicht noch mit einem Schuss Braun, wenn man drüber nachdenkt. Ja, Braun müsste auch noch drin sein. Kackbraun.

Versöhnung, ein bisschen schlendern, in Läden herumstöbern, Vorspiel für einen glatten Start in den Abend: nichts davon wird sich ereignen, nur das Scheitern.

Es regnet ein klein wenig – nerviges Nieseln – und es wird noch mehr werden, das Grau am Himmel kriecht in ihre Sachen, ihre Haut, während sich oben links etwas dunkel Fleckiges, wahrscheinlich Durchweichendes zusammenbraut. Seit sie an der Bibliothek vorbei sind, scheint sie eine Drohung von gehässigem Wetter zu verfolgen, sie auf kaum begreifliche Weise zu beobachten. Und ihre Schultern haben sich schon so zusammengezogen, weg von ihm; es sieht deprimierend aus. Das Übliche.

Sie werden also nicht zusammen lachen. Keine Gefährten sein. Nicht plaudern. Sie werden einfach laufen, vorwärts stapfen. Sie wird ihren Nachmittag versauen.

Ihre Füße werden weiter einen Takt schlagen, der nicht seiner ist, der anscheinend nicht mal so ganz ihrer ist. Sie wird vor ihm her marschieren, einen ganzen Meter Abstand halten, wie ein Keil zwischen ihnen. Es gefällt ihr, wenn er ihren Rücken betrachten muss – einen Rücken, der umso beredter wird, je länger er ihn anstarrt. Augenblicklich ist der Rücken zugleich gekränkt und verbittert – in einer halben Stunde wird er sich zum Märtyrer entwickeln, und sie zum Abbild stillen Duldens. Er merkt, dass er schon angefangen hat, ihre Wirkung Passanten gegenüber mit einem Achselzucken abzuschwächen. Besonders interessierte Fremde bekommen etwas geschürzte Lippen und leicht hochgezogene Brauen geboten, die so etwas ausdrücken sollen wie –

Meine Frau – man muss sie einfach lieben, oder? Na, ich muss es jedenfalls. Ist ein wenig launisch, könnte man sagen. Ein bisschen überzüchtet. Aber wir trotzen den Stürmen. Ja, das tun wir. Wir beide. Wie jetzt gerade. Trotzen.

Oder manchmal senkt er den Kopf, der wohlerzogene Ehemann, und hält nach gleichgesinnten Herren Ausschau.

Mal wieder die Rote Karte gekriegt. Ich Trottel.

Ein paar Kreuzungen zuvor hat sie das Tempo erhöht, und sie hastet immer noch. Allerdings rennt sie nicht: nicht so offen und auffällig, und auch nicht entspannt oder mädchenhaft, sie fällt nicht in Laufschritt – sie ist eine feinsinnige Frau und hat sich für eine Art gehetzten Hastens entschieden, weil ihn das am meisten stört. Sie zwingt ihren Körper, bedroht zu wirken, tierhaft, und zieht ihn hinter sich her in eine ansteckende Verzweiflung. Er spürt, wie er selbst in die Bewegungen eines Ängstlichen verfällt: verfolgend, verfolgt, entkommend, zu spät für die entscheidende – wenn auch undefinierte – Hilfestellung, mit schwindender Unterstützung.

Dabei komme ich nie zu spät. Das ist ihre Masche. Ich bin pünktlich. Pünktliche Eltern – so wirst du selbst es auch. Ehe du's merkst, bist du konditioniert und infolgedessen höflich. Wenn du gebraucht wirst, bist du schon da.

Er steckt die Hände in die Taschen – weiches Flanellfutter, warm.

Auf seinen Wunsch mit Flanell gefüttert.

Mein Wunsch.

Mein Mantel.

Das ist ein Trost. Das einzige Kleidungsstück, das er sich je hat schneidern lassen. Maßgeschneidert. Eigens für seine Schultern, seine Arme, seinen Rücken zugeschnitten und angepasst, berührt er ihn wie eine leichte Umarmung, männlich, brüderlich. Sie hatte damals eine Bemerkung über den Preis gemacht, natürlich, konnte es nicht lassen. Immerhin hatte sie ihn angesehen und nicht mal gelächelt, als er von diesem erstaunlichen, altmodischen kleinen Laden erzählt hatte, auf den er gestoßen war, von den endlosen Ballen Tweed, die sie da hatten, und den bemerkenswert, ehrlich überraschend niedrigen Kosten, wenn man mal die Arbeitszeit in Betracht zog und die Tatsache, dass so ein Mantel ein Leben lang halten würde, mehr als ein Leben lang. Sie hatte einfach nur den Kopf geschüttelt, als hätte man ihn zum Narren gehalten, ihn übervorteilt. Und das hieß, er hatte keine Gelegenheit mehr gehabt, den Schneider zu erwähnen – *seinen* Schneider – sein bleiches, ernstes Gesicht, die geschickten Hände beim Maßnehmen, die feste und präzise Stimme, die seinem Assistenten – sein Schneider hatte einen Assistenten – eine Reihe von Zahlen herunterrasselte, einen Code, der seine Gestalt aufzeichnete, sich daran erinnerte und alles für sie passend machte. Und deshalb beschrieb er auch erst später die Atmosphäre vollkommener Höflichkeit.

Nicht unterwürfig, das kann keiner leiden – sie haben bloß auf die richtige Art hingesehen. Mich gesehen. Ich habe ihnen Zeit gegeben, sie haben mich betrachtet, kurz nachgedacht, und dann begriffen, wie ich sein will, wie ich eigentlich sein sollte. Sie haben mich mit mir selbst überrascht.

Erste Anprobe, und der Mann da im Spiegel trägt einen breiten Mantel, einen langen Mantel, einen mit Charakter, der Aufmerksamkeit erregt. Er steht gut und fest auf den Beinen, also hängt der

Stoff, wie er soll. Er nestelt nicht herum, muss er nicht, erwidert mei-
nen Blick – kein Starren, bloß Selbstbewusstsein, Interesse, Ruhe. Ich
mag ihn. Ich mag mich.
   Mein besseres Ich.
   Mein besseres ganzes Ich.
   Ich bin nicht besonders groß, nicht auffallend, aber sie wussten –
die Leute vom Laden waren überzeugt, ich könnte ihn tragen. Mei-
nen Mantel.
   Ich habe keinerlei Änderungen verlangt, sie nur ihre Arbeit ver-
feinern lassen – Kreide und Nadeln und Geflüster – habe mir von
ihnen diese eine Sache geben lassen, die genauso ist, wie sie sein soll.
   Schön, wenn man neu bestimmen kann, was einem zusteht.
   Während sie vorweg trappelt, spürt er, wie der Mantel an
seine Schienbeine schlägt, sein Gewicht sich um ihn legt, ihn
freundlich drückt. Bei frischerem Wetter zeigt er sich natürlich
von seiner besten Seite. Kräftige Winde drücken den Mantel
schlank an seinen Körper oder bauschen ihn weit. Bei Regen kann
er den Kragen hochschlagen, wie er es heute Morgen getan hat,
als er aus dem Haus trat, und dann taucht ein Teil seines Bewusst-
seins in eine feinere, viel elegantere Welt, wo Paare sich auf
Ozeandampfern oder in Schnellzügen kennenlernen: sorglose,
schlagfertige Menschen, die geheimnisvolle Fälle aufklären, in
Nachtclubs singen, sich nur streiten, um sich danach noch heftiger und tiefer zu verlieben.
   Bei ihm und seiner Frau geht es nicht mehr tiefer, sondern nirgendwohin.
   Sie liefen – und das schon seit Stunden, immer weiter hinein in
das Durcheinander der samstäglichen Innenstadt. Sie waren nicht
so gegangen, wie er es erhofft hatte, nirgendwo zu Mittag einge-
kehrt, nicht mit der winzigen Fähre gefahren, die Knie auf der
Glasfiberbank aneinandergedrückt, die Hände, die sich gelegentlich berührten, wenn sie über die Bucht schwankten, sich über die
fröhlichen Tiefen schwangen, das Schieben und Platschen und

Wogen. Sie hatten sich kein Mittagessen auf der Insel besorgt: jeder einen Hummer mit geschmolzener Butter, oder Taschenkrebse, irgendwas schwierig zu Essendes, Leckeres, Besonderes. Sie hatten auch nicht einfach in der Markthalle Äpfel gekauft, diese biologischen, die so besonders gesund schmecken – *Ambrosia? Nektar?* – sie haben irgendeinen pseudo-religiösen Namen, aber er kommt jetzt nicht drauf. Bloß eine Tüte Äpfel, die rundum in Ordnung sind und sauber riechen, wäre schön gewesen, die in der Hand zu halten.

Er hatte ihr einen herrlichen Tag schenken wollen, aber sie wollte nicht hören, nicht zustimmen, wollte nicht, dass er ihre Hand nahm, sondern ständig von einer Straße zur nächsten hetzen, sie überqueren, wo man nicht sollte, sich durch fahrende Autos schlängeln. Und er musste hinterher. Eine Zeitlang war sie durch schmale Gassen gestreift: liegen gebliebene Paletten, Müllcontainer voller Lebensmittelabfälle, heimliche Hinterausgänge, der Gestank und die Drohung animalischen Treibens. Er fragte sich, ob sie einem selbstzerstörerischen Impuls folgte oder ihn ins Verderben reißen wollte.

In den letzten Monaten wusste er nicht mehr, was sie wollte. Zuhause waren ihre Zimmer fast leer, bloß noch die notwendigen Dinge am Platz, zwei neue Wände aus vollen Kisten im Flur. Montagabend würde er weg sein, den Tapetenwechsel und den dazugewonnenen Platz genießen, würde sich wünschen, dass es auch ihr gefiele – umlaufender Balkon, kein schlechter Blick auf den Park. Ein echter Aufstieg. Sie hatte ihm erzählt, dass sie sich auf den Umzug freue, aber dann hatte sie ihre Sachen in diese Säcke gestopft – einen Großteil ihrer Kleider, fast alle –, hatte einen ganzen Abend damit zugebracht und sie dann raus zum Müll gestellt. Na gut, sie hatte in letzter Zeit abgenommen, ein paar von den Blusen und Röcken passten vielleicht nicht mehr, aber trotzdem – und sie hatte keine Beweggründe geliefert für diesen Opferwunsch.

Oder sie konnte sich nicht trennen – das war das andere Extrem. Einmal hatte er sie dabei ertappt, wie sie eine gepackte Kiste öffnete, das Klebeband aufschnitt und eine hässliche kleine Kaffeetasse samt Untertasse zwischen den Inhalt schob. »Die sind viktorianisch.« Ihre Stimme klang anklagend, dabei war er bloß über den Flur gegangen und hatte sie zufällig gesehen, noch kein Wort gesagt.

»Viktorianisch und grässlich.« Waren sie auch, das war eine sachliche Feststellung.

»Sie haben meiner Mutter gehört.«

»Ich habe sie noch nie gesehen.«

»Weiß ich.« Sie sah zu ihm auf, als säße sie in der Falle, als wäre das Porzellan, weil er es gesehen hatte, noch empfindlicher, noch greller bemalt und noch gesprungener als ohnehin schon.

Und dann hatte sie die Kiste so schrecklich, so melodramatisch langsam wieder zugemacht, neu verklebt, diese Wunde im Karton verbunden – so sah es aus – als wollte sie eine Wunde und ihr Schuldgefühl versorgen. Er war verwirrt gewesen – nein, erstaunt – erstaunt passte besser, als er die Szene seinen Freunden beschrieb, sagte er *erstaunt*. Hatte natürlich wie immer keinen Zweck gehabt, mit ihr zu reden – er war einfach in die Küche gegangen, hatte sich auf die Arbeitsplatte gesetzt und ein Bier aufgemacht. Warmes Bier, der Kühlschrank taute schon neben seinem Kopf ab, kleine Eisexplosionen. Er hatte mit den Füßen in der Luft gewackelt, langsam geatmet, sich wieder daran zu freuen versucht, wie bald sie weg wären, und wie das jede Handlung hier leichter machte.

Und auch die Strenge seiner Wohnung in diesem Zustand – geleert, gepackt, gestapelt – gefiel ihm gut. Im Schlafzimmer beispielsweise stand nichts mehr als das Bett. Geister und Spuren auf Teppich und Wand, wo Einrichtung sich mal eingerichtet hatte, aber jetzt war da nur noch das Bett und sonst nichts. Gestern Abend war ihm das eine Zeitlang bemerkenswert gut erschienen – sein Zimmer, seine Frau, sein Bett. Eine Einladung. Er war ins Dunkel geschritten, hatte sich davon reizen, aufheizen lassen, als er von der Tür ins Innere tappte, ein Widerhall von all den nackten Oberflächen, die jede Bewegung wunderbar erschreckend vergrößerten, jedes Geräusch ein Bersten, ein Knacken, ein Klatschen.

Keine Ahnung, wo sie hin will.

Sie selbst auch nicht, glaube ich.

Seine Frau ist an einer Reihe von Betonbarrieren angelangt, an einem Maschendrahtzaun, dahinter ein künstlicher Abgrund, wo die Stadt das Fundament für eine neue Bahnstrecke aushebt. Die Bauarbeiten haben Querstraßen abgeschnitten und Teile aus der Straße geschaufelt, die sie anscheinend nehmen wollte.

Also hatte sie vielleicht doch ein Ziel.

Oder vielleicht ist sie bloß durcheinander.

Könnte sich verlaufen haben.

Gar nicht so unwahrscheinlich. Oder sie ist erschöpft und ein bisschen verwirrt, überreizt.

Ich auch.

Er könnte zu ihr aufschließen, Schulter an Schulter, aber er lässt es, weil sie das womöglich noch mehr verstören und zu einer Art Turbulenz führen würde. Andere Passanten, fällt ihm auf, schauen recht oft zu ihr, aber lächeln oder sprechen nicht. Auch sie wollen nichts mit ihr zu tun haben. Und obwohl er sich von ihr ferngehalten und seit Stunden nicht hat anmerken lassen, dass er diese Frau da vor ihm kennt, hat sich doch niemand in den Zwischenraum geschoben, ist niemand eingeschritten. Das findet er seltsam.

Sie geht wieder los, viel langsamer. Er schlendert hinter ihr, um das breite Ende der Baustelle herum, dann am Zaun entlang, an den Warnschildern, dem versunkenen Lärm. Beim Gehen schaut sie durch den Zaun hinunter in den Schacht, und er sieht ihr Gesicht, ihre rechte Wange und ihr Auge.

Dieses Mal habe ich es gespürt.

Und wie.

Ist mir durch den Unterarm gezuckt.

Manchmal vergisst sie, dass ich Linkshänder bin, duckt sich in die falsche Richtung.

Manchmal sieht sie es auch nicht kommen.

Gerechterweise musste man sagen, dass er ihr selten ins Gesicht schlägt – damit konnte sie nicht rechnen.

Aber im Schlafzimmer – so hungrig, leer, abgeschirmt um ihn her – was da war, war ganz und gar, wirklich und wahr, seins – was man brauchte – aufs Wesentliche reduziert – sie ist seine Frau, mit ihm verheiratet – sie war in seinem Heim, in seinem Zimmer, in seinem Bett, in seinem Dunkel und sollte seine Liebe sein – das Gefühl ihres Lächelns, danach suchte er, sein Mund ganz dumm, weil er es finden wollte, weil er darauf zählte, dass sie für ihn lebendig war – aber sie drehte sich weg, drehte ihm den Rücken zu – diese unendlich, so unendlich kalte, dämliche Zicke – drehte sich einfach weg.

Klar, am Ende ließ sie ihn – irgendwann ließ sie ihn – lag da wie totes Fleisch, und er *durfte* – *durfte* – seine eigene Frau.

Also hörte er auf.

Zog ihn raus und hörte auf.

Hing da.

Feucht.

Heiß.

Das Atmen so laut im Kopf.

Schlug sie.

Bloß einmal.

Das Geräusch.

Fantastisch.

Wie ein Schuss.

Danach kam er.

Wieder rein, und er kam.

Wie ein Schuss.

Und deshalb musste sie heute auch so komisch sein.

Sie ist stehen geblieben, die rechte Handfläche gegen den Zaun gepresst, drei Finger durch die Maschen gebogen, angespannt. Weil es endlich doch möglich scheint, geht er langsam auf sie zu, so dicht, dass ihre Atemfahne ihn erreicht. Unten stehen zwei Männer mit Schaufeln auf etwas, das wie eine zerbrochene Schieferplatte aussieht. Sie ist genauso klumpig lila und grau wie der Himmel, vielleicht ist sie auch bloß nass, spiegelt einen Moment lang den Himmel und ist selbst viel weniger eindrucksvoll. Irgendwie hat es jedenfalls etwas Seltsames, das Ganze – Schaufeln wirken doch altmodisch bei so einem modernen Vorhaben, einer Hochgeschwindigkeitsstrecke, einem Vorzeigeprojekt. Der Stein da unten hat auch etwas Komisches – dieses bloßgelegte Echo des Himmels unter der Erde, und drei oder vier Stock tief graben zu müssen, um ihn zu erreichen, um etwas zu enthüllen, das so versteckt und so dauerhaft ist, dass die ganze Stadt um ihn davon erzittert, die lachhaften Gebäude, der langsame Verfall, der in allem wohnt.

Unter ihnen knirschen die Metallschaufeln, wenn sie in die losen Steine geschoben werden, sie aufnehmen.

Sie fängt an zu weinen. »Ich weiß nicht, wie sie das aushalten.« Keine Szene. Leises Weinen.

Zusammen beobachten sie die beiden Männer, die im Regen arbeiten. Jedes Mal, wenn die Schaufelblätter in die Brocken stoßen, hört man ein mineralisches Quietschen, spürt ein historisches Gewicht.

Sie wiederholt leiser: »Ich weiß nicht, wie sie das aushalten.«

Und er deckt ihre Hand mit seiner zu, zieht sie zu sich herum, an sich. Ein leichtes Zittern in ihren Armen, ihrem Rücken, doch er hält sie so fest, dass es verebbt, und er lässt sie die unverletzte Gesichtshälfte gegen seine Brust drücken und seine Finger über der verletzten schweben, aber berührt sie nicht, denn er weiß, was da ist, und das ist genug.

»Sie halten es ganz gut aus.«

Und er streicht ihr übers warme Haar, legt ihr die Hände um den Kopf und dann beide Arme um sie, beruhigt sie: die Form seines Mantels, stellt er sich vor, verleiht der Szene mehr als nur ein bisschen Romantik. Sie werden bewundert werden, die Aufmerksamkeit der Straße erregen. Und alle, die sie sehen, werden sicher sein – so sieht sie aus. Genauso sieht sie aus. Die Ehe.

MEINE GESCHICHTE

In dieser Geschichte bin ich wie ihr.

Im großen und ganzen bin ich genauso: genau wie ihr. Genauso ist gut. Genauso ist, wie wir sein sollten. Es ist tröstlich und bindet uns sanft aneinander, vereint uns, erklärt uns und erzählt uns die angenehmsten Geschichten, die uns bestätigen, wie gut wir hineinpassen, Geschichten, die unsere Aufmerksamkeit erregen, die uns hinsehen lassen.

Das verstehe ich.

Ich verstehe vieles – sehr oft – fast immer –, vor allem die Geschichten. Sie sind eine Willensübung: In ihnen kann alles so sein, wie ich es mir wünsche. Sie sind Welten, die mir aufs Wort gehorchen, freundlichere, schönere Welten: in vielen von ihnen habe ich zum Beispiel keine Zähne.

Denn ich glaube, mit einem Schnabel wäre mir besser gedient. Warum also keinen haben? Das dürfte doch nicht unmöglich sein. Ich habe das Gefühl, ein Schnabel könnte mich glücklich machen, ganz außerordentlich zufrieden: in seiner Art irgendwie nützlicher und schnittiger – geeignet, Nüsse zu knacken, Finger zu greifen, Samen zu picken. Nicht dass ich je Appetit auf Samenkörner verspürt hätte, aber der Gang der Gelüste lässt sich nicht vorhersagen.

Und Schnäbel gibt es in unterschiedlichsten Größen: auch ein Vorteil, ebenso wie die verschiedenen Ausführungen. Modell Tukan wäre gut für Partys, Gebrüll, schwere Körperverletzung.

Modell Ibis: vor allem für Beerdigungen und Klempnerarbeiten. Spatz: bestens für Online-Dating und Chips essen. Die Möglichkeiten sind, wenn nicht unbegrenzt, so doch umfassend. In einer vernünftig geordneten Welt würde mein inneres Wesen mir den wahren, mir zugehörigen Schnabel wachsen lassen, würde ihn nähren, bis er richtig zu mir passt – Papagei, Kolibri, Dompfaff, Albatros –, und ich könnte mich durch ihn ausdrücken, würde klar sichtbar sein, erfüllt, endlich würde mein ganzes Äußeres eine erkennbare Richtung nehmen – eine zahnfreie – eine zahnarztfreie.

Meine Geschichte spielt – wenn man so will – beim Zahnarzt.

Denn meine Zähne waren immer schon ehrgeizig, problematisch, raumgreifend. Ich hatte nie genug Platz für alle, also mussten sie raus: Milchzähne, Erwachsenenzähne, Weisheitszähne: mehrere Hand voll im Laufe der Jahre, praktisch eine ganze Klaviertastatur. Als ich klein war, bekam man natürlich beim Ziehen noch Lachgas – das handelsübliche, potenziell tödliche Betäubungsgas, das in meinem Fall von einem älteren Herrn mit unhygienisch behaarten Ohren verabreicht wurde, der sich über mich beugte, unheimlich grinste und – wirklich jedes Mal – ausrief: »Guter Gott, Liebes, die sind aber groß, deine Zähne«, während er mit der schwarzen Gummimaske herumwedelte und sie mir dann aufs Gesicht setzte, Mund und Nase auf einen heftigen, kühlen Schlag einfing: »Tief einatmen, Liebes. Zähl rückwärts von zehn.«

Und ich schloss die Augen und stellte mir seine buschigen Werwolf-Ohrläppchen vor, dann zählte ich ungefähr bis sieben rückwärts, bevor ich diese kippenden grauen Schrägen sah, die sich um einen Mittelpunkt falteten, hinter meinen Augen glatt zusammenliefen und mich dann hinunter ins Dunkel wälzten.

Nun, wie es aussieht, vertrage ich Chemikalien nicht besonders. Ich habe keine Wahl – so bin ich nun eben beschaffen. Empfindlich.

Im Zahnarztstuhl gab man mir Lachgas, und ich wurde auch vorschriftsmäßig bewusstlos. Ich tauchte wie in einem Cartoon tief durch eine sich verbiegende Leere, während der Zahnarzt seine Arbeit tat – das Ziehen, das Drehen –, dann schwebte ich wieder nach oben und trieb auf der Oberfläche wie ein kleiner Matrose auf Landurlaub: reizbar und landkrank und total hinüber.

Meine erste Erfahrung mit der Freiheit der Unzurechnungsfähigkeit. Dies Schwanken und Wiegen, dies donnernde Vergnügen. Es ist immer am besten, man gönnt sich seine Freuden, bevor man merkt, was sie bedeuten.

Wenn ich zu mir kam, kümmerte sich eine Sprechstundenhilfe mit ihrer Nierenschale und den kleinen Handtüchern um mich: ein bisschen nachdenklich vielleicht, fürsorglich – der mütterliche Typ, ohne Mutter zu sein, und deshalb Kindern gegenüber sehr idealistisch, manchmal geradezu lachhaft. Sie war jedenfalls, wie soll ich sagen, nicht direkt auf das Ausmaß meines gewalttätigen postoperativen Unbehagens gefasst: meine winzigen geschwungenen Fäuste und meine Verwirrung, mein nicht ungerechtfertigtes Gefühl des Verlustes.

Ich habe keine Ahnung, was ich bei solchen Gelegenheiten schrie – ein kleiner Mensch, der ausfallend wurde, die Beherrschung verlor, sich in eine herrliche Wut hineinsteigerte. Wenn ich diese Geschichte erzähle, werde ich so tun, als wüsste ich es.

Ich werde sagen, dass ich – rasend schnell und tief empfunden – Folgendes von mir gab: »Geht weg von mir! Lasst mich in Ruhe! Ich kriege euch! Ich hetze euch Ernie und Bert auf den Hals! Und das Krümelmonster! Mir die Zähne rauszureißen … mich reißt auch nie jemand raus – höchstens aus dem Schlaf – und schleppt mich dann zum Zahnarzt – damit der mir noch mehr Zähne rausreißt. Ich brauche meine Zähne für die Zahnfee – ich bin doch erst fünf, Herrgott noch mal! Das ist mein einziges Vermögen da drinnen. Wie soll ich mir denn sonst was zusammensparen, um hier rauszukommen? Ich könnte auf die Bühne – so als Sehenswürdigkeit – und mein Manager würde mich bestimmt genauso behalten wollen, wie ich bin – *Das Mädchen mit dem Haigebiss – was man auch zieht, es wächst wie neu – von Kopf bis Fuß aus Elfenbein.* Dann hätte ich Grund zum Grinsen. Und zwar mit allen Zähnen.«

Das stimmt zwar nicht, hilft aber der Diagnose – so mache ich mich verständlich.

Denn ich will auf keinen Fall etwas vor euch verbergen.

Die Überraschung über mein eigenes Blut, die ist wahr – dick und lebendig und seltsam schmackhaft –, daran konnte ich mich nie gewöhnen, dass mein Inneres nach außen tritt – auf mein Gesicht, meine Hände. Selbst wenn ich heute stolpere, stürze, sorgt mein Blut erst für Erstarrung, dann für Verwunderung. Es hat etwas Hypnotisches – mich selbst davonlaufen zu sehen. Und Menschen meines Schlages laufen so leicht davon: kleine Vogelherzen pochen in unserer Brust und große, schreckerfüllte Adern.

War ich aus der Praxis raus, kam der Kater – natürlich, natürlich, natürlich – aber da ich ein Kind war, war es eine milde Sorte Kater, eher so eine Art sanfter Nebel als Kopfschmerzen. Darüber hinaus bekam ich Arme Ritter und gekochte Eier, weiches Essen für einen mitgenommenen Mund und den plötzlichen Hunger – richtig kräftigen Hunger – und stillen mütterlichen Trost, mit kleinem Löffel verabreicht. Dann in die Badewanne und früh ins Bett, von grellen Träumen geschüttelt, von Dieben und Tunneln und um mein Leben rennen, durch mein Leben hindurch und auf der anderen Seite wieder hinaus und ins Nichts: der Kupfergeschmack der Abwesenheit, flüssige Hitze.

Als ich älter wurde, beschloss ich, keine Zeit mehr zu verschwenden – musste mich mit Menschen und Dingen abgeben –, und es wurde verlockend, dem dentalen Problem schlicht auszuweichen. Ich putzte mir regelmäßig die Zähne, duckte mich, aß nur noch Vollkorn, damit sie sich abnutzten, aber es nützte nichts: meine Zähne sind entschlossen. Hartnäckig.

Mit vierundzwanzig, fünfundzwanzig sitze ich also wieder in einer Praxis – ein neuer Zahnarzt – und verabschiede mich von meinem ersten Weisheitszahn. Diesmal mit örtlicher Betäubung, viel praktischer und sicherer, und die Spritzen waren zwar kein Spaß, aber ich hoffe doch, sie erfüllen ihren Zweck – größtenteils sehe ich mit einem Auge etwas verschwommen, aber kein Grund zur Aufregung – und da kommt schon der Zahnarzt – ein großer, breiter Mann, fleischige Unterarme, kraftvoller Griff –, und es liegt auf der Hand, dass er jetzt die Betäubung prüfen, ein bisschen herumklopfen wird, um zu sehen, ob alles taub und ich also glücklich bin – aber das tut er nicht. Er tut – es – nicht.

Hier sollte ich kurz innehalten, dann kann die Geschichte Luft holen und euch eventuell sogar zuzwinkern. Ich trete zurück, lasse euch vortreten, damit ihr seht, was als Nächstes passiert. So bleibt ihr bei uns. Bei mir.

Und darum geht es.

Dass ihr bei mir bleibt.

Also: Nein, der Zahnarzt überprüft nichts, er zeigt weder Neugier noch Geduld, geht gleich mit voller Kraft und einer Zange und ohne Vorwarnung an die Arbeit, ein Klappern, ein drehendes Reißen, und dann ein Zahn – ich sehe meinen Zahn ohne mich, wie er rot ins Licht grinst – und ich bin verwirrt ob dieses Gefühls, dieses aufkeimenden Gefühls, das ich nicht genau identifizieren kann – es ist groß, riesengroß, und bewegt sich daher recht langsam, braucht den vollen Countdown von *zehnneunacht*, bis es richtig da ist, aber dann weiß ich, dann ist mir voll und ganz und im tiefsten Herzen und beinahe übernatürlich bewusst, dass ich Schmerzen habe. Und zwar bisher absolut ungeahnte Schmerzen – von der Sorte, die ich mir vorzustellen versucht und gegen die ich mich mit innerer Abkapselung und äußerer Hilfe zu wappnen versucht habe. Gefühllosigkeit ist am besten – gefühllos versuche ich immer zu werden, in jeglicher Hinsicht – der Schmerz hat mich dennoch gefunden. Hier ist er und übersteigt jede Vorstellungskraft.

Der Gerechtigkeit halber muss ich erwähnen, dass der Zahnarzt wirklich verstört war – er sah auf mich herunter und sagte mehrmals »Oh je«, bevor er mir einen Stuhl in seinem Büro und eine Erklärung anbot, in der falsch liegende Nerven vorkamen – technisch gesehen war es meine Schuld, dass ich mit diesen Nerven hergekommen war. Seine Sprechstundenhilfe reichte mir eine tröstliche, aber auch grausam schmerzhafte Tasse Tee.

Ich ging zu Fuß nach Hause – es war nicht weit – schwindlig und aufgeputscht vom Adrenalin. Das mischen sie dem Betäubungsmittel bei, wahrscheinlich, um ihm einen zusätzlichen Kick zu geben. Das heißt, du gehst zum Zahnarzt – zu jemandem, der sich um dich sorgen sollte –, und er verabreicht dir Schrecken – nackte Angst –, du spürst sie durch deine Arme rauschen und ihre Lippen fest über den kleinen Vogel in deiner Brust schließen.

Und vielleicht, möglicherweise, ist es eigenartig, dass dir das so bekannt vorkommt, so haargenau wie der simple Stoß, der dich an so vielen Morgen durchzuckt, und du näherst dich deinem Haus und fragst dich wie üblich, ob so viel Furcht nicht doch einen reellen Grund hat. Vielleicht hat ein Rohrbruch unter deinen Bodendielen Schimmel und Fäulnis hervorgerufen, vielleicht bist du krank – vielleicht ist das, was dein Zahnarzt und seine Sprechstundenhilfe, sobald sie sicher waren, dass du sie nicht verklagen würdest, *eine Kopfverletzung* nannten, wirklich bedrohlich – jetzt kommst du dir sehr tapfer vor, weil du dich nicht beklagt hast, aber es klingt doch in mancher Hinsicht übel. Und wenn du schon mal anfangen willst, dir Gedanken zu machen: vielleicht solltest du diesem Typen kein Geld leihen – es ist dein Typ und dein Geld, aber solltest du die beiden nicht trotzdem auseinanderhalten? Du magst sie beide, aber sollte man sie nicht voneinander trennen? Und wenn er nun nicht ausschließlich dein Typ ist? Dieses ungute Gefühl beschleicht dich schon länger, dieses leise Flüstern – heute ist es ein Schrei. Und vielleicht läuft dein Leben irgendwie schlecht, ist irgendwie falsch ausgerichtet, wenn das Herausreißen eines lebenden Zahns aus dem Kieferknochen dich und deine Lage nicht mehr erschüttert als eine durchschnittliche Nacht, eine gesellige Nacht gar, ein paar Schritte in Richtung Freude?

Empfindlichkeit, versteht ihr? Die bringt einen auf Gedanken.

Ich erreichte meine Wohnung, öffnete die Tür und setzte mich aufs Sofa, drückte die Hände aneinander, um ihr Zittern zu dämpfen und den Eindruck zu vermeiden, vom Weg abgekommen zu sein – fünfundzwanzig Jahre und keinen richtigen Beruf, keine kluge Strategie, keine rechte Beziehung.

Und zu viele Zähne.

Aber man versucht, den Kopf oben zu halten, nicht wahr? Und man hat ja noch Zeit. Mit fünfundzwanzig hat man jede Menge Zeit.

Mit fünfunddreißig wird es schon eine Spur unerfreulicher – ist man erstmal fünfunddreißig, wird einem klar, dass man Dinge erwartet, die nicht da sind: Küchenausbau, Dinnerpartys, Heimwerken, die Möglichkeit, Weihnachtskarten mit *Alles Liebe von uns beiden* zu unterschreiben. *Alles Liebe von uns allen.*

Stattdessen passe ich auf das Haus von Freunden auf.

Dieser Abschnitt der Geschichte soll euch gefallen, und dieses Gefallen soll sich auch auf mich selbst ausdehnen. Schwäche und Versagen haben Charisma, eine Art Nacktheit, die bezaubert.

Also.

Wenn ich auf das Haus aufpasse, habe ich Gesellschaft.

Natürlich nicht richtig – die Besitzer sind ja nicht da, sonst müsste ich nicht aufpassen –, sie haben nur ihre Katzen dagelassen. Und eine Häuslichkeit, die keinerlei Mühen mit sich bringt: brasilianische Putzfrau, Lederkissen, eine große Anzahl überflüssiger und beunruhigender Dekorationsgegenstände.

Es ist ganz anders, als wenn ich selbst Katzen hätte, alleine mit Katzen lebte, als wenn ich mir die Fingernägel zehn Zentimeter lang wachsen ließe und durch den Briefschlitz kicherte, wenn der Pizzabote käme, als wenn ich zu ihm hinausspähte und nach Katzen röche – so ist es ja nicht.

Es gibt nämlich diese anderen Leute, die sind nicht ich und denen gehören die Katzen, und ich begegne ihren Tieren höflich, aber mit emotionaler Distanz, ohne jede Spur von Abhängigkeit oder Verzweiflung. Der Gedanke sollte nicht aufkommen, dass diese Freunde Mitleid mit mir haben, dass der Mann mehr Mitleid hat als die Frau, dass sie sich über meine Vertrauenswürdigkeit während ihrer Abwesenheit gestritten haben, und über ihre Besitztümer, und dass sie Zweifel an der Aufsichtsfähigkeit einer Portugiesisch sprechenden Putzsüchtigen hegen, die zwei Mal die Woche jede erreichbare Oberfläche ihres Hauses poliert: Tische, Gläser, Äpfel, Türgriffe, die Haut zwischen den Bereichen, wo die Luft endet und mein Wein beginnt. Ich werde nichts von der Unzahl leicht hysterischer Notizzettel berichten, die sie mir hinterlassen haben, oder davon, dass ihre barmherzige Tat von einem schmutzigen Gefühl, von bevorstehender Traurigkeit überschattet wurde.

Wichtig zu erwähnen ist nur, dass ich an diesem speziellen Abend meiner Hauswache fröhlich und entspannt war. Ich hatte beide Tiere gefüttert und wollte ausgehen – eine Verabredung – eine Variation des Themas Verabredung. Der betreffende Herr und ich hatten ein Übergangsstadium erreicht – will sagen, ich hatte es erreicht und fragte mich, ob er wohl auch –, und ich muss das Beste aus dem machen, was ich kriegen kann, also war ich vorzeigbar gekleidet, bereit, meinen Charme spielen zu lassen, und ohne die Nähte in meinem Mund wäre ich in Bestform gewesen.

Schon wieder eine Zahnbehandlung – Kieferchirurgie, aber mit Mundspülung, Antibiotika und Schmerzmitteln – sehr starken.

Ich mag sie stark.

Also alles in Ordnung.

Ich sehe schick aus.

Und ich gleite – wie ich finde – elegant ins Restaurant, nachdem ich es endlich gefunden habe, es ist ganz anständig, ein Italiener. Also kann ich Pasta essen – etwas Weiches.

Und da ist meine Verabredung – mein »So was wie ein Rendezvous« – und er sieht blendend aus.

Ganz großartig. Wie ein neuer Mensch.

Wirklich verblüffend.

Er sieht im Grunde aus wie jemand anders.

Ja.

Ist er auch.

Er ist jemand anders.

Ich winke jemand anderem zu. Der Mann, mit dem ich mich treffe, sitzt weiter hinten links und winkt nicht. Um genau zu sein winkt niemand außer mir, und ich würde auch gern aufhören, aber der Gesichtsausdruck meiner Beinahe-Verabredung hat mich abgelenkt.

Ihn überkommen offenbar Gefühle, die mir nicht helfen werden.

Aber ich kann den Abend noch retten. Ich bin eine Kämpferin. Ich erkläre ihm ganz ruhig und entspannt meine derzeitige Geschichte: die Drogen, die ich gerade nehme – verordnete Medizin – das dennoch verbleibende Unwohlsein, meine Probleme mit der Aussprache – und vielleicht möchte er mir ja auch seine Erlebnisse der Woche berichten, und ich kann zuhören.

Leute mögen es, wenn man zuhört.

Sie haben auch ihre Geschichten.

Aber er gibt mir nichts zum Zuhören.

Also spreche ich über meine Wurzeln – *die* Geschichte –, ein wenig wütend, denn er hätte es besser machen, besser sein, Trost spenden sollen. Meine Zahnwurzeln sind dreiundzwanzig

Millimeter lang, ziemlich beeindruckend, fast ein Zoll. Ich erzähle ihm von meinen Wurzelkanälen. Ich fasse zusammen, was alles zu einer Wurzelspitzenresektion gehört – das Aufschneiden des Zahnfleisches, das Abschälen der Gewebeschichten, das Aufbohren des Knochens, der Lärm.

Kein bisschen romantisch, aber das will ich auch gar nicht sein, nicht mehr. Ich betrachte ein Stück Raum knapp rechts über seinem Kopf, wo sich wieder mal ein Teil meiner Zukunft schließt, ins Nichts zusammenfaltet, heiß und nach Kupfer schmeckt.

Es könnte schlimmer sein: du könntest auch fünfundvierzig sein, wo sich alles schräg legt und grau wird und an einem Punkt hinter den Augen zusammenläuft, und du bist nicht weggerannt, du hast darauf gewartet, dass die Welt auf dich zukommt, du hast ihr eine Gelegenheit nach der anderen geboten. Darüber hinaus hast du Schwierigkeiten aufzuzählen, was du noch getan hast oder wer zu dir gehört. Nach so vielen Jahren bemerkt man allerlei Veränderungen, Zusätze, die dich so wie alle anderen machen würden, die dich einfügen, sanft festbinden, passend machen würden.

Aber daraus ergibt sich keine Geschichte – bloß eine Liste.

Ein weiteres Zahnabenteuer, das bringt uns voran – eine neue Praxis, eine neue Zahnentfernung, eine neue Geschichte und dieser verbliebene Weisheitszahn: Er ist schüchtern, ihm fehlt die Richtung, es ist Zeit, dass er herausgeschnitten wird.

Diesmal ein fröhlicher Zahnarzt, ein redseliger. »Das wird eine ganz einfache Operation. Natürlich ist es ein *chirurgischer Eingriff*, aber Sie bekommen ja eine gründliche örtliche Betäubung.« Was ja wohl das Mindeste ist, was ich erwarten kann – und ein Gespräch, das ist immer ein Segen – eine weitere Stimme neben meiner eigenen, jemand, an den ich glauben kann.

Er führt die Nadel ein, »Das hätten wir ...«, und die Taubheit kriecht hinauf zu meinem Auge. Schon wieder. Falsch verkabelt. Jetzt habe ich also mehr Schmerzen im Mund als vorher und bin noch dazu halb blind. »Na, dann kümmere ich mich mal darum – so.«

Ah, das ist besser, so ist es gut. Ganss doll.

Das ist meine Sprechstimme, meine laut ausgesprochenen Worte, die für alle anderen als euch. *Darum sind sie kursiv gedruckt* – daran erkennt ihr sie.

Soss beser. Dass jeds gnuch Bekäubng. Sie könn weikermachn.

Wenn wir unter uns sind – so wie jetzt, und das sage ich nur zu euch, zu niemandem sonst – dann brauchen wir keinen Kursivdruck.

Da können wir allein und normal sein.

»Nein, ich glaube, Sie brauchen noch ein bisschen mehr.«

Und an dieser Stelle verabreicht mir der Zahnarzt noch mehr Betäubungsmittel, und ich bemerke, dass seine Hände ein wenig nach Cornflakes riechen – seine Handschuhe haben so einen leichten Cornflakes-Geruch – ein Detail, das ihn glaubhaft wirken lässt, nicht wie einen Albtraum.

»Vielleicht hier noch einen kleinen Schuss.«

Wie bdde? Nein, nein, gasss nbisschn chiel.

»Und noch etwas mehr.«

Beschkimmt nich, oger?

»Und noch mehr. Hervorragend.«

Ich chühle meine Aame nich mehr.

»Die Wirkung des Anästhetikums lässt normalerweise nach drei bis vier Stunden nach. Aber wenn man so dicht an einem Nerv arbeitet, dann kann es in sehr ungewöhnlichen Fällen vorkommen, dass sie erst nach drei oder vier…«

Es wäre banal, hier jetzt eine Pause einzulegen.

Also lassen wir es.

»… Monaten vorbeigeht, und bei ganz außerordentlichen Patienten bleibt es…

… ihr ganzes Leben so.«

Hmf?

»Los geht's.«

Es ist ja durchaus so, dass ich die Aussicht auf völlige Fühllosigkeit zu schätzen wüsste – aber das wäre es ja nicht – hier geht es um Horror verbunden mit Lähmung – nur ganz leicht übertriebene Lähmung. Ich kann ihn nicht schlagen, ich kann ihn nicht abschütteln, und er bohrt und wühlt, wühlt und bohrt, und das Ziehen des Zahns dauert fünfundvierzig Minuten.

Ehrlich.

So lange dauert es – keine Übertreibung.

Er hat Blut im Haar.

Mein Blut.

Endlich werde ich entlassen, es ist vorüber, die Stiche sind genäht, und ich renne aus der Praxis.

Na ja, ich zahle die Rechnung und renne aus der Praxis.

Na ja, ich zahle die Rechnung und bitte sie, mir ein Taxi zu rufen, und renne aus der Praxis.

Na ja, rennen kann ich eigentlich nicht, ich verlasse die Praxis also so gut ich kann, und warte auf mein Taxi, zufällig in einem recht bunten Stadtviertel, wo sehr entspannte Herren des Nachmittags über die Straßen schlendern und womöglich gar singen. Vielleicht findet sich auch auf dem einen oder anderen Revers ein wenig Erbrochenes. Vielleicht findet sich auch nur Erbrochenes und gar kein Revers. Hier stehe ich also – so gut ich kann – und ich höre von hinten einen sehr entspannten Herrn näher kommen.

Er sagt so etwas wie »Tschaaaa.« Keine tolle Geschichte, aber die Wahrheit, und ich weiß, was er sagen will, denn ich spreche Alkoholisch. Habe ich gelernt.

Er hat mich erreicht und sagt das Erwartete – »Schuldigung hamse mal zwanzich Pence fürne Tasse Tee.« Ich drehe mich mit meinem blutenden Mund und meinem Triefauge und meinem unkontrollierten Arm und meiner geschwollenen Zunge zu ihm um und sage: »Keine Ahnng. Hab selbs nich son gutn Tach.«

Also gibt er mir zwanzig Pence.

Und einen wenig gebrauchten Bonbon.

Und einen Kuss.

Wenn man kann, sollte man jede Geschichte am besten mit einem Kuss beschließen.

Wenn man kann.

Meine Geschichte spielt – wenn man so will – beim Zahnarzt. Die Geschichte, die euch bei mir gehalten hat und wahr gewesen ist. In den wesentlichen Zügen war sie nichts als die Wahrheit. So wahr wie heute Abend mit dem Gedanken an Blut unter der Zunge ins Bett zu gehen, oder wie den alten Träumen von Raub und Tunneln zu begegnen, in denen ich durch mich hindurch, über mich hinaus und immer weiter laufe. Und manchmal wache ich mit Schmerzen auf und möchte mir schöne Weißbrotstreifen und ein flüssigweiches Ei machen, und es ist immer verlockend, das Thema zu vermeiden, aber ich habe es satt, Sprachen zu sprechen, die niemand versteht, und ich habe nur diese Worte, keine anderen, das macht meine Geschichten schwach und unmöglich – so unmöglich wie die Weihnachtskarten – *Alles Liebe von uns allen* – wie die Gute-Nacht-Küsse und die Schlafanzüge, die Wutanfälle und die verlorenen Schuhe, das Sammeln der erstaunlichsten Gegenstände: Figürchen, Strandscherben, Dichtungsringe – das sind solche Einzelheiten, über die nicht gesprochen werden sollte. Sie sind so unmöglich wie die vielen Arten zu verbergen, auf die sich mein Inneres nach außen ergießt, sich an meinen Händen, in meinem Gesicht zeigt.

So unmöglich, wie eine Geschichte von einem Neuankömmling zu erzählen – einem kleinen Menschen, der sich allmählich ausdehnt – jemand, der wächst und wunderschön ist, aber nicht vollkommen; die Geschichte von seinem ersten Zahnarztbesuch, der ersten Angst, die ich verscheuchen möchte. Meine Pflicht wäre, dafür zu sorgen, dass wir sie überwinden, denn wir können jeden Schmerz überleben, auch wenn er uns verändert, uns mehr zu uns selbst komprimiert. Das Kind und ich, wir hätten keine Angst, aber wir hätten Geschichten, und jede von ihnen würde so anfangen:

In dieser Geschichte bist du nicht wie ich.

Mein ganzes Leben lang werde ich Sorge tragen, dass wir nie genau gleich sind.

MIT GEFÜHL

»Ist das klug?«

»Bitte?«

»Ich habe gesagt – *ist das klug?* Das heißt ... ich wollte einfach kein Schweigen – nicht gerade jetzt. Glaube ich. Nervosität.«

»Du machst also Konversation.«

»Vielleicht. Aber wohl nicht besonders gut ... Aber trotzdem muss ich fragen – ist das klug?«

»Möchtest du, dass es klug ist?«

»Komm mal einen Moment her. Wenn du da drüben stehen bleibst, werde ich einsam. Ich möchte ein bisschen kuscheln.«

»Und hoffentlich noch ein bisschen mehr. Ich wollte die Vorhänge zuziehen. Damit du das Licht anmachen kannst.«

»Damit wir was sehen können.«

»Damit wir was sehen können. Also, da bin ich.«

»Gott, riechst du gut. Und fühlst du dich gut an. Und die Dame möchte die Vorhänge zu haben, aber auch einen fremden Mann ... in ihrem Hotelzimmer ... schon in Ordnung.«

»Bist du ein fremder Mann?«

»Du kennst mich nicht.«

»Aber du kommst mir nicht befremdlich vor.«

»Du hast keine Angst?«

»Sehe ich so aus?«

»Nein.«

»Möchtest du, dass ich ängstlich aussehe?«

»Nein. Eigentlich nicht. Aber das kannst du weitermachen. Bisschen höher. Bisschen tiefer. Perfekt.«

»Wie Schneewittchen und das Bettchen. Oder das Tellerchen. Was wärst du lieber – Teller oder Bett?«

»Rate mal.«

»Das wäre eigentlich nicht geraten. Liegt ja auf der Hand.«

»Dass ich eindeutig ein Teller-Typ bin?«

»Genau ... Und außerdem ist es ja wohl ein Unterschied, ob man befremdlich ist oder ein Fremder. Dass du ein Fremder bist – das ist doch irgendwie das Entscheidende, oder?«

»Ehrlich?«

»Und du siehst ganz okay aus.«

»Oh, vielen Dank.«

»Ich meine harmlos.«

»Na, vielen herzlichen Dank auch!«

»Okay, du siehst aus, als würde ich gleich mit dir ficken. Und du mit mir. Wie klingt das?«

»Das klingt ... wahr. Sollte ich also ...«

»Wo willst du hin?«

»Meinen Mantel über den Stuhl hängen – wenn er auf dem Boden liegt, denke ich die ganze Zeit dran, dass er auf dem Boden liegt ... ich bin ein ordentlicher Mensch.«

»Und nervös.«

»Klar. Warum nicht ... Deine Schönheit macht mich nervös ... und du siehst auch nicht befremdlich aus. Falls du das gerade fragen wolltest.«

»Woher weißt du das – Rose West sah auch nicht wie eine befremdliche Frau aus.«

»Doch, sah sie. Und fett sah sie auch aus. *War* sie.«

»Hast du ein Problem mit dicken Frauen?«

»Ist damit zu rechnen, dass du von jetzt bis morgen früh dick wirst?«

»Ich werde es zu vermeiden suchen.«

»Dann habe ich kein Problem. Das ist ein schöner Arsch. Ordentlicher kleiner Rock, ordentlicher kleiner Arsch … aber dein Zimmer sieht aus wie eine Müllhalde. Unordentlich. Wie kommt das? Bist du schlampig? Schlampig, mit einem ordentlichen Arsch. Den würde ich gern näher kennenlernen.«

»Ich habe dich nicht erwartet.«

»Nein, das nicht. Habe ich mir gedacht.«

»Ich habe niemanden erwartet. Deshalb habe ich nicht aufgeräumt. Schöner Anzug.«

»Ja, ich kann mich ganz gut fein machen. Oder ich sehe immer so aus, sagen wir lieber, ich sehe immer so aus. Das ist traurig. Nicht mein Anzug – der ist nicht traurig. Traurig ist, dass du niemanden erwartet hast … Und wie findest du mich bis jetzt? Wie schlage ich mich?«

»Was, willst du eine Note für technische Ausführung?«

»Klar. Warum nicht. Vielleicht habe ich ein Notizheft dabei und führe Buch.«

»Wenn das so ist … fühlt sich an, als ob du schon mal jemanden geküsst hättest.«

»Ist das gut?«

»Als ob du geübt hättest. Ein Modul abgeschlossen. Oder vielleicht hast du auch ein Notizheft und führst Buch.«

»Habe ich nicht. Aber du hast wunderschöne Lippen. Das fand ich gleich – war das Erste, was ich gedacht habe.«

»Wonach riechst du?«

»Ähm, weiß nicht … Hauptsächlich Seife. Der feinen Seife, die man hier kriegt … Vielleicht mein Abendessen – ich hatte Lamm. Habe aber nichts aufs Hemd gekleckert, glaube ich … Soße? Wahrscheinlich rieche ich nach der Soße und dem Inneren eines gemieteten Nissan Micra … und Männlichkeit …«

»Männlichkeit … na, mir gefällt es jedenfalls – wie deine Haut riecht … Und was ist mit Crippen?«

»Hm?«

»Dr. Crippen – der sah normal aus.«

»Fürchterliche Brille.«

»Dr. Shipman.«

»Fürchterlicher Vollbart. Ich hatte auch mal einen Vollbart. Wäre dir das lieber gewesen?«

»Nein. John Wayne Gacy?«

»Der hat sich als Clown verkleidet.«

»Er war ja auch Clown.«

»Das ist keine Entschuldigung. Wolltest du dich als Clown verkleiden?«

»Ich verreise nie mit Kostüm – die Schuhe passen nicht in die Tasche. Könntest du das noch mal machen?«

»Was, das?«

»Ja, das.«

»Oder wie wäre es damit?«

»Ja, das auch.«

»So was mache ich normalerweise nicht. Übrigens. Falls du dich das schon gefragt haben solltest.«

»Was, du greifst Frauen normalerweise nicht unter den Rock?«

»Jedenfalls nicht Frauen, die ich noch nicht... kenne. Wie ist es mit dir?«

»Ich stehe nicht auf Frauen.«

»Nein, ernsthaft, ich habe das noch nie gemacht. Bis jetzt.«

»Noch nie mit einer Fremden gefickt.«

»Auf diese Fremdennummer stehst du, oder? Bringt dich in Fahrt. Reizt dich. Dass du meinen Namen nicht weißt und auch nicht erfahren wirst – wie findest du das? Ah, das gefällt dir. Und dass du nicht weißt, wo meine Hände schon waren – und ob ich sie gewaschen habe – und wo dieser Finger hin will. Gefällt dir auch, oder? Weißt nicht mal meinen Namen, und ich werde deinen auch nie kennen... Wir haben Glück – dass sich unsere Wege kreuzen – ich bin nicht so oft in Hotels. Fast nie. Ich musste...

warte mal, ich glaube, ich sollte … mein Jackett brauchen wir eigentlich nicht mehr, oder?«

»Ich glaube, wir sollten hiermit weitermachen, ja.«

»Gut, gut … dann hänge ich es aber auf, wenn das … so – meine Güte, viele Bügel gönnen sie einem hier aber nicht. Bei dem Zimmerpreis könnte man doch ein paar mehr erwarten. Kann ich es über diese Bluse hängen?«

»Wieso sollte mich das kümmern, worüber du dein Jackett hängst?«

»Ich wollte nur höflich sein. Der höfliche Fremde.«

»Entschuldige. Komm wieder her und sei höflich zu mir.«

»Dass wir Sex haben, heißt nicht, dass ich nicht höflich sein muss. Auch wenn ich unanständig bin, kann ich höflich bleiben. Darum ziehe ich auch, wie du siehst, beide Schuhe und beide Socken aus. Ein Gentleman zieht immer die Socken aus … faltet die Hose … so … und so herum … wo waren wir … Hotels … ach ja, Kondome musste ich aus dem Automaten in der Herrentoilette ziehen. Was nur beweist, dass ich nicht mit welchen unterwegs bin.«

»Oder dass sie dir ausgegangen sind. Könnte ja schon eine turbulente Woche gewesen sein.«

»So bin ich nicht. Ich sage dir doch gerade, dass ich nicht so bin.«

»Nun, ich auch nicht.«

»Ich weiß, ich weiß … das merkt man. Ist bloß eine nette … Vorstellung. Und heute Nacht können wir so sein.«

»Irgendwann mal, ja.«

»Das Glück kommt zu dem, der warten kann und einen hübschen Arsch hat. Sie hatten nur noch Fruchtgeschmack – bei den Kondomen. Tut mir leid. Da bin ich, wieder da. Barfuß und ohne Anzug. Hi.«

»Hallo.«

»Gefallen dir meine Boxershorts? Tut mir leid, dass man den Ständer so deutlich sieht.«

»Nein, tut dir nicht leid.«

»Nein. Möchtest du mir irgendwas ausziehen?«

»Such dir was aus.«

»Nimm mir den Schlips ab.«

»Was?«

»Ich möchte, dass du mir die Krawatte abnimmst – vielleicht stehe ich aufs Schlipslösen, so wie du auf die Fremdennummer. Und wenn ich bei dir zwischen Pullover und Rock wählen müsste, würde ich mich wahrscheinlich für den Rock entscheiden. Den kannst du also auch ausziehen. Bitte. Und meine Knöpfe aufmachen. Kriegst du gern gesagt, was du tun sollst?«

»Nicht so, wie du meinst.«

»Gott sei Dank – ich möchte nämlich nicht das Kommando übernehmen. War sowieso schon eine lange Woche – dabei ist erst Mittwoch … keine schlechte Woche, bloß … lang. Ziehst du jetzt den Rock aus oder nicht?«

»Küss mich.«

»Unbedingt. Immer zu Diensten … was ist mit dem Rock?«

»Kommt schon.«

»Und du auch? … Entschuldigung. Nicht witzig. Dämlich … Es ist immer … hier wird es immer schwierig … Mann, das ist aber schön. Das ist … wundervoll. Ein Hingucker. Eine herrliche …«

»Aussicht?«

»Genau, wie auf so Scherzpostkarten vom Urlaubsort. *Die Aussicht hier ist herrlich* … Aber ich wette, unterm Pullover … gibt es noch eine. Du hast so viele schöne Dinge an dir. Ich liebe dich.«

»Tust du nicht.«

»Aber ich möchte es sagen. Und wollen mal sehen, ob ich es auch tun kann …«

»Wenn du ihn aufmachen willst, mach ihn auf – aber fummele nicht dran herum … Was ist denn das Problem? Der Haken?«

»Nein. Das ist ... okay. Es ist was anderes. Weißt du – wir haben noch nicht richtig angefangen, und wir sind auch noch nicht – ah, könntest du das übrigens noch ein bisschen mehr machen – noch nicht ganz hin und weg. Ein bisschen wie mit dreizehn – macht mich verlegen.«

»Ich dachte eher, wie mit fünfzehn. Aber du hast wohl früh angefangen?«

»Ich habe allein angefangen.«

»Anfangen, aufhören, das macht man alles allein.«

»Sag nicht so was.«

»Wie ist es jetzt? Besser?«

»Lass dich anschauen.«

»Du schaust doch.«

»Ich weiß. Fantastisch.«

»Lügner.«

»Wieso glaubst du nicht, dass du schön bist?«

»War ein Witz.«

»War es nicht. Mann – Beine bis ganz nach oben. Ganz. Oben. Wo. Wir. Ficken. Mir fällt gerade auf – ich sage gern Ficken zu dir. *Ficken*. FICKEN!«

»Sssscht.«

»Wieso denn.«

»Man kann dich hören – in den anderen Zimmern.«

»Das gefällt dir doch. Fremde hören, wie du einen Fremden fickst. FICK! MICH!«

»Dann sag es nicht bloß.«

»Fühlt sich das an, als ob ich es bloß sagen will? Hm?«

»Wenn wir nämlich die ganze Zeit bloß reden, werden wir uns am Ende –«

»Noch kennenlernen?«

»Das würde doch nicht gehen.«

»Schon gut.«

»Jetzt kling nicht so genervt.«

»Ich bin nicht genervt.«

»Bist du wohl.«

»Zieh dein Höschen aus.«

»Ach, ich … Könntest du? Bitte? Würdest du gern?«

»Hör mal, ich weiß nicht, ob …«

»Was? Was ist los?«

»Zieh es selbst aus.«

»Was ist los?«

»Zieh es aus. *Jetzt*. Los. Okay. *Gut*. Ich sage dir, was wir machen. Okay? Jetzt kriegst du, was du willst. Okay? Du kriegst genau das, worum du bettelst. Also halt jetzt den Mund und zeig mir deine Titten. Echt. Das meine ich ernst. Sehr ernst. Halt sie fest. Drück sie zusammen. Richtig. Fester. Du kennst mich nicht, wir sind uns nie begegnet, darum muss ich das erklären – *ich muss deine Titten sehen*. Zeig sie mir. Und mach die Beine breit. Richtig breit, du bist doch nicht schüchtern, du willst es doch. Und fass dich an. Fass dich da an. Wenn du es willst, darfst du nicht schüchtern sein. Es wird dir gefallen. Leg Hand an dich und zeig mir alles. Entspann dich und *zeig's mir*. So ist es recht. Entspann dich. Genieß es. Weil es dir gefällt, und vor zwanzig … sagen wir vierundzwanzig Minuten hast du noch unten an der Bar gesessen, allein und bereit, jeden abzuschleppen, ganz egal wen, wolltest irgendwen ficken, weil dir das gefällt. Vor zwanzig Minuten kanntest du mich noch nicht, und jetzt zeigst du mir deine Titten, zeigst mir *alles* – und ich werde dir nicht mal Geld dafür geben, dich bloß ficken. Los, fass dich weiter an, steck den Finger rein. *Steck ihn rein*. Steck ihn dahin, wo ich gleich reinkomme. Das hättest du auch in der Bar gemacht, oder? Oder? Dich auf den Tisch gesetzt und den Rock hochgehoben und dich befingert, sodass jeder dich hätte sehen können, jeder Fremde, und darum machst du es auch für mich. Ich bin ein völlig Fremder, und ich werde dich ficken. Ein völlig Fremder fickt dich, und andere Fremde hören zu, hören dir beim Ficken zu, hören alles. Willst du, dass sie später anklopfen und dich auch noch ficken? Das willst du doch, oder? Das willst du. Aber ich habe dich ganz für mich allein. Und morgen früh wirst du nicht mal meinen Namen kennen, bloß meinen Schwanz ... Ah, das gefällt ihr, das macht sie heiß. Roll dich herum, auf alle viere. Wie eine läufige Hündin. Na komm. Komm schon. Ich werde dafür sorgen, dass sie dich hören. Na los. Nein, lass das, ich mache das. Herrlich. Bleib so. Bleib einfach so, dann kriegst du meinen Schwanz.«

»Du bist ein bisschen angespannt.«
    »Eigentlich nicht.«
    »Nur ein bisschen.«
    »Ich hatte nicht erwartet, dass du ...«
    »Was? Dass ich dich ficke? Es hat dir doch gefallen, als wir angefangen haben, und dann –«
    »Es hat mir auch gefallen. Es gefällt mir. Es ist bloß ... wir könnten auch was anderes machen, wir könnten –«
    »Nein, sag mir geradeheraus, wie wir es richtig anfangen sollen. Du hast nämlich eine wunderschöne – da ist sie ja – eine wunderschöne Möse ... ich dachte, du würdest ... ich dachte, es wäre ... Möchtest du, dass ich das Licht ausmache?«
    »Nein.«
    »Damit du dich konzentrieren kannst.«
    »Ich *kann* mich konzentrieren.«
    »Du bist nämlich feucht. Du bist sehr ... Ich meine, es hat dir gefallen, und dann nicht mehr.«
    »Gar nicht wahr.«
    »Du wirkst einfach ein bisschen verspannt. Weißt du was, entscheide du doch einfach, was wir als Nächstes machen. In Ordnung, Liebes?«
    »Bist du genervt?«
    »Nein. Und bitte frag das nicht dauernd. Ich freue mich sehr, mit dir zusammen sein zu können, und ich genieße es. Aber ich

kann auch weggehen, wenn du willst. Ich wollte dich nicht erschrecken oder so was. Ich habe bloß gespielt.«

»Gehe ich dir nicht auf die Nerven?«

»Liebling, du machst dich bloß selbst … so viele Sorgen in einem einzigen Kopf – so eine Nacht ist es doch gar nicht. Keine sorgenschwere Nacht, wo wir zusammen auf irgendwas herumreiten müssen, oder? Herrgott noch mal, Liebes…

»Ich blase dir einen.«

»Danke, sehr freundlich.«

»Ich habe gesagt, ich lutsche ihn, dann tue ich's auch … Was jetzt? Was ist denn?«

»Aber das ist doch keine Verpflichtung, Liebes. He, warum bist du denn …? Dreh nicht den Kopf weg. Sonst kann ich dich nicht küssen.«

»Warum willst du eigentlich die ganze Zeit was Romantisches daraus machen, das ist nicht romantisch hier, es ist … wieso nennst du mich *Liebes*? Und wenn du mich küsst, dann schmeckst du nach…«

»Dann schmecke ich nach dir. Natürlich. Ich schmecke sehr nach dir. Kein Wunder. Ich habe gerade mindestens zehn Minuten lang versucht, dich zum Orgasmus zu bringen – mit dem Mund.«

»Tut mir leid.«

»Ich beschwere mich ja nicht. Scheiße, ich beschwere mich doch – du willst es nicht romantisch, du willst es nicht geil … Könntest du mich vielleicht *irgendwann* mal eindeutig wissen lassen, wie du mich hier haben willst? Für dich?«

»Ich wollte … ich will … ich bin ein bisschen durcheinander.«

»Was du nicht sagst, Liebes. Ah, aber jetzt – ein richtiges Lächeln. Habe ich ja schon länger nicht mehr gesehen.«

»Aber du bist auch durcheinander – ich bin eine geile Schlampe *und* dein liebster Schatz?«

»Du bist beides. Das ist ja genau, was ich will, und weshalb ich hierbleiben will. Und warum ich mir den Kehlkopf verknotet oder sonst irgendwas Lebenswichtiges gezerrt habe, als ich dich grad wie ein hungriger Wolf geleckt habe.«

»Wie ein hungriger Wolf?«

»Genau. *Wie ein hungriger Wolf.*«

»Aber geh jetzt nicht. Setz dich wieder hin.«

»Nein, ich gehe mir den Mund ausspülen. Ist das denn besser? Wenn ich nach Pfefferminz schmecke und nicht mehr nach Möse?«

»Das musst du nicht.«

»Muss ich, wenn ich dich küssen will. Herrgott, jetzt hast du sogar meinen Ständer geknickt; so wollte ich das gar nicht sagen – fang nicht schon wieder an, dir Gedanken zu machen – aber er kam gerade wieder, und jetzt kann er sich nicht entscheiden.«

»Dann werde ich ihm Entscheidungshilfe geben.«

»Musst du nicht.«

»Ich kümmere mich darum.«

»Okay … Wild entschlossen, die geile Schlampe … mein süßer Schatz … runter mit dir. Oh … Kay. Aber langsam … das muss ja nicht … Kann ich mich hinlegen … Nein, lass mich aufstehen. Ich will aufstehen, und du kannst … genau. Wenn du … genau so. Ach, was bist du für ein Mädchen. Ein tolles Mädchen. Aber du musst nicht so … keine Eile. Außer, wenn du *das* tust, mein Gott. Oh Liebling. Eher so … ja, so ist es gut. Und sieh mich an, schau nach oben. So ist es gut. Süße Lippen. Gute Lippen. Du siehst mich an und. Mein. Schwanz. In. Deinem. Mund. Hab dich gesehen und wollte deinen Mund ficken. Wollte das hier. Ehrlich … Nick, wenn du schlucken willst. Nein, nicht lächeln, nicht jetzt – ungezogenes Mädchen. Willst du einen Mund voll von mir? Ja? Dann lutsch ihn. Lutsch ihn. Oh Gott, ich finde es so geil, deinen geilen Mund zu ficken.«

»Wie fühlst du dich, Liebes?«

»Gut. Toll. Das war ... das war toll.«

»Ich liebe dich.«

»Warum sagst du das? Nein, mal ehrlich? Warum machst du was daraus, was es nicht ist? Dabei bist du doch ... ein anständiger Mann.«

»Ein anständiger Mann? Ich weiß ja nicht. Meinst du, ein anständiger Mann hätte ihn dir auf alle möglichen Arten überall hin gesteckt – außer dahin? Aber dahin willst du es eigentlich auch ... gib's zu.«

»Ich ... ich dachte, *du* würdest gern. Ich habe versucht –«

»Hab ich bemerkt ... plötzlich deine Zunge in meinem Arsch, das ist mir durchaus aufgefallen. *Das ist ja eine nette Überraschung*, habe ich mir gesagt. Und mein Finger bei dir drin hat dir doch auch gefallen – als ich mich revanchiert habe – und mit meinem Schwanz wäre es noch viel besser. Ich werde dir nicht wehtun.«

»Das habe ich noch nie gemacht.«

»Du hast noch nichts von dem gemacht, was wir hier treiben, hast du gesagt.«

»Und das stimmte auch. Ich laufe nicht rum und baggere Wildfremde an ... bloß dich. Und du bist ...«

»Was bin ich?«

»Eine ... schöne Wahl.«

»Ah, meine Damen und Herren – sie wird romantisch. Oder beinahe. Aber wird ihr auch so romantisch zumute, dass sie mir die Ehre erweist, sich ganz sanft und zärtlich durch die Hintertür vögeln zu lassen?«

»Das wäre ... das würde ich nie vergessen, nicht wahr?«

»Du könntest dich jede Nacht hinlegen und denken – *der Typ hat mir die letzte Jungfräulichkeit genommen. Das würde ich sehr gern tun. Und dir würde es auch gefallen ... Und schon dreht sie sich rum, ist überredet, und lässt mich alles sehen ... ein Naturtalent ...*«

»Klar.«

»Du zitterst aber.«

»Das macht nichts.«

»Ist es ein gutes Zittern?«

»Ja, ein gutes Zittern. Oh … das … das ist …«

»Mein Daumen. Entspann dich. *Entspann dich.* Und … ein Finger. Lass es geschehen.«

»Das … ich will das. Ich will es wirklich. Ich will, dass du es kriegst. Du musst dir alles nehmen.«

»Das habe ich auch vor. Zwei Finger … tapferes Mädchen.«

»Nein, ich bin eine geile Schlampe.«

»Natürlich. Natürlich bist du das. Und das hier ist die Strafe. Bist du bereit? Da, jetzt kommt's. Aber entspann dich. Nein, du musst dich entspannen. Nein. Nein, hör auf. Liebes. Da ist ein bisschen Blut. Wir müssen aufhören. Ich kann das nicht, wenn du –«

»Bitte. Ich will es. Ich will –«

»Du willst dich hinlegen, und ich nehme dich in den Arm. Nicht weinen.«

»Es tut mir leid.«

»Schon in Ordnung. Ist ja nicht das Ende der Welt. Ich müsste mich entschuldigen. Hab es nicht richtig gemacht.«

»Ich wollte es.«

»Vielleicht versuchen wir es später noch mal.«

»Meine Mutter? Die hat mir vieles beigebracht. Zum Beispiel die Höflichkeit. Und *Ich liebe dich* zu sagen.«

»Wenn du es gar nicht meinst.«

»Ich weiß genau, was ich meine. Jetzt gerade.«

»Na, ich liebe dich auch, wenn es nur für jetzt gerade ist.«

»Siehst du, war doch nicht so schwer …«

»Und hast du deine Mutter geliebt?«

»Ganz bestimmt nicht so.«

»Aber ich höre es dir an – du hast sie geliebt ... Einem Mann, der seine Mutter liebt, kann man immer vertrauen.«

»Wer hat dir das denn erzählt?«

»Mein Vater.«

»Und hat er seine Mutter geliebt?«

»Ich glaube schon.«

»Dann ist ja gut. Du siehst schläfrig aus.«

»Ich ... ruhe nur ein bisschen aus.«

»Wenn du also nicht müde bist, und wir ja nur diese Nacht haben, und es dir wieder besser geht ...«

»Ich will dich wieder in mir. Und zwar sehr lange.«

»Du bist aber anspruchsvoll.«

»Wenn wir doch nur diese Nacht haben.«

»Kein Widerspruch meinerseits. Also, was wäre dir lieber – ein Fick mit Kirschgeschmack? Oder Piña Colada? Wer denkt sich bloß so was aus ... irgendein krankes Herstellerhirn. Eine schöne, lange, harte Nummer, und morgen spürst du mich dann immer noch, auch wenn ich nicht mehr da bin.«

»Wenn das so ist, will ich vielleicht irgendwann eine Wiederaufführung.«

»Du gierige Schlampe. Man weiß ja nie, was das Glück einem beschert.«

»Bist du verheiratet?«

»Was?«

»Hast du eine Ehefrau?«

»Nein.«

»Freundin?«

»Nein.«

»Irgendwen?«

»Ich habe – willst du das wirklich wissen? Ich habe eine vierzehnjährige Tochter und eine Exfrau und ... viel mehr nicht.

Wieso? Willst du mir jetzt erzählen, dass *du* verheiratet bist? Ist das *diese* Art von Nummer?«

»Nein. Bin ich nicht. Verheiratet. Kein Mann. Keine Kinder. Niemanden.«

»Ich könnte ja für dich eine Anzeige aufgeben – *Fantastisch im Bett, zu allem bereit, tolle Lippen, nimmt manchmal alles ein bisschen ernst, bläst wie eine Nutte.*«

»Reizend.«

»Damit meine ich ja nicht, dass du eine Nutte *bist* ... Du bist ein netter Mensch. Süß. Ich mag dich.«

»Warum sagst du, dass ich alles ein bisschen ernst nehme?«

»Nun, Liebling, wir sind jetzt seit ... seit Stunden dabei. Und du lässt dich einfach nicht richtig gehen, oder? Du bist noch nicht richtig gekommen.«

»Ich bin gekommen.«

»Aber nicht richtig.«

»Ich bin gekommen.«

»Ach, Süße ... das ist, das ist wirklich traurig. Weißt du das?«

»Ich bin ein trauriger Fall?«

»Nein, nein, *nein* – es ist nur so – ich mache mir Sorgen um dich – Sorgen sind ansteckend – deine Sorgen haben auf mich abgefärbt – vor allem an manchen Stellen ... Ich mache mir Sorgen, dass du noch nie einen richtigen Orgasmus hattest.«

»Und du bist da Experte oder was?«

»Es gibt den Orgasmus, um jemand anderem eine Freude zu machen, und den, um sich selbst eine Freude zu machen ... und dann gibt es noch den, wo man nicht mal mehr weiß, wer man ist, und wo man enger mit jemandem zusammen ist als je zuvor – einfach loslässt und die Kontrolle verliert. Das ist ein richtiger Orgasmus.«

»So wie ihn deine Exfrau hatte?«

»War das nötig?«

»Nein.«

»Nein, wirklich nicht. Es ist einfach so: wenn man eine gewisse Zeit verheiratet ist, hat man alle möglichen Arten von Sex. Und was *du* brauchst, ist großer, überwältigender, enormer Sex. Braucht jeder. Wenn du mich also machen lässt, dann versuche ich … du weißt schon … kein Druck.«

»Aber ich bin ganz schlecht im Orgasmus. Vielleicht überhaupt beim Sex.«

»Sei nicht so kompliziert. Ich möchte, dass du Spaß hast. Ich habe nämlich sehr viel Spaß.«

»Aber warum? Warum willst du das?«

»Wen interessiert, warum? Ich möchte es einfach.«

»Warum?«

»Warum denn nicht?«

»Warum?«

»Also gut … okay … Ganz ehrlich? Ich hatte heute ein Bewerbungsgespräch … jetzt schon gestern. Ein wichtiges. Ein das Leben veränderndes – so ein Job, den zu kriegen ich nie im Leben erwartet hätte, also habe ich mich unheimlich gründlich vorbereitet, den Anzug angezogen – meinen besten – und ich bin hier runter gefahren, habe mir die Stadt angesehen, und ich bin sogar bereit, umzuziehen – mich voll hineinzustürzen, wenn nötig – und das Interview lief ganz gut, ich glaube ganz ehrlich, dass sie beeindruckt waren und dass ich eine Chance habe – ich bin nicht sicher, man weiß ja nie, und ich will mich nicht … reinsteigern oder so, aber ich glaube … ich glaube ehrlich, dass ich mich von meiner besten Seite gezeigt habe. Sie wollen mich Montag anrufen, haben sie gesagt – so muss ich immerhin nicht allzu lange warten … Und darum habe ich mich heute Abend – gestern Abend – ziemlich gut gefühlt, als ich ins Hotel zurückkam, ich sprühte vor Leben – zum ersten Mal seit ich will gar nicht wissen wie lange: einem Jahrzehnt: noch länger: seit lange vor der Scheidung – ich war so lebendig, dass ich nicht bloß einfach Essen gehen und dann auf mein Zimmer wollte. Ich wollte reden, ich wollte Leute treffen, also bin ich in die Bar im Keller gegangen, aber die gefiel mir nicht so, darum bin ich rauf zu der beim Empfang, und das war eine so gute Entscheidung, so gelungen, denn da hast du gesessen – du – allein – auch in der Bar. Diese fantastische –«

»Frau mit einem Mund, den du ficken wolltest.«

»Sag das nicht so. Du warst schön und sexy, und an der Oberfläche so kontrolliert, aber darunter, da war was, da merkte man, du würdest noch mehr tun – man sah es am Gang – und du hast mich auch nicht ignoriert – du wolltest mit mir reden, mit mir zusammen sein, ein kleines bisschen mit mir flirten wie eine geile Schlampe – die du auch bist, wie wir wissen – jetzt tu nicht so beleidigt, hör dir lieber an, wie schön du bist und wie wichtig – und es war alles gut, denn es fühlte sich an, als verwandelte ich mich in den Mann, den sie einstellen würden, der den Job bekommen würde, mit dem du nach oben gehen würdest. Die Leute in der Bar wussten das. Sie sahen mich – wie ich sein will. Sie wussten, ich würde – wir würden … ficken, Liebe machen, einander glücklich machen. Diese Typen aus Manchester, diese zu lauten Wichser in der Ecke – einer von denen hat mich direkt angestarrt, als ich mit dir raus bin, und ich weiß, er war eifersüchtig, weil ich dich hatte – und weil er glaubte, ich sei der, der ich sein will – der Mann, der es schafft, der einen Plan hat, der kriegt, was er will – der es verdient – der Mann, bei dem du kommst.«

»Das ist nicht fair. Ich bin gekommen.«

»Nicht genug.«

»Dann werde ich jetzt kommen.«

»Versprochen?«

»Ja. Versprochen. Ich mag dich. Du bist … du bist einfach toll. Und ich weiß überhaupt nicht, wieso ich da reingegangen bin – in die Bar. Ich mag Räume voller Fremder gar nicht, aber du sahst so … ich dachte, ich könnte mit dir reden – und du hast … deine Haare sind toll.«

»Meine *Haare*?«

»Und du hast mir zugehört.«

»Das ist ja nicht so schwer – du redest nicht viel.«

»Ich werde … ich muss sagen, ich bin so froh, dass du hier bist.«

»Und wie kommt das? Was magst du denn an mir? Sag es mir. Was habe ich an mir, was dir gefällt?«

»Dein … wie du mich berührst, und dein Mund, und … dein Bauch ist … und wo die Haare anfangen.«

»Ach, *die* Haare … und was ist mit meinem Schwanz.«

»Ich liebe deinen Schwanz.«

»Sag das noch mal.«

»Ich liebe deinen Schwanz. Er ist wunderschön und … so … Er ist das Samtigste und Glatteste, was ich je geküsst habe … er ist eher … wenn man was erfinden wollte, irgendwas Wunderbares, was ich immerzu anfassen möchte, und ich lutsche so gern daran und habe ihn so gern in mir und spüre gern, wie er in mir er selbst ist.«

»Wenn du erstmal loslegst, redest du doch ganz schön viel.«

»Er hat sein eigenes Leben. Ich würde ihn wiedererkennen. Wenn ich jemals … Und ich … Ich kann eigentlich gar nicht glauben, dass wir uns begegnet sind, ich kann mir nicht … dass etwas so Gutes … ich werde mich an deinen Schwanz erinnern. Ich werde … na ja, ich werde ihn nicht direkt vermissen …«

»Ach nein, bitte nicht.«

»Tut mir leid. Schon wieder.«

»Nicht weinen. Tu das nicht. Nein. Komm her, Liebes. Nein, hierher. Wenn du weinen willst, kannst du das ebenso gut hier. So ist es recht. Denk doch einfach an was anderes … als das … was dich traurig macht. Aber es gibt ja auch gar keinen Grund zur Traurigkeit. Hier sind doch bloß wir beide und die ganzen eifersüchtigen Arschlöcher, die uns belauschen … Ach Gott, jetzt weiß ich gar nicht, was ich machen soll … warum kannst du nicht, warum küsst du ihn nicht einfach noch ein bisschen. Ja, genau, das wird dich aufheitern. Ja, du Süße, küss ihn – ich möchte es. So ist es besser. Oder? Mach das mal eine Weile, halt ihn gut in der Hand – ja, sehr schön … und mach mit ihm, was du willst, und ich lehne mich einfach zurück und … lasse dich.«

»Ja, ich vermisse meine Tochter. Ich darf sie noch sehen, aber es hat nicht viel Zweck. Sie hält mich für einen Versager.«

»Das wird wieder anders.«

»Ja? Weiß gar nicht. Und wenn ich hierherziehe, wird es sicher nicht besser.«

»Vielleicht kommt sie dann mal für länger – für einen längeren Besuch, nicht bloß so für ein Wochenende oder einen Abend, und … das könnte doch gut sein.«

»Zu mir kommen? Ja, klar. Sitzt im Haus rum, schreibt ihren Freunden SMS, langweilt sich, ignoriert mich, weigert sich zu essen. Oh Gott. Ich bin vielleicht nicht der beste Vater, aber Scheiße noch mal. Ich habe immer nur das Beste für sie getan. An der Scheidung habe ich nicht die geringste Schuld. Ich habe ihr Leben nicht ruiniert. Das macht sie alles ganz allein.«

»Es wird sich schon einrenken.«

»Ach ja? Na, egal. Genug davon. Was ist mit dir?«

»Geht schon wieder.«

»Ich wollte dich nicht durcheinanderbringen. Konnte ich ja nicht wissen.«

»Nein, woher auch? Ich hatte das Schild ja abgenommen – *Mutter gerade gestorben. Bin ein Häufchen Elend.*«

»Sssch. Du bist kein Häufchen Elend. Du leidest. Das ist ganz natürlich.«

»An mir ist alles ein Elend.«

»Glaub mir – das ist nicht wahr. Siehst du? Gar nicht wahr. Ich werde jetzt alles an dir küssen, was nicht elend ist. Okay? In Ordnung?«

»Das ist …«

»Und wenn du davon wieder weinen musst, ist das auch okay. Würde mir sogar gefallen.«

»Mir ist vor ein paar Jahren das Gleiche passiert – meine Mutter – Lungenentzündung. Haben ihr die falschen Antibiotika gegeben, und sie ist gestorben. So was ist Scheiße. Treibt dich in den Wahnsinn. Treibt dich sogar in die Scheidung.«

»Wenn die Beerdigung nicht gewesen wäre, hätte ich nie Ja gesagt.«

»Ach so. Das war deutlich.«

»Nein, jetzt hör mal zu – ich hätte Ja sagen wollen, aber es nicht getan. Weil ich kein Risiko eingehe. Ich … probiere nichts aus, auch wenn ich sollte. Schon seit meiner Kindheit – immer das Gleiche. Bei den Schulfesten saß ich an der Wand, auf Partys habe ich zu viel getrunken, weil es mir dann nichts ausmachte, wenn ich einfach nach Hause ging, und weil ich dann nicht drüber nachgrübeln musste, wie ich es verbockt hatte. Wenn ich nicht beschlossen hätte: *Scheiß drauf, meine Mutter ist tot, nicht ich. Sie kann nichts mehr sagen, sie kann mich nicht hindern, und der Gedanke an sie kann mich auch nicht aufhalten – also Scheiß drauf – jetzt tue ich einmal, was ich tun muss.* An jedem anderen Abend wäre ich einfach allein auf mein Zimmer gegangen und hätte mich gefragt, wie du wohl gewesen wärst – der süße Typ aus der Bar. Ich hätte es nie herausgefunden. Aber es … gestern war der beschissenste Tag meines Lebens. Einäscherung. Keiner außer mir, der sich drum kümmern kann. Mein Vater ist schon vor Jahren gestorben, also musste ich den Sarg aussuchen, Herrgott. Einen Sarg. Rechnet man damit, so was jemals machen zu müssen? Wirklich machen zu müssen? Ich musste entscheiden, was verbrannt wird, was ihre Freundinnen mit ihren Hüten durch den Vorhang rollen sahen, ehe sie mich nach meinem Leben ausfragten und ich ihnen keine Antworten geben konnte – nicht eine einzige Antwort. Und dann, nach alledem, kriege ich eine Urne.

Eine Urne voll mit ihr. Größtenteils – da sind nämlich immer auch Teile von anderen Menschen drin, ich habe mal so eine Dokumentation gesehen, da wurde ziemlich klar, dass man nicht so genau weiß, wen man am Ende in die Hand gedrückt kriegt ... Eine Scheißurne. Und wenn dann alle weg sind und ihre Pflicht erfüllt haben, wenn man ihnen nicht mehr leidtut – dann fühlt man sich am Ende ... so klein ... so verdammt klein ... so scheißhässlich.«

»Du bist nicht hässlich.«

»Danke.«

»Nicht weinen.«

»Ich weine nicht.«

»Küss mich einfach. Nein, ich höre dich auch gerne reden, aber lass mich dich bitte küssen. Bitte. Lass uns miteinander schlafen – so lange du ... so lange du so weich bist. Du bist gerade so offen, weißt du? Das ist wunderschön. So weich. Und darum sollten wir ficken. Sollten durchdrehen, verrückt spielen. Es geschehen lassen.«

»Ich kann nicht.«

»Doch, du kannst. Lass mich. Lass mich einfach machen. Und ich verspreche dir, du wirst kommen. Du wirst einen Orgasmus haben wie nie zuvor. Mein Geschenk für dich. Lass mich. Du willst es. Du willst es wirklich. Hat gar keinen Sinn, den Kopf zu schütteln. Lass mich. Lass mich alles tun. So ist es recht, Liebes. So ist es gut. Nimm ihn. Lass mich. Lass mich nur. Und dann wirst du weinen. Dann wirst du richtig weinen.«

»Tut mir leid.«

»Nichts muss dir leidtun, Liebes. Ich wollte, dass ... du es schön hast, das ist alles.«

»Du hast mich nicht durcheinandergebracht – das war ich schon. Meine Mutter ist gestorben. So was bringt dich durcheinander – bringt mich durcheinander, meine ich. Tut mir leid. Ich muss mich erst dran gewöhnen. So bin ich ... das ist nicht deine Schuld.«

»So fühlt es sich aber an.«

»Ist es aber nicht. Du warst – du hast mir geholfen.«

»Du hast aber viel geweint ... das hat man sicher noch nebenan gehört.«

»Nebenan haben sie uns sicher die ganze Nacht gehört.«

»Den ganzen Flur runter, würde ich sagen. Die schmierigen Drecksäcke. Jedes Wort, jede Einzelheit. Ich wette, sie haben sich auch Bilder dazu vorgestellt. Ich wette, sie werden dich beim Frühstück anstarren.«

»Vielleicht sind wir ihnen auf die Nerven gegangen.«

»Dann hätten sie ja auch weggehen, weghören, sich die Ohren zuhalten können ... Menschen machen immer nur, was sie wollen – wenn sie ehrlich mit sich selbst sind, wissen sie das auch – aber wenn sie dann ein schlechtes Gewissen kriegen, schieben sie irgendwem anders die Schuld zu. Außer, sie sind wie du: dann geben sie sich selbst die Schuld.«

»Ich habe gar keine Schuldgefühle ... aber es war doch ganz gut, oder? War ich okay?«

»Du Dummerchen. Natürlich. Du warst ... das beste Geschenk, das ich je ausgepackt habe.«

»Und weil du ja sowieso alles von mir gesehen hast ... wieso nicht auch meinen Zusammenbruch. Würdest du mit mir frühstücken? Würde das gehen? Wir könnten noch zusammensitzen.«

»Du bist gar nicht zusammengebrochen – du bist bloß gekommen und hast geweint und hast geweint und bist gekommen. Du warst unglaublich ... ich könnte es mein ganzes Leben mit dir treiben. Und guck dir mal an, wie du aussiehst. Süße ...«

»Ja, ich sehe bestimmt schlimm aus.«

»Du siehst aus wie eine andere Frau – so unglaublich feucht, verschwitzt, sexy ... Ich sehe alles, was passiert ist, alles, was du getan hast – was wir getan haben – du hast es alles an dir. Du bist unglaublich.«

»Das hast du schon gesagt.«

»Verblüffend. Das sollst du wissen.«

»Na gut. Solltest du jemals –«

»*Mist!* Weißt du, wie spät es ist? *Scheiße!*«

»Ssssch. Nein, weiß ich nicht.«

»Der Vorhang ist schon ganz hell, es muss ... Wo ist meine verdammte Armbanduhr ...?«

»Hier, wenn du wirklich –«

»*Mist.* Halb sechs. Halb sechs morgen früh.«

»Ehrlich?«

»Genau halb sechs. Ich muss heute Morgen noch nach Hause fahren. Scheiße. Wann sind wir hier raufgekommen?«

»Gegen elf.«

»*Scheiße.*«

»Aber du hast doch noch Zeit ... halb sechs ist doch noch früh. Wir haben noch Zeit, alles ... zu regeln. Zum Beispiel ... wenn du wissen wolltest, wie ich heiße, und ich –«

»*Scheiße.* Entschuldige, was hast du gerade gesagt, Liebes? Ich versuche mir gerade zu überlegen, wie ich fahren muss. Wenn ich es vor dem Berufsverkehr aus der Stadt schaffe ...«

»Ich will ja nicht bedürftig wirken.«

»Bedürftig? Aber nein, Liebes – ich kenne keinen weniger bedürftigen Menschen als dich. Ganz ehrlich.«

»Wo wir schon so weit gekommen ... da könnten wir doch ...«

»Ich weiß. Wir könnten ... Muss meine Sachen zusammensuchen ... Aber Herrgott, diese Brüste ... wie gern ich diese Brüste küsse ...«

»Danke.«

»Keine Ursache. Warte einen Augenblick, ich will nur ... Mein Hemd riecht nach dir. Ich glaube, alles riecht nach dir ... Reist du heute noch ab?«

»Nein. Ich muss noch das Haus durchgehen: ihre Sachen, ihre Kleider, ihren Schmuck … das wird eine Weile dauern. Sie hatte eine Menge Sachen – nicht genug für ein ganzes Leben, wenn man drüber nachdenkt, aber eine Menge – sie hat Sachen aufgehoben – meine Spielsachen, um Himmels willen. Hab gestern eine Kiste voll gefunden. Müll ohne Ende. Und irgendwie schaffe ich es nicht, ihn schnell durchzusehen – und in ihrem Haus kann ich nicht übernachten, das ist zu … also bleibe ich hier. Das ganze Wochenende. Bis Montag.«

»Armer Liebling. Wo hast du meine Krawatte hingelegt?«

»Da drüben. Ich freue mich kein bisschen drauf. Um ehrlich zu sein, habe ich Angst davor.«

»Das glaube ich. Und ich wäre froh, wenn ich nicht so schnell weg müsste, aber … schlag die Decke zurück.«

»Ich weiß nicht, ob –«

»Du machst dir zu viele Gedanken, habe ich doch schon gesagt. Schlag für mich die Decke zurück, Liebes. Willst du mir keinen schönen Abschiedsblick gönnen?«

»Ich möchte nicht, dass du schon gehst. Ich meine, ich weiß ja, du musst. Aber es ist doch noch früh?«

»Ich habe gesagt, ich bin zum Mittag zurück.«

»Klar. Das weiß ich.«

»Und jetzt nimm die Decke ganz weg … und heute Abend kannst du an mich denken, wie ich an dich denke. Ah, da ist sie ja … Bist du ein bisschen wund? Von mir?«

»Ja. Bin ich.«

»Und das wolltest du ja auch, weißt du noch? Wenn ich dann weg bin, kannst du mich immer noch spüren – an allen möglichen Stellen.«

»Das geht jetzt ein bisschen schnell. Oder?«

»Ich weiß, und es tut mir sehr leid. Darf ich das noch ein bisschen, um es wieder gutzumachen – und das … bist du jetzt fröhlicher? Und – tut mir leid, muss wieder aufhören – mein Jackett ist ... über deiner Bluse. Und da sind meine Socken. Und meine Schuhe. Und zurück zu meiner Süßen, du solltest das einpacken, ehe ich ganz ... hypnotisiert bin und wieder ins Bett steigen muss.«

»Ich bleibe so.«

»Das ist mein Mädchen. Geile Schlampe. Schenk mir das als letzten Blick, und dann kriechst du schön unter die Decke und ruhst dich ein bisschen aus, wenn ich weg bin.«

»Mir geht's gut.«

»Ja, natürlich. Bestens ... Ach, scheiß drauf, komm, lass dich umarmen. Na komm. Na komm ...«

»Ich mochte dich.«

»Ich mochte dich auch. Und so lange wie mit dir habe ich noch mit niemandem gefickt – nicht mit meiner Frau und auch mit sonst niemandem – eine ganze Nacht. Stundenlang ... Und du warst umwerfend, und süß, und du hast dich von mir in den Arsch ficken lassen.«

»Fast.«

»Näher dran war ich noch nie. Bis dahin hatte ich es nur in Pornos gesehen. Und du hast mich gelassen. Das werde ich nie vergessen, dass du mich gelassen hast.«

»Das ist ... gut.«

»Tut mir so leid, dass ich so hetzen muss.«

»Ich werde hier sein. Bis zum Wochenende. Übers Wochenende.«

»Das ist ein wundervoller Gedanke, und ich würde dir zu gern über die ... schwere Zeit helfen ... und zu gern wieder in dieses Bett steigen, und in dir sein. Heute noch. Ich meine, ich könnte auch blau machen ...«

»Ja?«

»Nein. Um Gottes willen – ich war gestern den ganzen Tag weg, das würde man mir nie abnehmen. Und noch habe ich den neuen Job nicht. War dumm von mir, das in Betracht zu ziehen, Süße. Ganz dumm.«

»Nein, ist schon okay. Verstehe ich.«

»Und dann kommt am Freitagabend meine Tochter und bleibt den ganzen Samstag, und …«

»Ist schon okay.«

»Ich habe die Nummer des Hotels.«

»Ja, sicher.«

»Und ich weiß deine Zimmernummer … ein Lächeln, Liebes. Vielleicht klappt es auch nicht … Sobald ich kann, rufe ich dich an.«

»Du rufst an?«

»Genau, ich rufe an. Auf jeden Fall.«

»Du rufst auf jeden Fall an.«

»Werde ich. Werde ich. Ich werde es wirklich versuchen. Okay, Liebes?«

»Ja. Das ist okay. Natürlich.«

EIN ANDERER

Sie hatten an das Kind gedacht und sich unauffällig verhalten. Um ihretwillen waren sie still verliebt gewesen. Angela hatte ihren Vater verloren und war erst acht, sie brauchte Stabilität, und sollte eine Weile das Gefühl haben, im Mittelpunkt der Aufmerksamkeit zu stehen. Das hatte Lynne von Anfang an deutlich gemacht – dass ihre Tochter Zeit brauchte, damit fertig zu werden. Mein Gott, sie mussten alle erst damit fertig werden.

Barry Westcott, beliebter Unterhaltungskünstler, geht eines Abends zur Arbeit und kommt nicht wieder nach Hause. Vene im Kopf geplatzt – Vene oder Arterie, seine Witwe kann sich oft nicht genau erinnern – und aus ist es mit ihm. Im Auto gefunden. Schlüssel im Zündschloss, aber weiter war er nicht gekommen, was eine Art Wunder war oder doch zumindest eine glückliche Fügung – Lynne mochte sich gar nicht vorstellen, was er für Schaden hätte anrichten können, wenn er schon losgefahren wäre.

Tot sah er bemerkenswert natürlich aus. Natürlich für eine Leiche. Das hieß, er hatte eine unschöne Färbung angenommen – bläulich grau – aber vor allem wirkte er verdutzt, als habe der Tod ihn unterbrochen, als er gerade zu sprechen anheben wollte. Das Entscheidende war, dass es keine Verletzungen gegeben hatte, keine nachfolgenden Unfallverkettungen, und das konnte man gewiss als bestmöglichen Ausgang der Dinge betrachten. Jetzt konnten die Menschen gut von ihm denken, konnten sich in ungetrübter Trauer ergehen, was ihnen vielleicht ein Bedürfnis war. Die

Presseberichte waren freundlich und hilfreich, wenn auch eher bescheiden: »Schöpfer und Stimme von *Onkel Shaun* stirbt mit 42 Jahren. Witwe spricht von einer aussichtsreichen Karriere, die nun auf tragische Weise unvollendet bleibt.«

So nämlich wurde Lynne von *Barry Westcotts Frau* zu *Barry Westcotts Witwe* – nahtlos, ohne den geringsten Abstand dazwischen für ein selbstbestimmtes Leben. Der Übergang vollzog sich gänzlich ohne ihre Mitwirkung. Sie hatte es überhaupt nicht gespürt.

Angela – vielleicht für immer *Barry Westcotts Tochter* – war natürlich am folgenden Morgen aufgestanden wie üblich, alles schien ganz normal, sie war leise, um ihren womöglich müden und mürrischen Schauspielervater nicht zu wecken, und nahm offensichtlich an, dass sie ihn sehen würde, wenn sie von der Schule nach Hause kam, die Anrufe und das Hasten und die Uniformen an der Tür am Abend zuvor waren ihr entgangen.

Angela hat immer tief und gut geschlafen. In den Monaten direkt danach ist ihr das ein wenig abhanden gekommen, aber jetzt ist es wie vorher, sie erholt sich wieder. Sie hat auch verziehen – oder beschlossen, es nicht mehr zu erwähnen – dass Lynne sie an diesem ersten Barry-losen Tag aus dem Haus gelassen hat, sie so viele Stunden in Unwissen und Nichttrauer belassen hat, bevor das traurige Ereignis, der Verlust ihr nach dem Mittagessen erklärt wurde. In den Regionalnachrichten war es schon zur Mittagszeit – mit leichtem Rückstand gab es dann auch landesweite Aufmerksamkeit. Diese Verzögerung hätte Baz gar nicht gefallen. Wäre er noch am Leben gewesen, hätte sie giftige Anrufe bei der PR-Frau – Nina? Tina? – nach sich gezogen: heftiger werdende Beschwerden alle zwanzig Minuten, bis die Sache zu seiner Zufriedenheit geregelt gewesen wäre. Aber, wie Lynne sich mit aller Deutlichkeit klar gemacht hatte, das war ja überhaupt der Grund für die Berichterstattung – Barry Westcott war nicht mehr am Leben.

Es war eigenartig, dass ihr die Nachricht erst unwiderruflich schien, als sie von einer leicht nuttig wirkenden Rothaarigen in einem Fernsehstudio verkündet wurde, und doch fand sie sich selbst nicht im Geringsten glaubwürdig, als sie versuchte, Angela die Sachlage nahezubringen. Die verfügbaren Informationen kamen Lynne unwirklich vor, und irgendwo tief in ihr rührte sich die beunruhigende Gewissheit, dass sie unangemessen teilnahmslos war. Um ehrlich zu sein, war es eine vernünftige – eine *liebevolle* – Lösung gewesen, die Veränderungen in ihrem Haushalt von einer lokalen Nachrichtensprecherin mit angemessener Ernsthaftigkeit und einigen schönen Archivbildern zusammenfassen zu lassen: Barry in einem Kinderhospiz, Barry zwischen anderen Abendgarderoben Schlange stehend, die Hand der Princess Michael of Kent schüttelnd, Barry in Bewegung und dann zu einer gleichbleibend leutseligen und berührenden Nahaufnahme gefroren. Als sie den Fernseher ausschaltete, wurde Lynne – nicht unangenehm – vom Ausbruch ihrer Tränen überrascht. Die beiden verbliebenen Westcotts hatten sich eine Weile kuschelnd auf dem Sofa zusammengerollt – *Barrys tapfere Mädchen, vereint im Schmerz.*

Seit ihrem tragischen und unerwarteten Verlust haben Angela und ihre Mutter – Lynne ist auch *die Mutter von Barry Westcotts Kind* – sich in einem behutsamen und zurückgezogenen Leben eingerichtet. Sie sehen nicht mehr fern, weil Angela es nicht will, und sie haben eine Reihe äußerst fest gefügter Rituale, sie erwägen, ein Kätzchen oder einen Welpen anzuschaffen und sie empfangen auffällig unauffällige Besucher.

Vor allem gibt es einen Besucher namens Richard. Er ist *ein Freund deiner Mutter.* Wenn Angela wach ist, küsst er Lynne nur – und nur selten – auf die Wange oder drückt vielleicht einen Augenblick ihre Hand oder sagt ihren Namen, »Lynne« – nicht mehr als das –, und wenn er so ihre Aufmerksamkeit errungen hat, lässt er seine Augen lächeln. Seine Augen sind von außergewöhnlicher, berufsbedingter Beredtheit: das Weiß sehr weiß, die Tiefen sehr tief. Lynne und Richard geben sich alle Mühe, keinerlei Hinweis darauf zu geben, dass *Angelas Mutter – Barrys Witwe* wieder geliebt wird.

Vielleicht sogar besser geliebt wird als zuvor.

Zweifellos.

Zweifellos besser geliebt wird als jemals zuvor.

Wenn sie jemand fragte, würde sie das sofort zugeben, und sie weiß, irgendwann wird man sie fragen: das große, neugierige *man*, das draußen im hungrigen Niemandsland darauf wartet, den Leuten zu erzählen, wer sie ist, wer Richard ist: Zeitungen, Radiosender, Zeitschriften, das Fernsehen – so viel zu erzählen.

Gegenwärtig sind sie und das Mädchen noch abgeschottet – *leben ihr Leben so normal wie möglich weiter* – und Lynne ist stolz auf die festen Schutzwälle, die sie ihnen beiden errichtet hat. Und hinter diesen kleinen Mauern genießen sie ihr Leben tatsächlich. Es gab Ausflüge, auf denen Mutter und Tochter sich gemeinsam von riesenhaften Bauwerken aus Legosteinen verblüffen oder von kostümierten Reitern leicht beunruhigen ließen, die ernst und gemessen über das Gelände mehrerer Burgen und eines Landsitzes trabten – jedes Anwesen voller Porträts und bedeutsamer Informationen über weder kürzlich noch auf verstörende Weise Verstorbene. Oder einmal waren sie an einem Ort, wo ihnen ein Mann Honig und Kerzen und Möbelwachs verkaufte und dann damit angab, dass er sich einen Bart aus Bienen ins Gesicht setzte. Angela und ihre Mutter stimmten überein, dass er weniger lehrreich als verrückt war. Und zwar sehr verrückt.

Nachdem Lynne also – mit Richards Hilfe – eine Reihe immer erfolgreicherer Ausflüge organisiert hat, stellt sie fest, dass ihre Vorfreude auf neue Exkursionen wächst, und sie bemerkt einen deutlichen Anstieg der freudigen Erregung, wenn sie das Auto mit Getränken, Hörspiel-CDs, Möhrenstücken und Erfrischungstüchern belädt und einen Ort ins Navigationsgerät eingibt, an dem sie noch nie gewesen ist. Wenn sie kichernd und Angelas Hand haltend über Rasenflächen läuft oder in Schlangen vor Eisständen wartet, hört sie keine innere Stimme mehr, die ihre Freude zu untergraben versucht – *das bist doch nicht du, das ist doch bloß ein trauriges Schauspiel, das ist doch absurd.*

Manchmal – wie vernünftigerweise zu erwarten war – haben die beiden Gesellschaft gesucht und als Angela, Lynne und Richard solche Unterhaltungen genossen. Zufällig war Richard bei der besonders üppig ausgefallenen Feier zu Angelas achtem Geburtstag anwesend, die für die schmerzliche Leerstelle des vorigen Jahres entschädigen sollte. Er spielte Gitarre und sang ein bisschen, trat dabei souveräner auf, als einem normalen Menschen zustand, doch die Kinder mochten ihn, weil er sich gleichzeitig sehr zurückhielt; ein Gleichgewicht, das schwer zu halten war, wie Lynne fand. Sie hatte ihn beobachtet und war so zu ihrem Urteil gelangt. Sie war beeindruckt gewesen.

Richard war auch an einigen Abenden erschienen, um über die Arbeit zu sprechen, über die Fernsehserie, und vielleicht zum Abendessen zu bleiben. Irgendwann besorgte er auch das Vorlesen der Gute-Nacht-Geschichte, überwachte das Zähneputzen, bekam einen Kuss auf die Wange, ehe er sich von Angelas Bett erhob und das Licht ausknipste. Am Morgen jedoch war er nie anzutreffen und erweckte nie den Eindruck, dass er die Nacht größtenteils in Lynnes Bett – *früher einmal Barry Westcotts Bett* – verbracht hatte, wo er harte Stunden absolvierte, fiebrig durchzuckte Stunden, die nach den Tagen gemurmelter Höflichkeiten hereinbrachen, an denen sie genau wussten, genau planten, wie sie enden würden. Nicht dass sie sich wirklich nach Plänen richteten – es war nur so zum Lachen wundervoll, sie zu schmieden, sie zu bereden, die Möglichkeiten auszuloten.

Und beim Frühstück gab es keinen sichtbaren Hinweis darauf, wie sie einander bis auf die Knochen ausgezogen hatten, in enger, feuchter, herrlicher Übereinstimmung, oder auf seinen Mund, der über ihr so weit geöffnet gewesen war. Lynne war völlig zufrieden damit, dass Angela ihre Frühstücksflocken mit den schönen Bananenscheiben obendrauf essen konnte, nach tiefem und unschuldigem Nachtschlaf – Lynne und Richard achteten darauf, nicht zu poltern oder zu schreien –, und die Mutter konnte danebenstehen, die Tochter betrachten und sich still wiederhergestellt fühlen, mit guten kleinen intimen Blessuren, mit wiedererweckter Haut.

»Kommt Richard heute?«

»Das weiß ich nicht, Schatz.«

»Ich habe es gern, wenn er mir vorliest.«

»Wirklich?«

»Liest er dir auch vor?«

»Nein, mir nicht. Das ist extra für dich.«

»Wir sind gerade an der Stelle, wo der ganze Schnee schmilzt und die Weiße Hexe nirgendwo mehr hin kann, weil ihr Schlitten feststeckt, und sie ist außerordentlich missgelaunt.«

»Außerordentlich missgelaunt?« Lynne kann nicht anders, als bei diesen Worten Angelas Schulter zu streicheln – ein weiteres Beispiel dafür – wie sie Richard berichten wird –, dass ihre Tochter jeden Tag mehr zu einer bemerkenswert erfreulichen Persönlichkeit heranwächst – und das offenbar ohne fremde Hilfe, eher wie ein langsames Entfalten innerer Qualitäten als ein Lernen oder Einüben. »Ist das wahr?« Ein weiteres Wunder. »Nun, eine *außerordentlich missgelaunte* Hexe stellt sicherlich ein Problem dar.«

»Richard sagt, er hat es noch nie gelesen, und ich möchte nicht, dass er die Stelle verpasst. Könntest du ihn anrufen und fragen. Ob er kommt.«

»Ich rufe ihn bald an. Ich glaube, jetzt schläft er.«

»Er liegt noch im Bett?«

»Ja, er liegt wahrscheinlich noch im Bett.«

»In seinem Pyjama?«

Diese unvorhersehbaren Augenblicke, wenn sie ihre Tochter so sehr liebte, dass es schmerzte:»Das wäre doch albern, da ein Bett reinzustellen – in seinen Pyjama… Du musst ihn schon selbst fragen, ob er Pyjama trägt. Vielleicht hat er auch ein Nachthemd an oder eine Rüstung.«

»Aber wenn du ihn anrufst, dann befiehlst du ihm, herzukommen. Wenn er nicht mit anderen Leuten beschäftigt ist.«

Anderen Leuten wird mit leichter, aber unverkennbarer Missbilligung ausgesprochen. Die Bezeichnung meint alle außer Angela und Lynne. Und Richard.

»Ihm befehlen?«

»Ja.«

»Wir können ihm nichts befehlen, er ist ein Freund.«

»Ach –«

»Aber ich werde ihn bitten. Und jetzt iss deine Flocken, ehe sie ganz matschig werden.«

»Sie sind schon matschig. Ich mag sie matschig.«

Das war Lynne neu. Vielleicht eine erst kürzlich entwickelte Vorliebe. Schließlich veränderten Menschen sich – wenn sie Glück hatten.

Lynne hatte Glück gehabt.

Schließlich.

Kürzlich.

Sie hatte endlich ihr Glück gefunden.

Zu Beginn war die Verbindung zwischen Lynne und Richard rein geschäftlich gewesen. Um schonungslos ehrlich zu sein: ohne Barry hätten sie sich nie kennengelernt – oder vielmehr ohne Barrys Abgang.

Barry war geschäftlich gesehen zum unpassenden Zeitpunkt gestorben. Das hatte zwar niemand so ausgesprochen, aber es klang in den Kondolenzanrufen der verschiedenen Agenturen und Büros durch, die einfach nicht aufhörten und sie in Ruhe ließen, sondern sich im Laufe der Wochen in kleine Bemerkungen über Onkel Shauns plötzlichen Durchbruch verwandelten: die Bücher verkauften sich richtig gut, die Kassetten ebenfalls, die Hörerquoten der Radioaufnahmen waren toll, und es wäre eine tragisch vergebene Chance – nicht weltbewegend, aber spürbar –, wenn sie den derzeitigen Schwung der Marke nicht ausnutzten. Es gab immer noch ernsthaft begeistertes Interesse für einen Fernseh-Pilotfilm, und das wollte man nicht verlöschen lassen: eine neue Serie, ein neues Format, ein neues Medium – man lotete die Möglichkeiten aus.

Barry hatte keine Fernsehversion gewollt, nicht von Onkel Shaun. Seiner Ansicht nach waren die Hörversionen schlimm genug. Am Ende des ersten Shaun-Jahres hatte Baz mehrfach und lautstark *die Nase voll von dem Kinderkram* gehabt. Aber Onkel Shaun bezahlte das Haus, Angelas Schule, den grünen Aston-Martin-Oldtimer, aus dem die Rettungssanitäter schließlich seine Leiche bargen, also machte Barry weiter. Er unternahm außerdem zahlreiche Versuche, die richtige Sorte Ruhm zu erhaschen – als er starb, hatte er in Pinters *Hausmeister* auf der Bühne gestanden, um sein Publikum an die Spannbreite seines Talents zu erinnern. Anständige Kritiken.

Daher hätte Barry es womöglich amüsant gefunden, dass es ohne ihn keinen Onkel Shaun mehr gab. So sehr er die Figur auch hasste, er hatte sie doch eifersüchtig gehütet. Zu schreiben angefangen hatte er die Geschichten für Angela, als sie drei oder vier war, vielleicht auch älter – eine weitere Einzelheit, an die Lynne sich nur undeutlich entsinnen konnte. Barry hatte seine Entwürfe überarbeitet und an Verlage geschickt, als sonst kein Geld hereinkam, nicht mal mit Synchronisationsjobs, nicht mal mit dieser furchtbaren Augentropfen-Werbung. Es war das erste und einzige Mal, dass einer seiner kreativen Verzweiflungsanfälle von Erfolg gekrönt war. Die Bücher wurden angenommen und machten sich. Die Audio-Versionen waren hinzugekommen, als man das Interesse irgendwie am Köcheln halten musste, und trotz seiner

Bedenken hatte Barry dem *Lieblingsonkel der Nation* seine Stimme geliehen. Er hatte sogar allen Figuren seine Stimme gegeben: Bill dem Dachs, den Lamas, Mr. Perlenkralle, allen. Eine weitere Demonstration seiner Fähigkeiten.

Aber Fernsehen würde er nicht machen.

Mit Barry gab es Shaun, aber kein Fernsehen.

Ohne Barry – kein Shaun, aber Fernsehen kein Problem.

Ganz leidenschaftslos: Es brauchte bloß einen anderen Shaun.

Niemand sprach das so richtig laut aus – es wurde einfach deutlich, stieg an die Oberfläche jeder Unterhaltung über Shaun.

Lynne stellte sich vor, wie der Gedanke schaukelte und im Kreis trieb, vielleicht so ähnlich wie der Goldfisch ihrer Tochter, als der starb.

Haustiere sind immer eine ernste Unternehmung, neigen zu Unglücksfällen, die womöglich eine Erinnerung an ältere Trauer wachrufen – darum waren die Optionen Kätzchen oder Welpe immer noch nicht endgültig entschieden. Richard war dafür, Lynne war sich nicht sicher.

Lynne – *Witwe des toten Onkel Shaun* – äußerte keine Meinung hinsichtlich der Suche nach einem neuen, denkbaren Shaun, sie begleitete auch das Vorsprechen nicht, weil sie fand, das würde der Veranstaltung groteske Züge verleihen. Sie nahm lediglich zur Kenntnis, dass es stattfand, und dass finanzielle Sicherheit wichtig war, gerade in unsicheren Zeiten. Sie war für Angelas Zukunft verantwortlich. Lynne war – wie könnte es anders sein – in ihren Zwanzigern selbst Bühnendarstellerin gewesen, gab sich jedoch keinerlei Illusionen über ihr Talent hin, und selbst für die besten Schauspielerinnen waren die mittleren Jahre eine hohe Hürde: nicht mehr jung und niedlich, noch nicht alt und niedlich: man war einfach erwachsen, sonst nichts – und das wollte niemand. Onkel Shaun würde für sie sorgen müssen.

Die Produktionsfirma schickte ihr Aufnahmen hoffnungsvoller Shaun-Anwärter, die sie sich nicht anhörte. Desgleichen schickte man ihr DVDs, die sie sich nicht ansah. Dann gab es eine Zeitlang weitere Anrufe und ein paar Briefe, in denen erwähnt wurde, als wie unersetzlich Barry sich womöglich doch noch erweisen werde. Lynne hatte das Gefühl, dieser Ansicht beipflichten, ihnen sagen zu müssen: *Ja, Barry war Barry und sonst niemand.* Barry mit der aufgesetzten Partymiene, Barry, der so gern flirtete, Barry, der Angst, geradezu panische Furcht davor hatte, dass ein gemeinsames Kind bedeutete, er könnte Lynne nicht mehr verlassen, wenn er das wollte, könnte sich nichts Besseres suchen, könnte nicht mit gutem Gefühl weiterziehen. Das begriff sie im Krankenhaus sofort bei ihrer ersten postnatalen Begegnung als frischgebackene Eltern. Barry Westcott war eine Marke für sich.

Eine, die sie mögen sollte. Wenn man nicht mehr lieben konnte, hatte sie sich überlegt, dann sollte man versuchen zu mögen. Erstaunlicherweise war Mögen schwieriger gewesen als Lieben.

Barry hatte ihr als Ausgleich für *seine* Unfähigkeit, *sie* zu lieben, ein Kind geboten. (Mögen lag ebenfalls außerhalb seiner Fähigkeiten.) Um etwas zu stützen, das von allein nicht stehen konnte, hatten sie einen Menschen gemacht: einen vollständigen, lebenden Menschen. Eine leichtsinnige Zutat – schwer zu sagen, was sie sich dabei gedacht hatten – ob sie überhaupt gedacht hatten.

Lynne allerdings hatte sich etwas gedacht: sonst hätte sie ihren Mann nicht so angestarrt, als er seine Tochter zum ersten Mal hochnahm, sie zärtlich, anmutig, gefühlvoll aufnahm – sodass die Kinderschwestern gar nicht anders konnten als die Szene glauben und in Erinnerung behalten – und sie hatte gedacht: *Hab ich dich.* Sie hatte seine Augen gesehen: die weite, ungewohnte Kälte, die sich in ihnen ausbreitete, und sie hatte gedacht – *Hab ich dich. Am Arsch. Komm damit klar.*

Das hatte sie überrascht – dass sie einen anderen Menschen

bloß existieren ließ, um ihrem Ehemann eine Niederlage zu bereiten. Dann vergaß sie es wieder. Wenn man auf etwas so Ungewöhnliches stößt, das dem eigenen Wesen eigentlich derartig fremd ist, dann sollte man es besser vergessen.

Außerdem stimmte es auch gar nicht mehr und spielte daher keine Rolle.

Und irgendwann würde auch Shaun keine Rolle mehr spielen, für niemanden außer ihr – so hatte es jedenfalls ausgesehen. Die Meldungen seiner Unersetzlichkeit wurden drängender, entschuldigender, und irgendwann verebbten sie ganz. Lynne hatte angenommen, die multimedialen Hoffnungen für die andere Schöpfung ihres Mannes seien zu den Akten gelegt worden. Man würde zweifellos versuchen, das vorhandene Material weidlich auszubeuten, aber ohne neue Geschichten, ohne die Stimme, ohne den Mann selbst waren die Möglichkeiten stark eingeschränkt.

Bis das letzte Päckchen eintraf.

Als sie es im Flur vom Boden aufhob, großes Ehrenwort, da war es von eigenartigem Gewicht, schien von innerer Bewegung erfüllt, so als würde man etwas halten, das sich windet, zwinkert. Auf dem üblichen gefütterten Umschlag klebte das übliche Firmenlogo, darin steckten die üblichen billigen Plastikhüllen mit den glänzenden Scheiben – eine Audio-CD und eine DVD.

Auf dem beigefügten Zettel stand: *Wir glauben wirklich, er ist es. Wir würden uns sehr freuen, wenn Sie unserer Meinung wären.*

Auf den Scheiben war Richard.

Richard Norland.

Zum ersten Mal sah sie seinen Namen.

Er hatte schon Arbeiten vorzuweisen, aber die waren ihr entgangen.

Er war ihr entgangen.

Sie hatte vorgehabt, ein wenig zu bügeln, um die Spannung abzubauen, die sich offenbar bis in die Ecken aller Zimmer breitgemacht hatte – auf diese Weise konnte sie sich die Aufnahme anhören, ohne sich allzu schutzlos zu fühlen, es zu nah heranzulassen.

Bloß funktionierte das nicht.

Nicht mal ansatzweise.

Denn als sie auf *Play* drückte, hörte sie die Stimmen ihres Mannes, seine ganz genau nachgeahmten Stimmen – diese albernen Stimmen für Kinder, nur besser – es lebte jemand darin, bewegte sich, lief darin herum, fand unerforschte Winkel, neue Farben und eine Freude, die sie zuvor nicht gehabt, nicht vermittelt hatten.

Brachte sie zum Weinen.

Machte sie glücklich.

Ließ sie Barry gar nicht vermissen.

Sie saß – konnte sich nicht erinnern, wie sie in den Stuhl gesunken war, musste es aber getan haben – saß und hörte, wie eine Art unnötiger Schönheit in einen Teil ihrer Vergangenheit geflochten wurde – während das Bügeleisen unbeachtet pingte und Dampf seufzte – sie konnte einfach nichts anderes tun als zuhören, bis die Stimme aufhörte.

Das war »Onkel Shaun und der Baum der lebenden Fische«, gelesen von Richard Norland.

Das waren seine eigenen Worte, sein persönlicher Klang, im Ton einer Gute-Nacht-Geschichte, mit der Vorstellung von Lippen dicht an deinem Ohr. Zart und weich wie Vertrauen. Furchtbar wie Vertrauen.

Nicht, dass du unbedingt einem Schauspieler vertrauen würdest, der so gut ein absolutes Arschloch verkörpern kann.

Ein kluger Zeitpunkt, zum Bügeleisen zu greifen und ein paar Kissenbezüge flach zu pressen, dann bei den Laken weiterzumachen. Da hatte sie über sich selbst gelacht, über ihre Dummheit, dass sie versucht war, angesichts der Sprachmuster eines Geistes in Schwärmerei zu verfallen.

Aber der Typ war gut, das musste man ihm lassen – ideal. Er vermied die scharfen kleinen Betonungen, die verraten hatten, wie sehr ihren Ehemann die Last der Kinderunterhaltung anwiderte. Das machte Mr. Norland bedeutend besser.

Sie wartete noch einen Tag, bis sie sich die DVD ansah, einerseits, weil sie ja enttäuschend sein konnte – aber vor allem, weil sie sicher war, nicht enttäuscht zu werden, und wo sollte das dann hinführen?

In eine alberne und hormongesteuerte Situation.

Eine Reaktion auf den Verlust.

Oder irgendwohin, wo ich noch nie gewesen bin und vielleicht hin möchte – ohne Vorbereitung, ohne Landkarte.

Denn warum nicht?

Einmal nur: warum nicht?

Da sie keinen Grund finden konnte, warum nicht, verbrachte sie den folgenden Nachmittag vor ihrem Computer in einem immer dämmriger werdenden Wohnzimmer, während der Tag sich einem zinngrauen Schimmer ergab und sie dann ganz verließ, und während sie einem Mann zusah, der ganz eindeutig demonstrierte, dass Lebendigsein nicht jedem gut oder auch nur angemessen gelang. Auf der DVD arbeitete Richard Norland, ohne zu arbeiten – was sie nicht geschafft hatte, und Barry genauso wenig – Richard bekam es hin, sichtlich das Beste aus sich herauszuholen: keine Vorsicht, keine Zurückhaltung, keine Gefallsucht – er machte sich zu einer unanfechtbaren Tatsache.

Lynne hatte sich gefragt, ob es so etwas wie schöne Tatsachen gab.

Sie hatte die DVD mehrmals abgespielt.

Nachdem Angela gegessen und ihre Hausaufgaben gemacht hatte und ins Bett gegangen war, hatte Lynne eine Antwort-Email an die Produzenten geschrieben. Sie versicherte ihnen eher allgemein, dass sie froh war, Shaun in offenbar so guten Händen zu sehen. Sie schlug vor, dass Mr. Norland, wenn er es wünschte, sich mit ihr treffen könnte, um Dinge zu besprechen. Es würde einiges zu besprechen geben.

An manchen Tagen schien das Wahnsinn.

An manchen Tagen war sie überzeugt, dass es Wahnsinn war.

An keinem Tag aber wollte sie es nicht riskieren – ihn zu sehen.

Wenn er sie sehen wollte.

Was er, wie sich erwies, wollte.

Er schickte eine Mail. Formell. Höflich. Unzeitgemäß höflich.

Vielleicht war er ein aufgeblasener Möchtegern-Intellektueller, ein Arschloch.

Kein Problem, wenn es schiefging, was durchaus wahrscheinlich war.

Aber du musst es versuchen.

Sie hatte einige Tage vor dem vereinbarten Treffen seinen Lebenslauf angeschaut – falls sie etwas gemeinsam hatten, worüber sie Bescheid wissen sollte – oder um Stoff für den nötigen Smalltalk zu finden – oder um herauszufinden, ob er mit einiger Wahrscheinlichkeit ein Arschloch war – oder um auszurechnen, dass er manchmal zehn Jahre jünger war als sie und manchmal nur neun. Ein einstelliger Unterschied war annehmbar.

Nicht dass sie irgendwie vorgreifen wollte.

Sie hatte nur so getan, in Gedanken gespielt. Das war erlaubt und natürlich.

Ich erzähle mir eine Gute-Nacht-Geschichte. Sonst macht es ja keiner.

Sie hatte ihn zu sich nach Hause eingeladen. Das war sinnvoll und logisch. In ihren eigenen vier Wänden – früher *Barry Westcotts Landsitz im Ranch-Stil* – würde sie sich sicher fühlen, und sie hatte Mr. Norland gebeten, um 15:30 Uhr zu kommen; sollte er sich also als undenkbar erweisen, bloß als ein Bündel von Talenten, würde Angela aus der Schule nach Hause kommen, ehe die Situation unbehaglich wurde, und das wäre Grund genug, ihm die Tür zu weisen.

Als Richard erschienen war – fünf Minuten zu früh und mit einer Topfpflanze in den kräftigen Händen – war in seiner Stimme keine Spur von Barry zu hören, aber auch nicht viel von der Zartheit, die ihr in der Aufnahme gefallen hatte. Er hatte nervös gewirkt, und war – wie erhofft – kleiner und leiser als beim Vorsprechen. Er hatte einen hässlichen braunen Pullover getragen, den sie nie wieder sah und der den Eindruck erweckte, er sei um die Hüften ein wenig füllig.

Ist er tatsächlich, aber nur ein ganz klein wenig.

Ein gepflegt wirkendes Gesicht, gerundet, mit kräftigem Kinn und diesen klugen Augen – die Maß nahmen, urteilten, umherzuckten – sich dann beruhigten, sie betrachteten. Während der ersten Stunde hatte Lynne reichlich Gelegenheit gehabt, ihn ebenfalls zu betrachten, denn ihre Unterhaltung stockte. Irgendwann starrten sie einander an. Ohne sonderliches Interesse. Die Minuten verrannen zäh. Lynne plapperte eine Weile über Barrys Karriere, ausgerechnet, und bemerkte, dass sie in praktisch jedem Satz das Wort *natürlich* verwendete.

Sie sahen einander noch länger an.

Sie hörten auf, ihren kalten Tee zu trinken.

Angela rettete sie. Ihre zusätzliche Anwesenheit entlockte Richard ein Grinsen, dann einen Witz, dann sprach er durch die Tochter zur Mutter, durch die Mutter zur Tochter, erlaubte allen, sich so weit zu verstecken, dass sie sich sicher fühlten.

Sie beschlossen, gemeinsam zu Abend zu essen – warum auch nicht, es war genug für drei da – Lynne berechnete ihr Essen immer noch für drei –, und dann musste Angela ins Bett, und man hörte Richard irgendwas tun – dem Geklapper nach zu urteilen, wahrscheinlich eine unvorhergesehene kulinarische Kleinigkeit, was ein wenig alarmierend war –, während Lynne vom abendlichen Ritual oben festgehalten wurde und Angela sich beschwerte, dass sie schlafen musste, wo doch noch Interessantes passieren mochte.

»Das wird ganz langweilig. Erwachsenenkram. Geschäfte. Mach die Augen zu und schlaf, du hast morgen Turnen.«

Unten in der Küche war Richard beschäftigt gewesen. »Hi.«

»Ich dachte, Sie waschen ab.«

Zwei derangierte Becher standen auf der Arbeitsplatte. Er hielt ihr einen hin, bot ihr den Griff und ließ seine Finger unter der Hitze leiden. »Nein. Ich habe Kakao gemacht. Und noch mehr Abwasch.« Sie hatte das Gefühl, er beuge sich vor und erwarte ihre Antwort.

»Toll. Von Abwasch kann ich nie genug kriegen.« Sie nahm den Becher.

Richard wedelte mit der Hand, um sie zu kühlen, und starrte zum Fenster, ins blaue Dunkel. »Wenn Sie welchen da haben, könnten wir noch einen Schuss Cognac oder Rum reintun, erwachsen sein. Oder wir lassen ihn so und sind Kinder.«

»Wir lassen ihn so.«

»In Ordnung.«

Sie waren mit ihren kindlichen Getränken ins Wohnzimmer geschlendert und hatten sich vor einen Fernseher ohne Antennenanschluss gesetzt.

»Warum verkaufen Sie ihn dann nicht? Oder verschenken ihn?«

Lynne hatte nicht geantwortet. Sie hatte gedacht: *ein absolutes Arschloch ist er ganz und gar nicht. Ein erfreulicher Anfang.* Sie konstruierte bereits mögliche Verabschiedungen. Unterbrach die Konstruktionsarbeiten dann. Und fing von Neuem an.

An jenem Abend trennten sie sich – wie sie mehrfach vorausgesehen hatte – mit einer Umarmung: ein anfängliches Zögern, dann eine feste, langsame, nicht bedrohliche Umarmung. Sie merkte, dass sie beide austesteten, was sie bedeutete, dass sie den Kontakt eher aus Vorsicht als aus Leidenschaft verlängerten. Es war da eine kaum spürbare Veränderung von Druck und Ausdruck, als er sagte: »Danke. Das war ein sehr schöner Abend.«

»Keine Ursache.«

»Über Shaun haben wir gar nicht so viel geredet.«

»Ein andermal.«

Bei diesen Worten hatte er sich von ihr gelöst, mit beiden Händen ihre Schultern gehalten. »Okay. Abgemacht. Ich schreibe mir ein paar Punkte auf, über die wir sprechen sollten, und bringe sie mit.«

»Das wäre gut.«

Sie waren unendlich langsam vorangeschritten, zum Teil, weil Richard mit jemand anderem zusammen war und die Überreste dieser Beziehung nur allmählich durch obsessive Beschäftigung mit Shaun untergrub – wie sollte er sich kleiden, was wäre die beste Frisur; er machte sich sogar Notizen zu neuen Handlungssträngen. Und er verbrachte regelmäßig Abende mit Lynne – *Onkel Shaun kehrt unter die Lebenden zurück.*

Es hatte fast ein Jahr gedauert, bis Lynne ihn endlich so hörte, wie sie es beabsichtigt hatte, seinen Atem im Liegen an ihrem Hals, die heiße Überraschung von einem Wort nach dem anderen, das in ihre Arterien glitt, in ihre Venen, was es war, war ihr egal.

Und so wurde Lynne zum ersten Mal *Onkel Shauns Geliebte.*

Ein derartiges Arrangement würde natürlich nicht jedermann verstehen. Wenn die Situation publik wurde, konnte es Fragen geben, die Lynne nicht beantworten mochte, also zögerten sie es hinaus, behielten es ausschließlich für sich.

Was wir sind, ist meins, ist unser, gehört niemandem sonst.

Und es ist das, was Angela braucht.

Neulich war Lynne abends an ihrem Wohnzimmer vorbeigegangen, die Tür stand offen, Richard und Angela waren drinnen, ernsthaft ins Gespräch vertieft.

»Möchtest du lieber *Das Wunder von Narnia* oder *Der silberne Sessel* – was meinst du?«

»Such du es dir aus.«

»Dann dieses.«

Sie hatten am Fenster gestanden, keine Lampe brannte, hinter ihnen der Sonnenuntergang, der sie mit einem Lichtrand umfing: ein größerer Schatten und ein kleiner.

»Aber könntest du zuerst noch ein bisschen von *Liebe und der Mond* sprechen? So ungefähr eine Seite? Jetzt. Kannst du?«

Keine der Gestalten rührte sich.

»Du möchtest, dass ich *Onkel Shaun und Liebe und der Mond* erzähle? Wirklich?«

»Ja. Und wenn du … so, wie du es sprichst.« Das Kind berührte Richard am Arm, ließ die Hand herabgleiten, um seine zu halten.

»Bist du sicher?«

»Ja.«

Dunkelrotes und gelbes Tosen am Fuß des Himmels, und ihre Tochter dreht sich, um zu einem Gesicht aufzuschauen.

»Bill der Dachs war nicht da. Onkel Shaun hatte schon den ganzen Tag nach ihm gesucht, aber er war immer noch nicht da.« Eine Stimme, von den Toten auferstanden.

Lynne war so leise wie möglich weitergegangen, um sie nicht zu unterbrechen. Sie war in die Küche gegangen, um Kakao zu machen.

Als sie zurückkehrte, saßen Angela und Richard nebeneinander, und der Kopf des Mädchens ruhte auf der Brust des Mannes, als würde sie gleich einschlafen.

Lynne blieb stehen und sah sie an und dachte ganz bewusst: *So hat es schon immer sein sollen.*

Es war ganz und gar ihre Schuld gewesen. Dees Schuld – der ganze beschissene Abend.

Was ihn, ganz ehrlich, ein wenig froh machte – es war schließlich schon drei Monate her, dass sie ihm auf neue Weise wehgetan hatte. Heute Abend gab sie ihm, obwohl eindeutig abwesend, wieder ein Gefühl von Verbindung, von Berührung.

Er hatte die Karten für sie besorgt, kurz bevor sie sich getrennt hatten, als besondere Aufmerksamkeit gedacht – fast ein Geburtstagsgeschenk – am 19. Oktober eine Fahrt ins West End, zuerst ein ziemlich teures Abendessen und dann eine Show. Das Datum 19. Oktober spiegelte vor, sie sei eine späte Waage und kein früher Skorpion – als würde das irgendwas ändern, als wäre sie dann charakterlich kein Totalschaden. Paul las nicht mal Horoskope, sie las Horoskope, er fand Horoskope total Scheiße. Wenn er irgendwo nachschaute, irgendeine Website konsultierte, würde er wahrscheinlich auf die unwiderlegbare Aussage stoßen, frühe Skorpione seien ebenfalls total Scheiße. Aber damals hatte er es um ihretwillen noch probiert, hatte an sie geglaubt, sich vorgestellt, sie würde sich entwickeln und am Ende – *Was sein? Nicht verrückt? Unbeschädigt? Unschädlich?* – er wollte inzwischen nicht mal mehr raten.

Aus den üblichen Gründen hatte er sich wieder besonders ins Zeug gelegt, hatte Karten besorgt, bevor die Vorstellung ausverkauft war, hatte ihnen zwei Plätze in der Zukunft reserviert, nebeneinander, dicht an der Bühne, aber nicht zu dicht, denn das könnte beängstigend werden. Über diesen Magier hatte sie mal geredet – sie hatte gesagt, er sei richtig gut – und es gab so gut wie nichts, was sie dauerhaft für richtig gut hielt – ihn selbst eingeschlossen –, und der Typ trat bloß kurze Zeit in London auf, das klang exklusiv, klang gut – also hätte es alles gut werden können.

Alles hätte gut ausgehen können.

Es hätte ihr gefallen können.

Die Chancen dafür standen ziemlich gut.

Aber dann war sie abgehauen, hatte ihn sitzenlassen, und diesmal eindeutig für immer.

Und Dee hatte gar nichts von den Karten gewusst. Damit eröffnete sich eine Möglichkeit, die nun schon zum wiederholten Male jäh unter Pauls Füßen gähnte: der Falltürgedanke, dass sie trotzdem hier im Theater sein könnte: dass er ihr im Foyer, auf der Treppe, im Parkett begegnen könnte: seine Furcht und seine Hoffnung überlagerten sich zu einem ungleichmäßigen, unbehaglichen Stapel.

Aber ich habe sie nicht gesehen. Den ganzen Abend nicht. Dabei hätte ich beinahe nach ihr geschaut.

Ehrlich gesagt kann ich mir nicht vorstellen, dass sie es auf die Reihe gekriegt hätte mitzukommen. Warum sollte ich sie also sehen? Wie könnte ich?

Dabei habe ich geschaut.

Ich habe sogar sehr gründlich Ausschau gehalten.

Ich habe so heftig gestarrt, dass ich mir fast wie im Kino vorkam – als wäre ich selbst eigentlich nicht richtig da.

Eine Weile hatte er daran gedacht, beide Karten einfach zu zerreißen – oder sie einfach zu ignorieren, bis ihre Bedeutung verblasst war.

Doch dann, am Anfang der Woche, hatte er beschlossen, dass er das Erlebnis ganz allein genießen und sich so wieder aneignen sollte. Natürlich würde er das Abendessen und das romantische

Beiwerk weglassen. Es gab keine andere Frau, die er mitnehmen konnte – keinen Ersatz, keine Zweitbesetzung, keinen Neuanfang – es war eben gerade niemand zur Hand, und so was würde ohnehin eher schmerzen: er war noch nicht bereit dafür. Trotzdem war er voll und ganz überzeugt gewesen, dass er sich einen vergnügten Abend gönnen sollte.

Auch wenn die Aussichten auf Vergnügen ziemlich gering waren.

Er hatte sich fein gemacht – bester Anzug, modische Krawatte, die er schnell bereut und fast sofort wieder abgenommen hatte – sie steckte jetzt zusammengerollt in seiner Tasche. Aus irgendeinem Grund hatte er vergessen, dass nichts das Single-Sein schlimmer machte als gut angezogen zu sein. Wenn er gut aussehen konnte – und er sah ziemlich gut aus, das fiel ihm ziemlich leicht – aber dennoch keine schöne Begleitung am Arm hatte, dann lag das Problem tiefer, bei einem inneren Makel.

Freundliche Augen, anständiger Haarschnitt, glaubwürdiger Mund – das hat mal jemand gesagt: glaubwürdiger Mund –, aber trotzdem Jahr für Jahr eine Beziehung nach der anderen in den Sand gesetzt. Da muss irgendwas nicht Sichtbares kaputt sein – irgendwas Entscheidendes ist mir abhanden gekommen oder war von Anfang an nicht da.

Dee – die hat mir mal gesagt, ich hätte einen glaubwürdigen Mund. Das zählt dann wohl nicht als zutreffend.

Die zweite Scheißkarte hatte ihm auch nicht gerade geholfen: ein übrig gebliebener Mann mit einem übrig gebliebenen Ticket, das hatte sich gleich als Problem erwiesen, es wog schon schwer in seiner Tasche, als er aus der U-Bahn kam, zum Theater ging und die Plakate an der Fassade betrachtete: das Gesicht des Magiers in großen monochromen Wiederholungen.

Der hat einen glaubwürdigen Mund.

Meine Güte, ich weiß nicht mal, was das eigentlich bedeuten soll, glaubwürdig, unglaubwürdig…

Er hat einen Mund, das ist alles. Genau da, wo man ihn erwarten würde. Da, direkt unter der Nase und überm Kinn – ein Mund.

Aussehen wie er tun nur Nieten.

Da hab ich doch mehr zu bieten.

Der schlechte Reim hatte ihn zum Lächeln gebracht – klang wie die Dr.-Seuss-Version seines Lebens.

Meine Freundin ist weg.

Die ist ein Stück Dreck.

Paul hatte die Eintrittskarte betastet und erkannt, dass er nicht neben kalter Luft sitzen konnte, neben einem Geist.

Deshalb war er etwas früher erschienen – so konnte er in der Schlange nachfragen.

»Hi. Ich habe eine Karte übrig – möchten Sie die haben?«

Er hatte sich geräuspert und dann nachdrücklicher gefragt: »Wollen Sie die?«

Oder vielleicht auch weniger nachdrücklich: »Entschuldigen Sie, würden Sie die haben wollen?«

Er hatte Leute gefragt, die keine Karten hatten, die Karten wollten, die so gern in die Vorstellung wollten, dass sie in der Hoffnung auf nicht abgeholte Reservierungen hergekommen waren, die sich eigentlich über eine derartige Gelegenheit freuen mussten, über eine so bedingungslose Großzügigkeit.

»Hi. Ach, Sie gehören zusammen – dann nützt Ihnen das nichts.« Das waren zwei Arschlöcher gewesen – ein zueinander passendes Pärchen selbstgefälliger Arschlöcher – strotzend vor Selbstsicherheit und der Gewissheit auf den Sex, den sie heute Nacht miteinander haben würden. »Nein, ich suche nach jemandem, der alleine ist. Ich möchte Sie beide nicht trennen. Entschuldigung.«

»Ja, das ist eine echte Karte.«

»Guten Abend, ich habe mich gerade gefragt …« Ihm fiel auf, dass er zu schwitzen anfing. »Ich habe eine Karte übrig. Die ist

DAY Roman

Alfred Day kam der Krieg sehr gelegen. Auf der Suche nach Lebenssinn und Erfüllung fand er hier endlich eine Aufgabe, echte Freunde und die große Liebe.
Aus dem Englischen von Ingo Herzke
Quart*buch*. Gebunden mit Schutzumschlag. 352 Seiten

HAT NICHTS ZU TUN MIT LIEBE Erzählungen

Neun Erzählungen von Frauen und ihren existentiellen Erfahrungen: Liebe, Sehnsucht, Einsamkeit, Leidenschaft und Tod, die Angst vor Nähe und die Angst vor Gewalt und Verletzungen.
Aus dem Englischen von Ingo Herzke
WAT 463. 144 Seiten

Lesen Sie weiter …

LUCÍA PUENZO DAS FISCHKIND Roman

Ein hässlicher Hund, vollgepumpt mit Drogen, erzählt, wie zwei junge Mädchen aus Liebe zu Mörderinnen werden. Ein frecher, temporeicher, magischer Roman – »Thelma und Louise« auf Argentinisch!
Aus dem argentinischen Spanisch von Rike Bolte
Quart*buch*. Gebunden mit Schutzumschlag. 160 Seiten

EMMANUELLE PAGANO DER TAG WAR BLAU Roman

Sommers wie winters sammelt Adèle die Kinder aus den Dörfern und bringt sie in ihrem Bus zur Schule. Lange ahnt niemand, dass sie selbst von dort stammt. – Ein strahlender Roman über Selbstfindung und die vieldeutige Kraft der Natur.
Aus dem Französischen von Nathalie Mälzer-Semlinger
Quart*buch*. Gebunden mit Schutzumschlag. 176 Seiten

Wenn Sie mehr über den Verlag oder seine Bücher wissen möchten, schreiben Sie uns eine Postkarte (mit Anschrift und ggf. E-Mail). Wir verschicken immer im Herbst die *Zwiebel*, unseren Westentaschenalmanach mit Gesamtverzeichnis, Lesetexten aus den neuen Büchern und Photos. *Kostenlos!*

Verlag Klaus Wagenbach Emser Straße 40/41 10719 Berlin www.wagenbach.de

Die englische Originalausgabe erschien 2009
unter dem Titel *What Becomes* bei Jonathan Cape, Random House in London.

© 2009 für die deutsche Ausgabe:
Verlag Klaus Wagenbach   Emser Straße 40/41   10719 Berlin
Umschlaggestaltung Julie August unter Verwendung einer Photographie
der Skulptur *Mann ohne Kopf mit zwei Köpfen unterm Arm*
von Stephan Balkenhol © VG Bildkunst Bonn, 2009.
Gesetzt aus der Sabon von der Offizin Götz Gorissen, Berlin.
Gedruckt auf chlor- und säurefreiem Papier (Schleipen)und
gebunden von Pustet, Regensburg.
Bucheinbandstoffe von peyer graphic gmbh, Leonberg.
Printed in Germany. Alle Rechte vorbehalten

ISBN 978 3 8031 3223 9

vollkommen in Ordnung. Ist ein ziemlich guter Platz – sehen Sie.«
Das Mistding hatte sich aufgerollt, wo er sie zu lange befingert
hatte. »Das ist doch ein guter Platz.«

Die Leute hatten reagiert, als ob er ihnen eine Schlange ange-
boten hätte – was, wenn er so darüber nachdachte, im Grunde
eher unanständig klang als giftig oder gefährlich – *Hi, wollen Sie
meine Schlange? Ich habe da eine Schlange. Eine Gratisschlange. In
gute Hände abzugeben. Müde alte Schlange sucht Bitteliebergott ein
freundliches neues Heim.*

Am besten war es, im Augenblick ganz und gar nicht an
irgendwas zu denken, was mit Sex zu tun hatte. Vielleicht überhaupt nie mehr.

»Ja, Sie würden neben mir sitzen. Tut mir leid.« Mit Frauen
reden – hatte er irgendwann mal gewusst, wie das geht? »Ist das
ein Problem? Ich habe nicht vor … Vergessen wir es, okay? Nein,
vergessen Sie's einfach. Wirklich.« So landet man schließlich bei
den Durchgeknallten – wenn man nicht lernt, mit den Normalen
zu reden. »Sie müssen nicht bezahlen – ich habe schon bezahlt.
Entschuldigung, das war ironisch gemeint.«

*Ich erwarte zwar nicht, dass Sie das verstehen oder gar amüsant
finden werden – aber glauben Sie mir – trauen Sie meinem vielleicht
glaubwürdigen Mund, dessen Lippen ich nicht bewege, damit Sie
nicht erkennen können, wie ich denke – vertrauen Sie mir, während
ich ziemlich laut denke, dass ich mit dem Hirn lache.*

*Oder vielleicht nicht direkt lache, aber irgendwas passiert defini-
tiv mit mir und meinem Hirn. Vielleicht packt es schon mal seine
Sachen, weil es sich gleich aus dem Staub macht.*

»Nein, ich will kein Geld. Ich kann die Karte einfach nicht
mehr gebrauchen … Na ja, wenn Sie dafür bezahlen wollen – der
Preis steht ja drauf. Fünfundvierzig Pfund … Ja, das ist eine
Menge Geld, aber es ist ja auch ein guter Platz … Tja, zwanzig
Pfund sind nicht fünfundvierzig – das ist ja wie … als wären Sie …
Nein, dann wäre es mir lieber, wenn Sie gar nichts bezahlten. Ent-

weder gar nichts oder den normalen Preis, wie wäre es damit …?
Ich kann nicht ganz begreifen, wieso Sie sich dann nicht für gar
nichts entscheiden … Nein, das würde ich nicht so gern. Das
würde wehtun. *Aber Sie können es von mir aus tun.*«

Es war ihm vorher nie aufgefallen, aber er biss ziemlich oft die
Zähne zusammen.

Er hatte allerdings auch ziemlich oft Grund dazu.

»Karte …? Karte?«

Irgendwann hatte jemand Paul auf die Schulter getippt – wor-
aufhin das Foyer erzittert war, sich zusammenzog, bis er merkte,
dass er in ein unbekanntes, manisch lächelndes Gesicht blickte.
Der Lächelnde sah ein bisschen nach Goth aus, aber sauber, vielleicht ein Student, er hatte sich mit Simon vorgestellt und gefragt,
ob er den freien Platz haben könne. Paul überließ ihm die Karte
mit einer Art Freude, zumindest aber Befriedigung, denn für ihn
galt das Prinzip, wenn man etwas wirklich wollte, sollte man es
auch bekommen, auf jeden Fall, egal, wer man war oder wie lachhaft das Bedürfnis scheinen mochte. Das war vielleicht der einzige Zauber, der sich lohnte und daher angewandt und gezeigt, er-
mutigt und verbreitet werden sollte.

Bisher hatte er allerdings nur Simon berührt: hatte ihm einen
Platz verschafft, den er sich sonst nie hätte leisten können, selbst
wenn er es bis an die Spitze der Warteschlange geschafft hätte.
Die freudige Erregung darüber und die relative Nähe zur Bühne,
die sich zeigte, als sie beide ihre Plätze einnahmen, löste Simons
Zunge und ließ ihn ausgiebig plaudern, womit Paul nicht gerechnet hatte.

»Das ist jenseits … das ist so außerirdisch, echt. Zuerst habe
ich einfach nicht frei gekriegt für heute Abend, und dann ging es
doch, aber dann hatte ich eben keine Karte, aber ich dachte mir,
ich versuche es trotzdem mal, vielleicht klappt es ja, und dann
ist der Bus liegengeblieben – ich meine, wie wahrscheinlich ist
das denn, dass ausgerechnet *dieser* Bus auf dem Weg zu *diesem*

Theater liegenbleibt? Ich musste laufen. Von der Regent's Street bis hierher.«

Paul versuchte sich auszurechnen, wie wahrscheinlich es war, dass *er* am Ende im Parkett ausgerechnet *dieses* Theaters liegenblieb.

Simon, das wurde schnell klar, hatte eine übergroße Fähigkeit zur Freude.»Er ist unglaublich – Der Große Mann. So nennt man ihn – DGM. Bloß die Initialen. Wussten Sie das? DGM. Nicht bloß wir – auch sein Team, seine Assistentinnen, *die ganze Branche*.«

Es war lächerlich und ungerechtfertigt, sich vorzustellen, jemand wie Simon sei in der Lage, unwissentlich sämtliches verbliebene Vergnügen aus den Umsitzenden zu saugen und sie leer und leblos zurückzulassen.»Kennen Sie seine Arbeit? Unglaublicher Typ. Ich habe jedes Programm gesehen.« Doch als Simon mit den Händen fuchtelte, herumrutschte und sich streckte, ertappte Paul sich dabei, dass er peinlich genau darauf achtete, jede Berührung zu vermeiden, selbst ein zufälliges Streifen der Schultern, damit es auf keinen Fall zum Aussaugen kommen konnte.

»Das vorherige Programm? – *Mr. Leichtfuß?* – was für ein Abend. Man sieht ihn zum ersten Mal und denkt, das kann er doch nicht mehr überbieten, und dann schafft er es doch. Übertrifft sich selbst. Immer wieder. *Die Lehre der Meisterschaft.* Letzten Januar musste ich ihm bis nach Southport nachreisen, ist das zu *glauben*? *Southport!*«

Paul stellte fest, dass er Southport ohne Weiteres glauben konnte, doch vor allem war er sehr froh, dass ein neues, gleitendes Gefühl sich dämpfend über seine Gedanken schob, ihn fast schläfrig machte, so was Ähnliches wie schläfrig: auf jeden Fall offen, unsicher und weich. Simon redete immer noch – das spürte Paul – aber der junge Mann sank offenbar weg von ihm, immer weiter: trieb mit dem Geräusch, das er machte, nach unten in das breitere, tiefere, veränderliche Summen der vielen Einzelnen, die sich zu einem Publikum fügten, groß und erwartungsvoll wurden. Ihr Wunsch zog und zerrte an Pauls Willen, er versuchte, sich mit ihnen zu vereinen, loszulassen.

Aber ich weiß nicht recht. Ich weiß nicht.

Es war ein altes Theater: vergoldeter und rosa bemalter Stuck, Kerzenhalter und aufgeschichtete Ränge, klappernde Sitze mit goldfarbenem Plüschbezug, über ihnen ein Kronleuchter, der eine monströse Lichtdrohung emporhielt.

Ich weiß nicht.

Klar, die Schönheit des Ganzen entging Paul nicht – allerdings war da auch dieses andere Gefühl: dass alles darauf angelegt war, ihn zu bannen, ihn einzuwickeln, ein bereits sorgfältig eingerichteter und arbeitender Mechanismus. Er konnte es fast ticken hören: jede Drehung der Rädchen darauf angelegt, ihn allzusehr mit Bedeutung aufzuladen, ihn zu betäuben.

Und die Platzanweiser – er hatte den Eindruck gehabt, dass es zu viele waren, zu viele schwarz gekleidete Männer mit ungewöhnlichen Schuhen, die auf und ab gingen, beobachteten, entspannt herumlungerten, neben der Bühne und an den Eingängen standen, sich zielgerichtet bewegten, als gehörten auch sie zur komplizierten, obskuren Maschinerie, zu einem Bauwerk, das sich in ein großes Spiel verwandelt hatte. Paul mochte Spiele nicht sonderlich – sie ließen ihn verlieren. Und er konnte auch die nicht besonders leiden, die sie spielten.

Aber es ist bloß eine Bühnenshow. Es ist Magie: die Art von Spiel. Wenn ich das Gefühl habe, dass etwas vor sich geht, dann geht wahrscheinlich auch etwas vor sich, aber das ist kein Grund zur Beunruhigung. Das ist nichts Persönliches – bloß die Zauberei, nichts Schlimmes.

Die vielen eng zusammengepackten Menschen hatten die Luft auf Bluttemperatur aufgeheizt, und das gefiel ihm überraschenderweise. Vielleicht würde das Spiel so mit ihm laufen: ihn in die

Falle tappen lassen und dann Befreiung bieten: die Hoffnung, sich etwas Seltsamem, Fremdem anzuschließen, sich im Denken einer Masse zu verlieren, zu verdunsten. In gewisser Weise war ihm das äußerst willkommen erschienen.

Aber ich weiß nicht.

Direkt vor ihm hatte das hohe, nackte Dunkel der Bühne gelegen. Es hatte ihn angestarrt, präpariert und bereit.

Alle anderen hier begreifen das. Ihnen wird es gefallen. Sie wollen spielen.

Ich vielleicht nicht.

Doch dann hatte sich seine morgendliche Angst unerwartet wieder in der Brust gerührt – die hochgekrochen war, als er aus dem Bett stieg und allein war – niemand sonst da, niemandes Sachen, nur Zeit in der Wohnung, und Bücher, die er nicht las, und DVDs mit Filmen, die er sich eigentlich gar nicht ansehen wollte, und vielleicht würde es so von nun an sein – für immer – vielleicht sogar, wenn jemand da war, den er lieben, dem er vertrauen, von dem er geliebt werden sollte, vielleicht würde es auch dann gleich bleiben, vielleicht war es schon immer so: nur er selbst, luftdicht verschlossen, in einem toten Raum.

Dieser Abend hat all das, was ihr gefallen würde. Nicht mir.

Und so hatte er in diesem Etwas gesessen, das Dee gefallen würde, während die Panik ihm den Hals versteifte und ihm Kälte in die Lendenwirbel sickern ließ. Er wünschte sich heftig, das Licht möge ausgehen, bevor er anfing zu weinen.

Und dann ging es aus.

Wie von Zauberhand.

Im perfekt passenden Augenblick.

Genau dann, als jeder weitere Moment des Wartens ihn umgeworfen hätte, wurden die Farben gedämpft, der Zuschauerraum entrückt, heruntergedimmt auf Notausgangsleuchten und seine eigene Version der Nacht.

Wenn ich jetzt verdunste, kriegt es niemand mit.

Und niemand würde mich daran hindern.
Oder mir helfen.
Es gab keine Musik.

Nur Atem – das Publikum war nervös angespannt, hatte sich geregt, gekichert, sich wieder beruhigt und den Atem angehalten. Paul hatte die Augen geschlossen und die irgendwie süße und pulvrige Wärme eingesogen, den Geschmack von Aufmerksamkeit, von anderen Leben.

Also dann.

Er hatte sich zu konzentrieren, sich aus den Beschränkungen seiner Haut, seines Schädels emporzustemmen und zu heben versucht. Er war sehr müde, hatte er gemerkt und ein tiefes Verlangen verspürt, friedlich zu werden, unbelastet, unbesorgt – nicht mehr er selbst zu sein.

Also dann.

Er hatte Schritte gehört, und einen Wimpernschlag lang hatten sie so natürlich gewirkt, so sehr wie der Beginn einer Antwort auf seine drängenden Bedürfnisse, dass sie auch ein innerliches Phänomen hätten sein können, ein seltsam überzeugender Gedanke. Dann wurden sie schärfer: das harte, klare Klacken von Ledersohlen, die näherschritten, vielleicht stiegen – ja, man konnte eindeutig Steinstufen erahnen, die sich zur Bühne hinaufwanden und einen festen, gemessenen Tritt heranbrachten. Der Klang war nur ein wenig eigenartig, verstärkt, bearbeitet.

Also gut.

Paul hatte die verschränkten Arme gelöst.

Ja.

Er hatte die Hände entspannt in den Schoß gelegt. Er hatte geblinzelt.

Ja.

Er hatte geradewegs ins Nichts geblickt, in die freie und formlose Tiefe des Ganzen.

Tu, was du willst.

Und Paul hatte gegrinst, als die Schritte anhielten, die angemessene Pause sich dehnte und der Magier schließlich aus den Kulissen trat.

Tu einfach ganz genau das, was du willst.

Und Der Große Mann war – *Was gewesen?*

Nicht verrückt?

Unbeschädigt?

Unschädlich?

»Ah, aber wie fanden Sie es denn. Ehrlich. Ich meine, *ehrlich* ...« Als der Schlussapplaus vorbei war, hatte Simon durchaus erregt gewirkt. »Erste Hälfte – *fantastisch*, aber die zweite? Immer der Hammer.« Er hatte Paul am Unterarm gepackt und ihn sacht geschüttelt. »Wie *fanden* Sie es? Ich habe in der Pause nicht gefragt, ich habe mich zurückgehalten – ich habe mich doch zurückgehalten? – aber: *Wie* war *das* denn?« Simon hatte ihn am oberen Ende des Mittelganges gestellt, sich zum leerer werdenden Theater zurückgewandt, zur geräumten Bühne. Mit der freien Hand war er sich durchs Haar gefahren, hatte gelächelt, dann den Kopf geschüttelt und gelacht. »Herrgott, wie *war* das?«

Paul hatte ebenfalls gelächelt – aber sich auch aus Simons Griff gelöst. Dann hatte er Luft geholt – den Geschmack tief eingesogen – einen Geschmack von fehlgeleiteter Physik, von unerwarteten Möglichkeiten. »Es war ganz okay.« Eine Sekunde lang hatte er gedacht, das Spiel sei vielleicht noch nicht vorbei.

»Es war –« Simon hatte seine Empörung gezügelt und ihm prüfend ins Gesicht geschaut. »Ah. Klar.« Er hatte gegrinst. »Es war ganz okay.« Er hatte offenbar einen Augenblick überlegt. »Sie fühlen sich ein bisschen komisch, oder? Bisschen verwirrt? Betäubt? Durcheinander?«

Es war Paul nicht ganz passend erschienen, von einem gerade mal Zwanzigjährigen, der wahrscheinlich mindestens eine schlechte Tätowierung hatte und zweifellos verschiedene beunruhigende Arten von Selbstzerstörung betrieb, nach seinem persönlichen Befinden befragt zu werden.

Aber eine Antwort konnte nicht schaden. »Ein bisschen – ein kleines bisschen komisch. Vielleicht. Ja. Diese Sache, die er mit den … mit den Toten gemacht hat …« Manchmal war es gut, sich zu unterhalten, mitzumachen.

»Dann sollten Sie mitkommen. Das wird Ihnen gefallen.« Simon war ihm so nah gekommen, dass man dem Geruch von Kartoffelchips in seinem Atem nicht entging. »Zur Vorstellung nach der Vorstellung.« Aber es war ihm auch zweifellos ernst gewesen, er hatte fast zärtlich gewirkt. »Ehrlich. Das wird gut.« Dann war Simon losgetappt, ohne sich noch einmal umzusehen, und hatte dabei weiter vor sich hin gemurmelt: »Wie war das … Mann, wie groß war das, bitte … Wie *war* das …« Er hatte erwartet, dass Paul ihm folgte.

Und Paul war gefolgt.

Das ist doch wohl keine Anmache, oder? Selbst wenn ich schwul wäre, dann wäre er ganz bestimmt nicht mein Typ – wäre mir peinlich, wenn er das denken würde …

Andererseits ist er ohne Frage durchgeknallt – also würde ich ihm wahrscheinlich hoffnungslos verfallen.

Sie gingen aus dem Theater und um die Ecke.

Um die Ecke werde ich hoffentlich nicht gebracht. Vielleicht bloß betäubt – nicht mit Zauberei, sondern ganz prosaisch betäubt und ausgeraubt. Allerdings ist er als Räuber kaum zu gebrauchen – eher ein Lover als ein Kämpfer, unser junger Freund Simon – oder doch eher ein Wichser als ein Kämpfer. Aber er könnte Freunde haben – Räuberkumpel. Vielleicht.

Um noch eine Ecke, dann blieben sie in einer kleinen Gasse stehen.

Ganz genau diese kleine Gasse – diese etwas kalte, eindeutig feuchte und vage nach Pisse und Desinfektion riechende Gasse – diese Gasse hinterm Theater, in der ich derzeit stehe. Nach so langer Zeit. Immer noch stehe.

Bedenken waren vorübergezogen, er war jedoch erstaunlich zuversichtlich geblieben – sogar sorglos.

Bin ich immer noch – ruhig wie nur was.

Simon hatte ihm den Bühneneingang gezeigt, und den leutselig ruhelosen Haufen weiterer junger Männer in schwarzen Röhrenjeans oder zweifelhaften Mänteln, dazu einige verstreute magere Mädchen, unzureichend bekleidet, und ein paar mütterlich wirkende Frauen.

»Er wird demnächst rauskommen.« Simon hatte gemurmelt, als wäre er in der Kirche. »So macht er es immer. Er kommt heraus und spricht zu uns.«

Paul war vor allem froh gewesen, noch nicht nach Hause zu müssen, dennoch musste er fragen: »*Was?* Wer kommt raus?«

»DGM. So macht er es. Keine Fotos, keine Autogramme – er sagt, dann ist es nicht mehr freundschaftlich – aber er plaudert. Mit allen. Mit dir und mir. Als ob wir Freunde wären. Wir sind seine Freunde.«

»Du machst Witze.«

»Wieso sollte ich Witze machen?« Simon hatte die Stirn gerunzelt, war aber vom Auftauchen zweier stämmiger Freunde unterbrochen worden – richtige Kumpel, keine Räuber – in Second-Hand-Anzügen, vermutete Paul – oder vielleicht trugen sie einfach beide gern Papas Klamotten auf. Paul sah zu, wie die drei Hände schüttelten, einander die Jackentaschen durchsuchten und eine Hand voll kleiner Beutestücke zutage förderten: Brieftaschen und Hausschlüssel, Busmonatskarten und Kondome und weiß Gott was noch, die sie eine Weile herumreichten, ohne eine Miene zu verziehen – sie stahlen und reichten weiter, gaben zurück, stahlen erneut.

Nachdem sein merkwürdiges Taschentuch zum dritten Mal zu ihm zurückgekommen war, hatte Simon in Richtung Paul genickt: »Das ist Paul. Er hat mir eine Karte geschenkt.«

»Dann pass gut drauf auf.« Der Ernstere der beiden Neuankömmlinge hatte an seinem Walrossbart gezupft und den Arm ausgestreckt. »Hi. Ich heiße Mr. Finger.« Er hatte gezwinkert. »Kannst mich Morritt nennen.«

»Und ich wäre dann Knot. Nicht *Not* – und nicht *Knott* – ein K und ein T – Knot. Davenport Knot – alter Familienname.« Der schnurrbartlose Knot hatte höflich gewinkt und sich zu Simon gebeugt. »Wie viele hast du denn hineingeschmuggelt? Überhaupt welche? Hast du es versucht? Hast du welche bekommen? Ein paar? Hast du? Hast du es wirklich versucht? Bot sich irgendwann ein Ring an? Ein bisschen Frotzeln, ein bisschen Spötteln, Wortgefechte?« Er hatte Paul leicht angestupst. »Kann es kaum in Worte fassen, wie schön das ist, mit Wörtern zu spielen. Wort zu spielen. Wörter spielen gern, oder? Zum Gernhaben. Man muss sie einfach gern haben. Lieb mich, liebliches Ding.« Er hatte übertrieben breit gegrinst, dann war sein Gesicht wieder in den Normalzustand gesprungen, er hatte seinen Daumen betrachtet.

Simon hatte sich zu Paul gewandt und die Achseln gezuckt. »Sie kommen sich ein bisschen ungesellig vor. Darum sind sie jetzt so ...«

»Verspielt.« Wieder hatte Morritt gezwinkert. »Ich bin immer ungesellig. Liegt daran, dass ich so asozial bin.«

»Wie gesagt, sie sind nicht in der Stimmung, darum werde ich sie jetzt ein Stück weiter geleiten und dort drüben durchführen, was ich in keinster Weise und ganz und gar nicht als Nachbesprechung bezeichnen würde.«

Morritt grinste mit den Augen weiter, doch seine Miene blieb reglos, und er schien Paul abzusuchen – nicht wie ein Räuber, bloß neugierig, aus forensischem Interesse.

»Morritt, lass ihn in Ruhe.« Simon hatte Paul auf die Schulter geklopft. »Ich bin bald wieder da. Und –« Er grinste wie der Junge, der er fast noch war: »Noch mal Danke. Das hätte ich auf keinen Fall verpassen wollen.«

Und so bist du hier gelandet, stehst allein und wartest. Nachts in einer Gasse, mit kalt werdenden Füßen – du wartest auf niemanden, den du in Gesellschaft von Fremden treffen wolltest. Und die meisten dieser Fremden sind inzwischen nach Hause gegangen.

Die ganzen mütterlichen Frauen sind weg, haben aufgegeben – außer der einen mit einer Einkaufstüte voller Papiere. Paul wusste, er sollte besser nicht mehr mit ihr sprechen – und jeden Blickkontakt vermeiden, sonst würde sie wieder loslegen.

»Das sind Briefe für DGM. Ich schicke sie ihm, aber ich weiß, sie kommen nicht bei ihm an. Darum bringe ich ihm die Kopien selbst vorbei. Er lächelt mich immer an. Er ist wundervoll. Er sollte mehr Obst essen.«

Zweimal hatte sie Paul schon erwischt – einmal mit dieser Briefgeschichte und das andere Mal mit noch viel komplizierterem Mist über irgendeine große Verschwörung gegen Magiere im Allgemeinen und DGM im Besonderen – weil er so ungeheuer begabt war – und nur sie hatte eine Ahnung, wie man sie aufhalten konnte, das wusste DGM ganz genau, und eines Tages würde er sie um Hilfe bitten, die sie ihm dann großzügig gewähren würde. Sie hieß Lucy.

Ihren Namen wollte ich gar nicht wissen. Wollte überhaupt nichts von ihr wissen oder mit ihr zu tun haben. Eigentlich komisch, dabei ist sie doch der verrückteste Mensch, den ich je getroffen habe, und hübsche Titten hat sie auch. Oder jedenfalls große.

Und sie wäre bestimmt dankbar für jede Aufmerksamkeit.

Herr im Himmel, was ist denn mit mir los.

Und er schaut auf die Uhr, um sich abzulenken, es ist zehn nach eins, und alle warten noch immer – nun ja, nicht mehr ganz so viele wie zu Beginn, aber immer noch einige, eine kleine Menschenmenge – acht Leute, wenn er sich selbst mitzählt, was er tut, denn er ist ja auch Leute – und Paul hat keine Ahnung, ob das normal ist – drei Stunden Wartezeit. Er mag Simon und seine

Freunde nicht unterbrechen und fragen, weil sie sich so zu amüsieren scheinen, sie kichern und zeigen einander Karten, Münzen, kleine Geräte, und wenn er dazwischengeht und sie rausbringt, dann ist er bloß der blöde alte Langweiler, der keine Ahnung hat und gar nicht hier sein sollte, und das wird ihn mit Sicherheit deprimieren, also wird er es gar nicht erst versuchen, und dann denkt er, dass der Magier vielleicht beschäftigt ist und – da kommt er, schnell wie Ohnmacht, Schwäche, Scham – der hinterhältige, schlimmstmögliche Gedanke – und bohrt sich hinein – er stellt sich vor, dass Dee vielleicht doch hier ist, vielleicht ist sie doch gekommen, vielleicht hat sie über den Magier geredet, weil sie ihn kannte, vielleicht sind sie jetzt da drinnen, in seiner Garderobe – jede Menge Lampen und ein Schminktisch, Spiegel und vielleicht – warum nicht – ein Bett – oder ein Tisch – nein, ein Bett – nein, ein harter, medizinischer Tisch – und vielleicht berührt er sie, vielleicht tun sie es, machen abgedrehte Sachen, Zauberersex, Sachen, die drei Stunden oder länger dauern und sie davon überzeugen, dass der kleine Scheißer richtig gut ist, die sie öffnen, sie kreischen lassen – er hat so ein Bild vor Augen, von ihrer Haut, von verschmierter Schminke, Bühnenschminke, von Dingen, die auftauchen und wieder verschwinden.

Aber das ist verrückt.

So verrückt, dass es wehtut.

Verrückter als Lucy.

Ich habe keinen Grund, so was zu glauben, nicht einen einzigen.

Die total durchgeknallte Lucy.

Krank.

Genauso blöd wie hier herumzustehen, wenn ich längst Schluss machen und nach Hause gehen sollte.

Aber jetzt bin ich schon so lange hier, dass ich genauso gut bleiben kann.

Doch Paul wird ein wenig übel – diese Bilder von cleveren Fingern und schlüpfriger Haut stürmen auf ihn ein, also schlendert er ein Stück herum, schluckt und reibt sich die Augen, als würde das Hirn dahinter davon vernünftig.

In einem Eingang hockt eins der verbliebenen drei Mädchen mit einem Programmheft in der Hand, und Paul denkt, die Stufe unter ihr muss schmutzig sein, das ist nicht recht, sie ist bestimmt ganz durchgefroren, und um sich abzulenken, geht er zu ihr und schlägt vor: »Sie könnten meine Jacke haben. Geliehen haben.«

Sie hat stumpfes blondes Haar, »Nein, ist schon okay«, und winzige Handgelenke, bei denen Paul gleich das Gefühl bekommt, dass sie schon mal daran gedacht hat, sie aufzuschlitzen. »Du siehst aus, als ob du frierst.« Er will sie im Arm halten und merkt, dass er mit ihr redet, als würden sie sich kennen, als wären sie befreundet – so wie man mit Leuten redet, wenn man weiß, wie man mit Leuten redet.

»Nein, ist schon gut.«

Sie wirkt nicht genervt oder so, also setzt er sich neben sie, ist eine Weile still, gibt ihr Zeit und sagt dann: »Magst du ihn – den Magier?«

»Klar.«

»Und du möchtest, dass er das signiert. Dein Programmheft.«

Sie zieht die Füße näher an sich heran, bis an die Oberschenkel. Davon wird ihr Rock Falten kriegen. »Ich glaube nicht, dass er heute noch zu uns kommt. Es ist schon spät. So lange würde er uns nicht warten lassen. Muss was dazwischen gekommen sein. Gäste. Oder er ist müde. Alle anderen sind schon rausgekommen. Bis auf ihn. Er muss woanders rausgegangen sein.«

Paul sieht, dass sie sich ganz nach links gekrümmt hat, zur Wand hin: sie versucht, es sich gemütlich zu machen, und er denkt, das ist doch unbequem und nutzlos. Sie trägt eine altmodische Bluse, Laura Ashley oder so etwas – hier im Schatten ist das schwer zu sagen.

»DGM signiert nichts.« Sie unterdrückt ein Gähnen, sodass ihr Kinn zittert: ein süßes, liebenswertes Zittern.

»Ach nein. Hatte ich vergessen.«

»Wie fandest du es?«

»Was?«

»Die Vorstellung.« Dabei fängt sie leicht an zu lächeln, und er stellt sich vor, zu einem Menschen, dem sie etwas bedeutet, würde die gleiche schläfrige Miene an einem Morgen aus Kissen und ihren ausgebreiteten Haaren aufstrahlen. Sie wendet sich zu ihm – vielleicht forschend, vielleicht amüsiert, er weiß es nicht – und fragt erneut: »Wie fandest du es? Du hast ihn noch nie gesehen, stimmt's? Du gehörst noch nicht zu unserem komischen kleinen Club.«

Paul möchte gähnen, es ihr nachtun – denn Gähnen steckt an, und er ist müde, und das Zittern fiele ihm ganz leicht: »Ich fand …«, möchte ihr einen Teil von sich zeigen, der liebenswert wirken könnte, und er würde – übrigens – gern ihr Haar auf seinem Kissen sehen, irgendwelches Haar, wessen Haar auch immer, »Ich fand …« aber dafür ist es zu spät, spielt keine Rolle mehr, und es geht in Ordnung, wenn er ihr jetzt die Wahrheit sagt – so wie er es an einem ersten Morgen tun würde, wenn alles interessant ist und man reden will und das Gefühl hat, dass man nie alles von dieser neuen Frau bekommen wird, was man braucht, wer sie ist, was ihr gefällt, und wenn es noch von nirgendwoher wehtut. »Ich fand …« Und jede Enthüllung seinerseits wäre auch deshalb in Ordnung, absolut in Ordnung, weil diese Blondine, deren Namen er nicht kennt und auch nicht erfragen wird, ihn am nächsten Morgen komplett vergessen haben wird. Er wird weg sein. »Ich fand ihn toll.« Vollkommen weg.

»Aber?«

»Kein Aber.« Er lächelt bekräftigend. »Wirklich. Es gibt kein Aber.« Er weiß, er kann ihre Hand halten, sie wird es nicht falsch verstehen, also nimmt er sie, drückt ihre Finger, umschließt sie, und so sitzen sie zusammen im Eingang, die Kälte des Steins unter sich, und er sagt: »Ich fand, er macht seine Sache sehr gut, und … es war die Art, wie er es tut. Er ist ja schließlich nicht besonders groß. Er sah nicht sehr groß aus, körperlich – und nicht so, nicht so ein Idiot im Glitzeranzug oder mit Gandalfbart oder irgendwelchen … ich meine, er ist eben kein Idiot – er war ungefähr so groß wie ich – ganz normal, durchschnittlich – ansehnlich, aber durchschnittlich – und er hat sich solche Mühe gegeben, diese Dinge geschehen zu lassen, diese verrückten Sachen – und sie sind geschehen – er hat sich enorm angestrengt, damit sie auch geschehen. Ich meine, es war nicht leicht. Ich habe zwar nie geglaubt, dass er es nicht schafft, aber es war eben auch nicht leicht. Er musste darum kämpfen. Es ist alles Täuschung, das weiß ich auch – aber er musste sich anstrengen – er hat sich bemüht, es so aussehen zu lassen, als ginge es über seine Kräfte, sei unmöglich – und dann hat er es doch geschafft. Hat gesiegt.«

Paul fängt noch mal an: »Für Leute wie mich …« und lässt den Satz dann verklingen. Und er wird es gar nicht erst versuchen mit: »Und er war – er wirkte irgendwie *großartig* – denn wenn man siegt, darf man großartig sein. Sollte man sogar.« Weil er glaubt, diese Worte würden ihn ein klein wenig weinerlich machen – so wie bei diesem Abschnitt in der zweiten Hälfte der Vorstellung: in dem ein Stück Kette verwendet wurde. Die Kette würde er nicht vergessen: er vermutete sogar stark, er würde von ihr träumen, denn sie hatte sich schon halb in einen Traum verwandelt, als man sie auf der Bühne präsentierte, hatte etwas an sich gehabt, was direkt ins Bewusstsein glitt.

»Als sie sich hob, als die Kette sich hob … es ist ein Trick, ich weiß, dass es bloß ein Trick ist – aber es war richtig … es war so, wie man es braucht.«

Jetzt drückt sie seine Finger. »Als ob etwas wahr wird.«

Über diese Erkenntnis nachzudenken ist angenehm schmerzlich. »Ja.« Das Wort fühlt sich in seiner Kehle feucht und flatterig an.

»Dafür gehe ich in die Vorstellungen.« Sie küsst ihn rasch auf die Wange. »Deswegen komme ich. Um das zu sehen. Weil es anderswo nicht echt ist.« Und dann lässt sie ihn los, weil sie einander nichts bedeuten, er ihr nichts bedeutet: »Ich glaube, ich gehe jetzt nach Hause.«

Er bedeutet niemandem etwas. »Kommst du allein klar?« Seine Fingerknöchel liegen blank, sind entkleidet. Er hat niemandes Hände.

»Ja.«

Sie steht leicht schwankend auf, Paul erhebt sich mit ihr, hält sie einen Atemzug lang an den Schultern. »Es war schön, dich kennenzulernen.«

»Dich auch.« Bevor sie weggeht, in Richtung Straße, zu einem Taxi, nimmt er an. Um diese Nachtzeit gibt es keine andere Möglichkeit als ein Taxi. Es sei denn, sie geht zu Fuß. Allein. Allein könnte gefährlich sein.

Paul ruft ihr nach: »Ist das wirklich okay? Brauchst du Begleitung?« Doch sie wendet sich halb um, winkt ihm mit ihrem Programmheft und schüttelt den Kopf, geht weiter, um die Ecke, zurück in ihre alte, normale Welt.

Die anderen Mädchen müssen auch aufgegeben haben, während er anderweitig beschäftigt war, jetzt sind also noch Paul und Lucy und Simon und seine beiden Gefährten mit ihren ausgedachten Namen da – und alle starren Paul an, weil er laut gerufen hat. »Entschuldigung!« Dabei tut es ihm gar nicht leid. Ganz im Gegenteil.

Simon kommt heran geschlendert. »Nein, *ich* muss mich entschuldigen. Es ist echt *verrückt*. So spät kommt er sonst *nie*. Das ist … irgendwann kommt er immer, aber so lange hat er noch nie gebraucht, darum weiß ich auch nicht, Mann. Denk nicht schlecht von ihm.«

»Tu ich nicht.«

»Denk nicht schlecht von der Zauberei.«

»Aber nein.« Paul denkt an nichts als diese Kette: breite Glieder, stumpf und schwer, in die Luft gezerrt, von schierer Willenskraft emporgetrieben und dann zum Verschwinden gezwungen: ein ganzes Gebäude voller Menschen warf sie ab, und der Magier war da, ihren Wunsch zu empfangen, zu finden, herauszulocken und ihnen den Beweis zu liefern für das, was sie waren und was sie sein konnten.

Bloß ein Trick. Und bloß dieser letzte greifbare Augenblick, bevor man frei ist – das zu sehen, das nur einmal zu sehen. Und wenn man es sehen kann, kann es auch sein, und nichts hält einen mehr zurück. »Ich denke nicht schlecht von der Zauberei. Wirklich nicht. Ich hatte einen schönen Abend. Vielen Dank.«

Bloß ein Trick. Aber ich konnte es sehen, mich selbst sehen.

Jetzt siehst du es.

Ja.

»Gehst du nach Hause? Ist schon nach zwei.«

»Ehrlich?« Pauls Armbanduhr bestätigt, dass es plötzlich nach zwei ist, schon auf drei zugeht. »Ach. Aber ich kann eigentlich auch noch ein bisschen bleiben – was meinst du?«

Simon nimmt eine Pfundmünze aus der Tasche, klappt sie in seine Hand und wieder heraus, lässt sie irgendwo zwischen seinen Fingern wegschmelzen. »Eigentlich ja.« Er zuckt die Achseln. »Kommt mal her, Jungs.« Er winkt seinen Freunden. »Der Grinsende ist Barry und der Mürrische ist Gareth – seine Mutter ist Waliserin.«

Gareth kommt in ihre Richtung, weicht Lucy aus. »Sie will Waliserin sein – das ist was anderes.« Barry folgt ihm nickend.

Alle vier bilden sie einen engen Kreis – treten von einem Bein aufs andere, husten.

»Wenn er dann rauskommt …« Gareth zupft an seinem Schnauzbart.

Barry langt hinüber und zupft ebenfalls. »Du meinst *falls*.«

»Wenn er dann rauskommt, sollten wir ihn alle einfach ignorieren – als würden wir jemand anderen erwarten.«

Sie grinsen.

»Aber nein, das wäre ungehörig.« Pauls Satz verebbt, weil er sich unfähig vorkommt, den Witz verdirbt. »Ich meine, wenn wir doch seine Freunde sind …« Aber dann fangen die Männer – Paul eingeschlossen – sanft an zu grinsen, so wie Freunde, kurz bevor sie ihren Freunden einen Streich spielen.

Es wird kälter, und der Himmel scheint auf ihnen zu ruhen: wachsam, aber müder werdend.

Paul begreift, dass der Zauberer nicht kommen wird. Er begreift auch, dass es nicht mehr wichtig ist. Sie werden nicht gehen: Simon, Barry, Gareth, Lucy – sie werden hier stehen bleiben, und er wird bei ihnen stehen – sie alle gehen nirgendwohin. Zusammen.

Aber das ist gut so, mir geht es jetzt einfach gut. Ich weiß, warum ich auf ihn warte: auf Den Großen Mann – da bin ich mir ganz sicher. Ich weiß genau, was ich ihn fragen werde, was ich von ihm will, was er mit mir machen soll.

A. L. Kennedy im Verlag Klaus Wagenbach

GLEISSENDES GLÜCK Roman

Die Einstiegsdroge für alle, die A. L. Kennedy noch nicht entdeckt haben! Helen Brindle ist verheiratet mit ihrem Peiniger und hat ein Verhältnis zu Gott, von dem sie sich einen Liebhaber wünscht. Gott hat ein Einsehen und zeigt ihr im nächtlichen Fernsehprogramm Edward E. Gluck, Psychologieprofessor, perfekter Ratgeber im Irrgarten menschlicher Beziehungen und gutaussehend.
Aus dem Englischen von Ingo Herzke
WAT 589. 192 Seiten

ALLES WAS DU BRAUCHST Roman

Ein großer Entwicklungsroman – ein Buch über die Leidenschaft, mit der eine in Furchtlosigkeit aufgewachsene junge Frau das eigene Leben beginnt.
Aus dem Englischen von Ingo Herzke
Quartbuch. Gebunden. 576 Seiten

ALSO BIN ICH FROH Roman

Wie aus einer anderen Welt wirkt der neue Mitbewohner, der eines Morgens in der Küchentür steht. Er bricht so vehement in Jennifers wohlgeordnetes Leben ein, dass eine Halsentzündung der Radiosprecherin prompt die Sprache verschlägt. Dieser grandiose Liebesroman ist A. L. Kennedys zärtlichstes Buch.
Aus dem Englischen von Ingo Herzke
Quartbuch. Gebunden. 288 Seiten

PARADIES Roman

Das Paradies ist Hannah Luckraft nicht fremd: Einen Hauch davon spürt sie auf der Haut ihres Liebhabers und in jedem Drink, den sie zu sich nimmt.
Aus dem Englischen von Ingo Herzke
Quartbuch. Gebunden mit Schutzumschlag. 368 Seiten